古典詩歌研究彙刊

第三輯

龔鵬程 主編

第7冊

李商隱詩用典析疑（上）

吳榮富 著

國家圖書館出版品預行編目資料

李商隱詩用典析疑(上)／吳榮富 著 — 初版 — 台北縣永和市：
花木蘭文化出版社，2008〔民97〕

序2+ 目 4+228 面；17×24 公分
（古典詩歌研究彙刊 第三輯；第 7 冊）

ISBN 978-986-6831-84-3（精裝）
1.（唐）李商隱 2.唐詩 3.詩評

851.4418 97000376

ISBN 978-986-6831-84-3

9 789866 831843

古典詩歌研究彙刊
第三輯 第 七 冊 ISBN：978-986-6831-84-3

李商隱詩用典析疑（上）

作　者	吳榮富
主　編	龔鵬程
出　版	花木蘭文化出版社
發 行 所	花木蘭文化出版社
發 行 人	高小娟
聯絡地址	台北縣永和市中正路五九五號七樓之三
	電話：02-2923-1455／傳真：02-2923-1452
電子信箱	sut81518@ms59.hinet.net
初　版	2008 年 3 月
定　價	第三輯 20 冊（精裝）新台幣 28,000 元

李商隱詩用典析疑（上）

吳榮富 著

作者簡介

吳榮富字文修，臺灣臺南市人，1951 年生。自幼家貧，國小六年級輟學當童工。越明年，入鄉塾，塾師以為孺子可教，授予古典詩學，十六歲入安南詩社、十八歲入臺南延平詩社，漸獲知於長老。1968 臺灣推行國中教育，旋考入崑山補校、繼讀南一中補校、成功大學夜間部，獲學士、碩士、文學博士。現任成功大學助理教授，開有「詩選與習作」「李商隱詩」「書法」「國畫」「應用文」等課程。著有《曾幾茶山集研究》、《李商隱詩用典析疑》，另有〈白日在唐詩中的象徵意義〉、〈從周本紀透視生民詩〉等十八篇單篇論文。詩作曾五獲「鳳凰樹文學獎」、三獲「教育部文藝創作獎」。

提　　要

　　李商隱詩堪稱古今至豔，亦甚難解，故錢謙益美其「沉博絕麗」，而元好問則有「獨恨無人作鄭箋」之歎！近世研究其詩者頗眾，而徒逞臆斷者尤多，故胡以梅曾感慨曰：「到處皆成疑團渾沌，血脈梗塞，茫無條貫。詩神面目，竟無洗發之日，又豈愛義山之才之謂歟！」

　　本文為破其渾沌、通其血脈、洗發詩神面目。乃採用《靈樞》《素問》之傳統中醫理論，而創發「以典故為穴位，以文本為經絡」之研究方法，集中針對李商隱一些爭議多且疑問大的詩，詳析其詩中典故之準確用法，並將之放在整首詩的文本脈絡中，再仔細檢驗其意涵。如「劉郎」指誰？是劉晨還是劉徹？「蓬山」是否等於「天台山」？「吳王苑內花」一般傳統慣性只指「西施」，故謬誤多多，不知吳王苑內尚有一朵女兒花叫「紫玉」也！「神女」、「聖女」、「女道士」之間的相互關係如何？其與李商隱是否真有豔情糾葛？本文透過典故考據與分析，結果獲得許多意外的療效，證明許多前人說解之誤謬。

目

次

序

　　少時讀李商隱詩，但覺深愛之，而殊不曉其意。大學時作〈仿無題三首〉，張夢機先生南來評鳳凰樹文學獎，以為「逼肖義山風貌」，許之以才，並勉勵有加。自後持義山詩如參禪焉，唯鈍根太重，茅塞難拔！箋注說解參閱愈多，憤悱益甚，困慮莫紓！乃於博士班入學之初，撰《聖女祠》三首試析，幸蒙國科會獎助。初論聖女與托喻令狐綯無關，更與女道士不倫之戀無涉。且同一聖女也，在義山筆下：有少不更事之諧謔，亦有「同是天涯淪落人」之感慨，尤於〈松篁臺殿〉一首，詳辨其乃諷刺而非嫉妒，筆者對義山認知之雛型初具此。

　　七年來苦思焦慮者，原因之一是：見一般鑑賞類之書，對於李商隱之說解，普遍陳陳相因，未開卷已類能測知其說，頗以為憾。其次是清朝以來至張爾田之牽強比附太甚，雖已經人修正，然自民初艷情說大興，若非指義山與女冠之戀；則謂其與他人後房姬妾有染，其勢殆至不歸楊，則歸墨。筆者唯自恨才疏，難以為之反正也。今撰成斯篇，頗反前說，若尚有點滴可取，何敢妄言砥柱！曰洪流頑石可也。唯自忖才識庸下，粗疏是所不免，尚祈大方之家，不吝賜正。

　　本文之撰，緣於修習羅師宗師宗濤先生之〈詩學專題研究〉，至今有疑則問，先生不憚其煩，如鐘斯應，使筆者隨時去疑解惑，不致橫流佚舟，人師典範，終身深銘五內焉！再者梁師冰枏先生，自大學

時修其《詩經》、《曲選》以至於今,不棄愚鈍,願爲指導教授,時時指瑕匡誤,本文若有可稱,梁師之功不可沒也。復經三位初審委員冒暑審閱,並列舉高見,不厭其詳,今已一一重新審思修正,亦特此致謝!最後當感謝者爲內人張月華,自嫁黔婁,余則初讀碩士,繼而又攻博士,其間幸賴其養兒育女,百事操勞,當此論文最後關頭,又請假助余處理電腦資料,內心感激莫名,慈誌於此,以示不忘焉!

第一章 緒 論

第一節 研究動機

一、李商隱詩成就高而受誣甚

　　李商隱字義山，別號玉谿生、樊南生。生於唐憲宗元和七年（813年），卒於唐宣宗大中十二年（858年）〔註1〕。懷州河內人（今河南沁陽）。義山在晚唐詩壇之地位，絕對堪尊爲祭酒。雖然在晚唐有三種組合：（一）溫、李並稱、（二）小李、杜之譽、（三）三十六體。然後代每認爲在晚唐詩人中，李商隱應是首屈一指之大家。如明代張

〔註1〕 李商隱之生卒年異說甚多，唯近來學術界普遍以馮浩與張爾田二家之言較爲可信。二家之差異，依吳調公之《李商隱研究》，分析岑仲勉「伸馮排張」之論，知兩者都以〈上崔華州書〉爲依據，而主要爭論點只差是在開成元年十二月，或是在開成二年一月二十四日進士放榜之前。在這前後不到兩個月內，因爲橫跨一個年度，以是推算李商隱之生年，就有西元 812 年與 813 年之異。故吳調公曰：「張說未能進一步證明開成元年十二月上書而非次年正月放榜前上書，是論證不足處，不過岑仲勉也未能提出有力論據以闢張說」。如此說來，實則岑仲勉固不足以駁張爾田，而張爾田亦不足以否定馮浩。吳調公於是提出「扶床」、「記面」之參數，然小孩成長，各別差異甚多，且差距只有短短兩個月，洵亦難做爲論據。以是本文仍採馮浩說。

綖曰：「李義山，晚唐之冠也。」〔註2〕陸時雍就七律云：「唐季得此，所謂枇杷晚翠。」〔註3〕清代葉燮就其七絕曰：「李商隱七絕，寄託深而措辭婉，實可空百代無其匹也。」〔註4〕田雯更曰：「義山佳處不可思議，實為唐人之冠。」〔註5〕當代如劉大杰之《中國文學發展史》，認為李商隱是「晚唐的代表詩人」〔註6〕、楊福生在其《唐代律詩賞析》中也說：「李商隱是晚唐詩壇首屈一指的大家。」〔註7〕

　　蓋溫、李雖並稱於一時，然自五代之後，已每有優劣之評，如《舊唐書・李商隱》云：

> 博學強記，下筆不能自休，尤善為誄奠之辭。與太原溫庭筠、南郡段成式齊名，時號「三十六」。文思清麗，庭筠過之。〔註8〕

依整段之文意，應是說李商隱「文思清麗」，超過溫庭筠，唯辭語模糊。若參看馬永易《實賓錄》曰：

> 唐李商隱博學強記，下筆不能自休。與太原溫庭筠、南郡段成式齊名，時號三十六體。文思清麗，視庭筠過之。〔註9〕

兩文幾乎相同，但加一「視」字，則其意明甚。唯此「三十六體」或以為專指駢文，可是晁公武《郡齋讀書志》曰：「詩五卷，清新纖豔，故舊史稱其與溫庭筠、段成式齊名，時號三十六體云。」〔註10〕此說或讀史未明，或其人的確將「三十六體」之詩文等同齊觀。而范溫《潛

〔註2〕見劉學錯、余恕誠、黃世中編《李商隱資料彙編》上冊，北京中華書局，2001年11月，147頁。

〔註3〕見劉學錯、余恕誠、黃世中編《李商隱資料彙編》上冊，190頁。

〔註4〕見劉學錯、余恕誠、黃世中編《李商隱資料彙編》上冊，298頁。

〔註5〕見劉學錯、余恕誠、黃世中編《李商隱資料彙編》上冊，357頁。

〔註6〕見劉大杰《中國文學發展史》，臺北：華正書局，民國66年5月版，499頁。

〔註7〕見楊福生《唐代律詩析》，安徽文藝出版社，1999年4月，358頁。

〔註8〕見劉昫《舊唐書・文苑下》，第6冊，卷190下，臺北：鼎文書局，5078頁。

〔註9〕見馬永易《實賓錄》卷3〈三十六體〉，《宋詩話全編》第一冊，江蘇古籍出版社，1999年4月，680頁。

〔註10〕見劉學錯、余恕誠、黃世中編《李商隱資料彙編》上冊，81頁。

溪詩眼》之見亦類同曰：

> 義山詩，世人但稱其巧麗，與溫庭筠齊名，蓋俗學但見其
> 皮膚，其高情遠意，皆不識也。〔註11〕

范溫此言，明顯認爲溫庭筠、李商隱詩並稱，乃只是俗學膚淺之見，
若就詩之「高情遠意」論，則溫飛卿不及義山遠甚。亦不專就駢文而
言，至於段成式雖同號三十六體，唯後世則少有推其再與溫、李並比
者，偶有之，亦是貶語，如明胡震亨曰：「段成式與溫、李同號三十
六體，思龐而貌瘠，故厥聲不揚。」〔註12〕可知段氏不及兩家遠甚，
故以下可不必再提。但是溫、李之比較，則歷代猶不稍歇，如清王士
禛曰：「溫李齊名，然溫實不及李。」〔註13〕翁方綱《石洲詩話》亦
曰：

> 微婉頓挫，使人蕩氣迴腸者，李義山也。自劉隨州而後，
> 漸就平坦，無從睹此半韻。七律則遠合杜陵；五律七絕之
> 妙，則更深探樂府。晚唐自小杜而外，唯有玉溪耳。溫岐、
> 韓偓，何足比哉！〔註14〕

翁方綱說：「溫岐、韓偓，何足比哉！」便將溫庭筠遠遠拋於義山之
後。唯其又曰：「晚唐自小杜而外，唯有玉溪耳。」則是認爲晚唐詩
可相提並論者，只有「小李杜」而已。以是小李杜二人，歷來洵是評
比最難分高下者。如元瑞曾曰：

> 俊爽若牧之，藻綺若庭筠，精深若義山，整密若丁卯，皆
> 晚唐錚錚者。其才則許不如李，李不如溫，溫不如杜。今
> 人於唐，專論格不論才；於近，則專論才不論格，皆中無

〔註11〕 見郭少虞《宋詩話輯佚》，臺北：文泉閣出版社，民國 61 年 4 月，
405 頁。又見《苕溪漁隱叢話前集》卷 22〈西崑體〉，臺北：長安出
版社，民國 67 年 10 月，148 頁。

〔註12〕 見胡震亨《唐音癸籤》卷 8，臺北：木鐸出版社，民國 71 年 7 月，
75 頁。

〔註13〕 見劉學鍇、余恕誠、黃世中編《李商隱資料彙編》上冊，《花草蒙拾》
語，355 頁。

〔註14〕 見翁方綱《石洲詩話》卷 2，《清詩話續編》中冊，臺北：木鐸出版
社，民國 72 年 12 月，1397〜1395 頁。

定見而任耳之過也。〔註15〕

依元瑞就才而論，則以杜牧爲最高，義山反不如溫庭筠。然事實可加以檢驗，且先看杜牧之特色，自《新唐書·杜牧傳》曰：「牧於詩，情致豪邁，人號爲小杜，以別杜甫云。」〔註16〕後世大致依之，如李曰剛《中國詩歌流變史》，便將之歸爲晚唐豪宕派之宗主。〔註17〕葉慶炳的《中國文學史》曰：「七律至杜甫登峰造極，中唐詩人鮮有佳構。逮杜牧、李商隱始重現光輝。」〔註18〕張步雲的《唐代詩歌》亦云杜牧之七律與義山皆爲明珠。〔註19〕然而以上皆僅就近體而言。若就各體作較全面之考察，顧隨有〈論小李杜〉一文曰：

> 晚唐兩詩人：李義山、杜牧之。小杜雖不能謂爲大詩人，但確爲一詩人。竊以爲義山優于牧之，余重義山輕杜牧。
>
> 原因：義山集之五七言、古近體中皆有好詩；杜樊川則只有七律、七絕最高，五律極不成，此其不及義山處，故生輕重分別。義山可謂全才，小杜可謂"半邊俏"。〔註20〕

顧氏在申論中又曰：「義山各體皆有好詩，小杜只有七言近體好。李總體比小杜好。」〔註21〕由此可知顧氏之意，明確認爲義山詩各體均佳，是比較全面性。而杜牧只有七律七絕較高，故最多只是"半邊俏"。以是判定義山優于牧之。余初亦存疑，因略讀小杜集，並細考諸名家之論，發現顧氏批評杜牧之言，前人亦有是見矣。如明朝許學夷《詩源辯體》便有頗多貶杜牧之說，茲摘引數條爲證：

（一）杜牧才力或優于（許）渾，然奇僻處多出于元和。五七言

〔註15〕胡震亨《唐音癸籤》，卷8，76頁。

〔註16〕見《新唐書》第七冊，臺北：鼎文書局，民國80年5月，5097頁。

〔註17〕見李曰剛《中國詩歌流變史》，臺北：文津出版社，民國76年2月，375頁。

〔註18〕見葉慶炳《中國文學史》上冊，臺北：臺灣學生書局，民國72年8月，362頁。

〔註19〕見張步雲《唐代詩歌》，安徽教育出版社，1994年4月第2次印刷，449頁。

〔註20〕見顧隨《詩文叢論》，天津人民出版社，1995年1月，29頁。

〔註21〕見顧隨《詩文叢論》，32頁。

古恣意奇僻，且多失。

（二）杜牧五言律可採者少，七言〈早雁〉一篇聲氣甚勝，餘尚
　　有二三篇可採，其他怪惡僻澀，遂爲變中之變。

（三）杜牧七言律僻澀怪惡，其機趣實死，人稱小杜，愧甚。

（四）楊用修深貶許渾，而謂晚唐律詩，義山而下，唯牧之爲
　　最。〔註22〕

　　從以上數條資料，用以比對顧隨所謂：「杜樊川則只有七律、七
絕最高，五律極不成」，而許學夷謂：「杜牧五言律可採者少」，又云：
「杜牧五七言古恣意奇僻，且多失。」兩者見解頗爲相近。因此顧隨
判定杜樊川不及李義山，自有其論據。再參看金性堯之《唐詩三百首
新注・前言》曰：

　　其中七絕一卷，杜甫只有一首，李白二首，王維一首，而
　　李商隱佔七首，杜牧佔九首，即小李杜多於大李杜，盛唐
　　讓位於晚唐，雖然杜牧有兩首不很健康，但也打破了「詩
　　必盛唐」的偏見。〔註23〕

金氏在此點出蘅塘退士孫洙與其夫人徐蘭英，在清朝乾隆二十九年
合編的《唐詩三百首》，已打破了「詩必盛唐」之偏見。而特別凸顯
了杜牧與李商隱，但這僅就七絕一體而言，若就全面觀察，金氏又
指出：

　　在七十七位作者中，以杜甫的作品入選最多，佔第一位，
　　其次是王維、李白、李商隱。把這些詩人作爲重點來突出，
　　那也是恰當的。〔註24〕

就金性堯注的《唐詩三百首新注》檢索之，前四名中，杜甫入選三十
五首、王維入選二十九首、李白入選二十八首、李商隱入選二十四首。

〔註22〕以上四條，見《許學夷詩話》卷30。《明詩話全編》第六冊，江蘇古
　　　籍出版社，1997年12月，6237頁、6238頁。楊用修之言，又見劉
　　　學鍇等編《李商隱資料彙編》，155頁。

〔註23〕見金性堯《唐詩三百首新注》，臺北：里仁書局，民國70年4月，2
　　　頁。

〔註24〕見金性堯《唐詩三百首新注》，2頁。

李商隱入選詩遠比杜牧入選的總數九首（剛好是其七絕入選之總數），超出十五首之多。

類此情形，尚可參看沈德潛編之《唐詩別裁集》，其書原編於清康熙五十六年，重訂於乾隆二十八年，因此，其真正定稿的年限只不過比孫洙的《唐詩三百首》早一年。今就《唐詩別裁集目錄》檢索，列表如下：

	杜　牧	李商隱
七言古詩	○	一
五言律詩	○	十一
七言律詩	七	二十
五言絕句	一	二
七言絕句	九	十
總　　計	十七首	四十四首

由上表，可以看出《唐詩別裁集》選杜牧詩絕律共十七首，而選商隱古今各體詩共四十四首，兩者相差二十七首。〔註25〕不論質與量都大大的勝過杜牧。可見元瑞之說不可信，而顧隨認爲義山是全才，勝於樊川之「半邊俏」，洵爲定論。

然而以李商隱詩之成就，古來對其詩與其人之批評，其受誣之多，洵古今少有。其所受之誣可分爲三大方面：（一）是人格。在前舉晚唐三大家中，杜牧之「十年一覺揚州夢，贏得青樓薄倖名。」似少有人責難。溫庭筠之「士行塵雜」已見斥於《舊唐書》〔註26〕。而李商隱之「無持操，恃才詭激」，「綯以爲忘家恩，放利偷合。」〔註

〔註25〕見清沈德潛《唐詩別材集》，上海古籍出版社，1979 年 1 月。
〔註26〕見後晉劉昫《舊唐書》第六冊，卷 190 下，臺北：鼎文書局，5079頁。
〔註27〕見後晉劉昫《舊唐書》第六冊，卷 190 下，5078 頁；《新唐書》第七冊，卷 230，臺北：鼎文書局，5790 頁。按《舊唐書》云：「綯以爲忘家恩，放利偷合。」其史筆甚妙，蓋其欲明指責備義山「放利偷

27）抨擊已甚，然此牽涉政治立場，但看令狐絢與白敏中聯手打擊李德裕至貶死涯州，至使「八百孤寒齊下淚」，則何者爲德？何者無行？歷史已有公斷，故不再贅筆。（二）是獺祭魚之誣。自民國六年，胡適之於《新青年》發表〈文學改良芻議〉，提出「八不主義」，古典文學一時遭受漫天炮火，「用典」更是箭靶之所在，而李商隱之「獺祭魚」傳說，更是靶中紅心。故江亢虎雖反對胡適之見，亦有「饾飣獺祭，人早懸爲厲禁」之言。〔註 28〕然李商隱「獺祭魚」之傳說，見錄於清代以來諸箋注家之附錄。而引爲《楊文公談苑》曰：「義山爲文，多簡閱書冊，左右鱗次，號獺祭魚。」〔註 29〕唯筆者深以爲此乃多烘先生以「重言爲眞」之謬說，既厚誣義山、亦貶楊億。不知此乃宋朝文同（蘇軾之表兄）形容李堅甫之句，至吳坰《五總志》云是義山，元辛文房《唐才子傳》又本之。清朝薛雪已曰：

> 溫飛卿、段柯古諸君，雖與並名（指義山），不能歷其藩翰，後人以獺祭魚毀之，何其愚也！試觀獺祭者，能作得半句玉溪詩否？〔註 30〕

此眞妙哉問！且不獨有偶，葉燮亦譏刺作詩作文，專爲求新事新句而「獺祭魚」者，如「貧兒稱貸營生，終非己物。」〔註 31〕反觀高才如義山、楊億者，皆下筆千言，不能自休，可謂觸興即就，何待獺祭？必也初學晚生，才學兩缺方須靠「獺祭」之力也。（三）是說其與貴

台」之人，乃令狐絢也。以是其立場與角度便值得後人深思。

〔註 28〕見《五四新文學論戰集彙編》上冊，臺北：長歌出版社，民國 64 年 12 月，97 頁。

〔註 29〕上可參看朱鶴齡箋注、程夢星刪補《李義山詩集箋注》，臺北：廣文書局，45 頁。朱鶴齡箋注、沈厚埌輯評《李義山詩集》，臺北：台灣學生書局，25 頁。馮浩注《玉谿生詩詳註》附〈詩話〉，臺北：華正書局，729 頁。馮浩《玉谿生詩集箋注》，臺北：里仁書局，825 頁。屈復《玉溪生詩意》，臺北：正大印書館，25 頁。葉蔥奇《李商隱詩集疏集》，臺北：里仁書局，727 頁等。

〔註 30〕見薛雪《一瓢詩話》，684 頁，丁福保編《清詩話本》，臺北：木鐸出版社，民國 77 年 9 月。

〔註 31〕見葉燮《原詩》，606 頁。

人姬妾、女道士、宮女、甚至尼姑，皆有不清不白之豔情（詳第三章、第五章），眞有令人不敢置信者。蓋義山詩集中固不乏〈和友人戲贈〉、〈題二首後重有戲贈任秀才〉、〈贈歌妓〉、〈代應〉、〈妓席〉、〈宮妓〉、〈百果嘲櫻桃〉、〈櫻桃答〉等豔體，然其題皆已明白標目，故龔鵬程云其爲：「代人啼笑的寫作方式」，因此主張不能作爲義山心事考察之材料。〔註32〕然其又以義山代答體之創作方式以概括〈無題〉，亦類《樊南文集》「幾乎全係此類爲人作嫁衣裳的作品。」〔註33〕但是否有證據可證〈無題〉亦皆是假擬之做。且義山尚有頗掩飾隱晦之〈有感〉、〈重有感〉等，不知是否亦無心曲與事實可探？何況此類詩之創作心態恐怕與〈無題〉更相類也。因此何者爲是？本文乃思爲之剖析眞相，此乃本文撰述之第一動機也。

二、破舊說關鍵在用典

　　晚唐溫杜之詩，爭議甚鮮，至少不若李商隱詩之眾說紛紜，呶呶不休。故讀義山詩一字一句，縱使已了然於心，然又不得不虛心參考諸家箋注。唯有時不參考尚好，一參考反失所主。難怪查初白曰：「後世箋李詩者，未必即是玉溪功臣」。〔註34〕而普遍認爲義山好用典故，因此乃有「獺祭魚」之說，而此說竟有人相信，甚至千餘年來少有疑之者，其必非無因也。蓋義山詩之難讀難解，是不爭之事實，如宋朝楊億曰：

　　　　至道中偶得玉溪生百餘篇，意甚愛之，而未得其詩之深趣。

〔註32〕見龔鵬程〈論李商隱的桃詩〉《文學批評的視野》，臺北：大安出版社，民國79年1月，202、203頁。

〔註33〕龔鵬程又曰：「以無題諸作來說，哀感頑豔，注家用破工夫，努力鑽研它跟義山生平的關係；但一來〈代贈〉〈代應〉之類作品亦多芬芳悱惻之辭，二來葉蔥奇也說過：『代應猶言代答，仍是無題一類』。」其中難保沒有是代作以致無題的。〈論李商隱的桃詩〉《文學批評的視野》，201、202頁。

〔註34〕見《遺山集》卷11，《元好問研究資料彙編》上冊，紀念元好問八百年誕辰學術研討會籌備會編印，臺北：文史哲出版社，民國79年12月，525頁。

〔註35〕
是義山詩之美，楊億一見便「意甚愛之」，唯義山詩之「深趣」如何？
以楊億之高才亦坦言「未得」，可見楊文公非造假之人。而另一位開
創「江西詩派」之大宗師黃庭堅其讀義山〈錦瑟〉，亦曰「殊不曉其
意」。〔註36〕至元好問〈論詩絕句〉曰：「詩家總愛西崑好，獨恨無人
作鄭箋」。〔註37〕而王士禎亦有「獺祭曾驚博奧憚」〔註38〕之嘆。梁
啓超更坦白說：

> 義山的錦瑟、碧城、聖女祠等詩，講的什麼事，我理會不
> 著，拆開一句一句叫我解釋，我連文義也解不出來。〔註39〕

以上諸名家，皆誠實言其閱讀李商隱詩之困難。但是有些讀者讀不
懂，卻以義山之「用典」為箭靶。認為義山用典之「深僻」、「隱僻」、
「詭僻」、「僻澀」是使其讀不懂之主因，也是一切罪過之所在，故自
宋朝以來便遭受到許多非難。如惠洪云：

> 詩到李義山，謂之文章一厄。以其用事僻澀，時稱西崑體。

〔註40〕
蔡寬夫亦云：

> 義山詩合處，信有過人，若其用事深僻，語工而意不及，
> 自是其短，世人反以為奇而效，故崑體之弊，適重其失，
> 義山本不至是云。〔註41〕

此二則詩話，皆一方面指斥李商隱用事深僻，另一方面又兼責西崑。

〔註35〕見江少虞《皇宋類苑》，卷34，文海出版社，851頁。
〔註36〕見黃朝英《湘素雜記》。引見程夢星《李義山詩集箋注》，附錄詩話，
　　　　臺北：廣文書局，民國70年8月，46頁。
〔註37〕見元好問《遺山集》卷11。參見《元好問研究資料彙編》，525頁。
〔註38〕見王士禎撰，惠棟、金榮注《漁洋精華錄集注》，濟南濟魯書社，1992
　　　　年1月，244頁。
〔註39〕見梁啓超《飲冰室文集》卷37《中國運文裡頭所表現的情感》，上海
　　　　中華書局，102頁。
〔註40〕見胡仔〈苕溪漁隱叢話〉前集卷22，臺北：長安出版社，民國67年
　　　　12月，146頁。
〔註41〕同上。

後來蔡寬夫又發現其實宋代西崑體比李商隱更嚴重，於是有「義山本不至是」之語。唯惠洪之言，已遭到許顗之反駁，故曾刪去過，然其後又復原。〔註42〕另外范晞文亦頗反對義山用典，曾云：「詩用古人名，前輩謂之點鬼簿，蓋惡其為事所使也。」其下便批評：

> 李商隱集中半是古人名，不過因事造對，何益於詩？至有一篇而疊用者，如〈茂陵〉云：「玉桃偷得憐方朔，金屋修成貯阿嬌。誰料蘇卿老歸國，茂陵松柏雨蕭蕭。」此猶有微意。〈牡丹〉詩云：「錦幃初見衛夫人，繡被猶堆越鄂君。」
> 「石崇蠟燭何曾剪，苟令香爐可待薰？」不切甚矣。〔註43〕

范晞文引前輩之言，謂詩多用古人名謂之點鬼簿，因評義山集中半是古人名何益於詩。此是籠統批評，並不精切。又云〈牡丹〉用四個古人名，曰「不切甚矣」，則是顯現其對義山詩用典藝術之全無體會。於是導至朱彝尊曰：「堆而無味，拙而無法，詠物之最下者」之評語〔註44〕，而屈復也嫌曰：「然掩題不知是詠何花？終是猜謎，乃是詩法所忌。」〔註45〕然而像朱彝尊、屈復這種看法之人似乎不多，反而有許多人認為這一首詩義山用典成功之典範。如何義門評第一聯曰：「起聯生氣湧出，無復用事之跡。」〔註46〕胡以梅以為「通身脫盡皮毛，全用比體，登峰造極之作。」〔註47〕連平常罵義山不置口之紀昀都說：「八句八事，卻一氣鼓盪，不見用事之跡，絕大神力」。〔註48〕就是陳永正亦曰：

> 義山是善於用典的老手，全詩八句，用了八事「一氣湧出，

〔註42〕見許顗《彥周詩話》，清·何文煥編《歷代詩話》第一冊，臺北：漢京文化事業有限公司，民國72年1月，388頁。

〔註43〕見范晞文《對床夜話》卷3，丁福保輯《歷代詩話續編》上，臺北：木鐸出版社，民國72年9月，427頁。

〔註44〕見劉學鍇、余恕誠《李商隱詩歌集解》第四冊，1550頁，又見《李義山詩集沈厚塽輯評》。

〔註45〕見劉學鍇、余恕誠《李商隱詩歌集解》第四冊，1550頁。

〔註46〕見何焯《義門讀書記》下冊，北京中華書局，1987年8月，1254頁。

〔註47〕見劉學鍇、余恕誠《李商隱詩歌集解》第四冊，1550頁。

〔註48〕見劉學鍇、余恕誠《李商隱詩歌集解》第四冊，1552頁。

不見襞積之跡」，這是最不容易做到的。北宋初西崑派的先
生們，寫起詩來就翻書，抄襲典故，堆疊而無味，形成一
種非常惡劣的文風。〔註49〕

唯范氏另一則詩話則頗能深中義山之病，其曰：

> 前輩云：詩家病使事太多，蓋皆取其與題合者類之，如此
> 乃是編事，雖工何益。李商隱〈人日〉詩云：「文王喻復今
> 朝是，子晉吹笙此日同。舜格有苗旬太遠，周稱流火月難
> 窮。鏤金作勝傳荊俗，剪綵爲人起晉風。獨想道衡詩思苦，
> 離家恨得二年中。」〔註50〕

按馮浩對此詩頗爲懷疑，雖勉強爲之繫年，云是「江鄉寓慨」之作。
然又曰：「微近香山，本集若此輕俊取勢者絕少。唯〈和韋潘七月十
二日詩〉略似耳。玩結聯，或他人見贈之作乎？類列於此，與〈柳
詩〉皆可疑也。」〔註51〕是馮浩頗疑此詩是否爲義山作品。然此詩
不論是眞是假，其爲壞詩殆無可疑。唯歷來堪證義山用典不是，而
能令人認同者，不外此首，與另一首〈喜雪〉而已。黃徹《䂬溪詩
話》云：

> 李商隱詩好積故實，如〈喜雪〉云：「班扇慵裁素，曹衣詎
> 比麻。鵝歸逸少宅，鶴滿令威家。」又「洛水妃虛妒，姑
> 山客謾夸」；「聯辭雖許謝，和曲本慚巴。」一篇中用事者
> 十七。〔註52〕

唯這兩首披范晞文、黃徹所抨擊之詩，有一個非常重要之關鍵點，即
此兩首用典多而僻之作品，都只是不好，不是難懂。換句話說，用典
多可能不是難懂的主因。唯宋以下猶普遍延續此看法，如元李純甫
云：「李義山喜用僻字，下奇字。」〔註53〕明高棅云：「李義山之隱僻」

〔註49〕見陳永正《李商隱詩選》，臺北：木鐸出版社，45 頁。

〔註50〕見范晞文《對床夜話》卷4，437 頁。

〔註51〕見馮浩《玉谿生詩集箋注》卷3，臺北：里仁書局，民國70年8月，
661 頁。

〔註52〕見黃徹《䂬溪詩話》卷10。丁福保《歷史詩話續編》上冊，399 頁。

〔註53〕見劉學鍇等編《李商隱資料彙編》上冊，115 頁。

〔註 54〕、張戒修云：「商隱好僻澀。」〔註 55〕，胡應麟亦云：

> 自李商隱、唐彥謙諸詩作祖，宋初楊大年、錢惟演、劉子
> 儀輩，翕然宗事，號「西崑體」，人多訾其僻澀。〔註 56〕

另外許學夷亦云：「李商隱才力亦優於渾，而用事詭僻，多出於元和」。
又云「其他多是長吉聲調，詭僻尤甚，讀之十不得三四也。」〔註 57〕
此是許學夷認爲義山之詭僻難懂，大致源於元和李賀之風格。然在許
氏之《詩源辯體》中，詭僻、僻澀常常重複出現，可見其命義相同。
其他如胡震亨亦云「深僻」，並曰：

> 今杜詩注既如彼，建與賀詩有注與無注同，而商隱一集迄
> 無人能下手，始知實學之難，即注釋一家，亦未可輕議也。
>
> 〔註 58〕

胡應麟此說一出，往後箋注家之「鱗次群書，析疑徵事。」〔註 59〕此
反而是箋注家之「獺祭魚」，以至不疑人云李商隱「獺祭魚」之非，
蓋慣性使然也。清朝黃子雲又曰：

> 自漢以迄中唐，詩家引用典故，多本之於《經》、《傳》、
> 《史》、《漢》，事事灼然易曉。下逮溫、李，力不能運清
> 眞之氣，又度無以取勝，專搜漢、魏諸秘書，括其事之冷
> 寂而罕見者，不論其義之當與否，擒剝填綴於詩中，以誇
> 燿己之學問淵博。〔註 60〕

又云義山〈錦瑟〉「莊生曉夢」四語：

〔註 54〕見高棅《唐詩品彙，總敘》，上海古籍出版社，1982 年 8 月，9 頁。
〔註 55〕見劉學鍇等編《李商隱資料彙編》上冊，162 頁。
〔註 56〕見胡應麟《詩藪》外編卷 5，吳文治主編《明詩話全編》第五冊，江
　　　　蘇古籍出版社，1997 年 12 月，5612 頁。
〔註 57〕見許學夷《詩源辯體》卷 30，吳文治主編《明詩話全編》第五冊，
　　　　6238 頁。
〔註 58〕見胡震亨《唐音癸籤》卷 32，338 頁。朱鶴齡《愚菴小集》卷 7〈西
　　　　崑發微序〉。見劉學鍇等編《李商隱資料彙編》上冊，245 頁。
〔註 59〕朱鶴齡《愚菴小集》卷 7〈西崑發微序〉。見劉學鍇等編《李商隱資
　　　　料彙編》上冊，245 頁。
〔註 60〕見黃子雲《野鴻詩的》，丁福保編《清詩話》，臺北：木鐸出版社，
　　　　857 頁。

更又不知何所指，必當日獺祭之時，偶因屬對工麗，遂強
題之曰「錦瑟無端」，原其意亦不自解。〔註61〕

總而言之，一切讀不懂之詩，皆是義山「獺祭」之過也。時至五四，
乃曰「懸爲厲禁」。然至今用典尤是普遍通行，何也？不知此乃文化上
之「集體潛意識」。以是義山之用典固爲事實，然其用典果眞何僻？何
澀？何深？何難？然而箋注家已極盡「鱗次群書，析疑徵事」之能事，
何以迷霧猶瀰漫未解？此是詩人之問題？抑或是讀者之問題？是典故
之問題？還是解析方法之問題？此是筆者思爲之剖析之第二個動機。

　　以上批評義山用典諸問題，是一個值得深思之問題，因爲在中
國之學術傳統中，箋注之學本身就佔有相當重要之地位，而胡震亨
曾云：「商隱一集迄無人能下手，始知實學之難，即注釋一家，亦未
可輕議也。」胡氏在此所謂「注釋一家」，即是後來道源、朱鶴齡、
程夢星、姚培謙、馮浩等勞瘁心力之所在，而其特色就在搜尋可供
參考之語典與事典，此即所謂「鱗次群書，析疑徵事」，雖然此學不
免有「釋事而忘義」之蔽。〔註62〕另外一種現象，就如龔鵬程所說，
注釋家在說詩時，對「典故出處及對典故的解說也每人各異其辭。」
〔註63〕然而即使如此，其既是古人認爲「實學」之所在，則義之「用
典」只是弊而無益乎？張爾田曾讚美義山「用典無一泛設，眞絕唱
也」。〔註64〕蘇雪林先生亦云：

義山既以典故來代替他當時情史，如果典故用得不切當，
事實便會淆亂。所以他對於用典極其用心，可以說是絲毫
不苟。〔註65〕

蘇先生在此指出義山「用典極其用心，可以說是絲毫不苟」，這是一

〔註61〕見黃子雲《野鴻詩的》，丁福保編《清詩話》，853 頁。
〔註62〕見游喚〈中國文學批評中意義詮釋的途徑〉，收入呂正惠、蔡英文編《中
　　　　國文學批評》第一集，臺北：學生書局，民國 81 年 8 月，290 頁。
〔註63〕見龔鵬程〈論李商隱的桃詩〉《文學批評的視野》，197 頁。
〔註64〕見《李商隱詩歌集解》第二冊，766 頁。
〔註65〕見蘇雪林《玉溪詩謎》，臺北：臺灣商務印書館，121 頁。

個大發現。雖然其《李義山戀愛事跡考》未盡如人意，但是劉學鍇評
曰：

> 特別是與宮嬪飛鸞、輕鳳戀愛之說，更是無論從事理上、
> 從材料依據上都讓人難以置信。但蘇氏提出義山兩類不同
> 戀愛對象的詩分別用不同的典故詞語，女道士用仙女、仙
> 境、仙家事物，宮嬪則用帝王、妃后、宮廷建築、宮廷器
> 用以爲區別，不能説毫無道理。〔註66〕

劉氏此評，意乃認同蘇氏所指義山用典之不苟，且應具有某種規律與
蘊含某種訊息。顏崑陽《李商隱詩箋釋方法論》說舊箋釋方法有兩大
偏差：第一個偏差是自朱鶴齡以下，箋釋者都認爲有一個，並且是唯
一確定的一個所謂客觀的作者原意存在；箋釋的目的，就是在找出這
個絕對客觀的作者原意。可是他們用的是「以意逆志」的方法，因此
詮釋者基本上脫離不了主觀的理解和主觀的意會，以是不可能達到目
的。第二偏差是：

> 傳統箋釋學中，最嚴重的弊病是雖然他們聲稱對於文本「反
> 覆」體會再三，但是事實上他們的「反覆」只是主觀的臆
> 測，完全無視於文本是獨立而有機的語言結構，它的結構
> 乃遵循著有法可依的文學語言成規。……甚至連起碼對語
> 言最小單位──詞的解釋，也不去考慮到它在歷史語言的
> 意義脈絡中，應該有怎樣的解釋。因此，詩中之「用典」
> ──歷史語言的使用，箋釋者往往隨意作解。李慈銘批評
> 馮浩「不通訓詁」，指的就是他不知詞義解釋有其文化意義
> 上的客觀性。〔註67〕

顏氏在上面兩點所論，前者認爲傳統箋釋者欲追求作者唯一客觀之原
意，但所用「以意逆志」之方法，因詮釋者主觀之意太強，所以根本
只是臆測。此與龔鵬程說：「欲求客觀，以爲可以『似鑿而非鑿』，結

〔註66〕劉學鍇《李商隱詩歌研究》，合肥：安徽大學出版社，1998 年 5 月，
135 頁。
〔註67〕見顏崑陽《李商隱詩箋釋方法論》，臺北：學生書局，民國 80 年 3
月，26 頁。

果卻弄得『似不鑿而鑿』，成爲主觀的附會」相同。〔註68〕顏氏之後說：則指出對義山所使用之歷史語言——「用典」之解釋，應該考慮到它在歷史語言的意義脈絡中，不可以隨意作解。換句話說，如果在詮釋李商隱詩時，能夠掌握義山之「用典」，而不隨意作解，則欲追求義山詩之客觀原意，並不是不可能。故顏氏申明：

> 我們解決問題的企圖，並非要提出一套不相干的方法來取
> 代之。其實，傳統這套方法應該有很好的效用。〔註69〕

而筆者也認爲義山之「用典」是本文之助力而不是阻力，只是如何尋覓一套詮釋法則，而達到客觀詮釋之問題而已。如李商隱詩集中有〈謝書〉一首：

> 微意何曾有一毫，空攜筆硯奉龍韜。自蒙半夜傳衣後，不
> 羨王祥得佩刀。

此題此詩，若單看〈謝書〉之題並不能確知是謝何人？再讀前兩句「微意何曾有一毫，空攜筆硯奉龍韜。」還是無法確定。但是讀到第三句「自蒙半夜傳衣後」，馮氏採朱鶴齡注曰：「楚能章奏，以其道受商隱，故借五祖傳衣事。」〔註70〕於是知此詩之答謝對象乃令狐楚，而各家無爭議矣。〔註71〕再如〈有感二首〉其不敢直說之掩飾心態最類〈無題〉，但讀其詩曰：

> 九服歸元化，三靈叶睿圖。如何本初輩，自取屈氂誅。有
> 甚當車泣，因勞下殿趨。何成奏雲物，直是滅萑苻。證逮
> 符書密，辭連性命俱。竟緣尊漢相，不早辨胡雛。鬼籙分
> 朝部，軍烽照上都。敢云堪慟哭，未免怨洪爐！
>
> 丹陛猶敷奏，彤庭歘戰爭，臨危對盧植，始悔用龐萌。御
> 仗收前殿，兇徒劇背城。蒼黃五色棒，掩過一陽生。古有

〔註68〕見龔鵬程〈無題詩論究〉《文學批評的視野》，185頁。
〔註69〕見顏崑陽《李商隱詩箋釋方法論》，25頁。
〔註70〕見馮浩《玉谿生詩集箋注》卷1，19頁。
〔註71〕朱注之後，姚曰：「此謝令狐公作也。」程曰：「其爲令狐無疑。」
　　　　紀曰：「此謝令狐楚也」等等，多不再贅舉。參看劉學鍇、余恕誠《李
　　　　商隱詩歌集解》第一冊，41頁。

> 清君側，今非乏老成。素心雖未易，此舉太無名。誰瞑銜
> 冤目，寧吞欲絕聲？近聞開壽讌，不廢用咸英。

此雖髣若〈無題〉，馮浩注徵用《周禮》、《漢書》、《後漢書》、《左傳》、
《史記》、《晉書》、《魏志》、《公羊傳》、《詩》、《樂緯》等共二十四個
典故，表面看來既典雅且隱晦，雖作者自註：「乙卯年有感，丙辰年
詩成。」但善懷疑者還可能說：乙卯年甚長，指何日何事？且是義山
何感也未明指？然經馮浩引《新唐書・藝文志》李潛用〈乙卯記〉以
注。則義山此二首〈有感〉乃因唐文宗太和九年乙卯十一月二十一日
「甘露之變」而發，已無爭議。也沒有人會說「證據不足」、或說是
「缺乏直接證據」。然大家願意相信馮浩注之因何在？蓋從義山詩中
之典故如：「如何本初輩，自取屈氂誅。有甚當車泣，因勞下殿趨。
何成奏雲物，直是滅萑苻」等等所用之典故內涵，便可偵測馮浩說之
可信也。此詩義山若不用典，則其紛爭可料將不下於諸〈無題〉。以
此反思，諸〈無題〉之類作品是否也可從其用典而追查其本意？故顏
崑陽說：「傳統這套方法應該有很好的效用」，確有參考價值。

　　唯觀念既備，但是若無一些誘因，亦茫然不能行動，首先是閱讀
張爾田之《玉谿生年譜會箋》，無意中觸動筆者靈感，其卷首附錄元
辛文房《唐才子傳》，文中有「每喜用典」之語。〔註72〕初閱實興奮
不已，以爲「用典」一詞至少應可溯至元代。然而當翻檢金楓出版社
之校正本、四庫全書珍本別輯，皆無張氏卷首附錄之語，對此名家之
書便憬然而驚矣。再看岑仲勉〈玉谿生年譜會箋平質〉，更覺孟子曰：
「盡信書不如無書」確矣。於是再閱古人之說，便時時抱著存疑之態
度。然雖存疑，初實找不到問題可疑。及某日再讀〈無題〉二首：

> 昨夜星辰昨夜風，畫樓西畔桂堂東。
> 身無彩鳳雙飛翼，心有靈犀一點通。
> 隔座送鉤春酒暖，分曹射覆蠟燈紅。

〔註72〕見張爾田《玉谿生年譜會箋》，臺北：臺灣中華書局，民國 68 年 5
　　　月，卷首 15 頁。

嗟余聽鼓應官去，走馬蘭臺類轉蓬。

聞道閶門萼綠華，昔年相望抵天涯。

豈知一夜秦樓客，偷看吳王苑內花。

在參酌眾家三類十一說，皆不言「吳王苑內花」是誰，而《四庫全書總目》序內府藏本《李義山詩集》曰：

> 然無題之中，有確有寄託者，「來是空言去絕蹤」之類是也。有戲爲豔體者，「近知名阿侯」之類是也。有實屬狎邪者，「昨夜星辰昨夜風」之類是也。有失去本題者，「萬里風波一葉舟」之類是也。有與無題相連誤合爲一者，「幽人不倦賞」之類是也。其摘首二字爲題，如〈碧城〉〈錦瑟〉諸篇，亦同此例。一概以美人香草解之，殊乖本旨。〔註73〕

則四庫館臣認爲此兩首〈無題〉是狎邪之作。而馮浩又曰：

> 此二篇定屬艷情，因窺見後房姬妾而作，得毋其中有吳人耶？趙箋大意良是，他人苦將上首穿鑿，不知下首明道破矣。〔註74〕

並評爲「大傷輕薄」。張爾田繼之曰：「此二首疑在王茂元家觀其家妓而作，後篇已說明矣。(「隔座」二句點明家妓。蓋因親串，故晦其題耳。)〔註75〕而其中所謂之「後房姬妾」，所謂之「吳人」，所謂「家妓」，是否可爲等號？又是如何推論而得？眞是一片疑雲？與人討論，問「吳王苑內花」是誰？普遍皆慣性聯想到西施。然而筆者於是時則靈機突然起動，而有下列三疑：

　　1. 吳王苑內只有一朵花？

　　2. 吳王若有女兒算不算花？

　　3. 吳王若有女兒不養在苑內乎？

此是靈光乍現，就因「西施」之典而提此三問，再來一路就義山之「用典」追尋答案，終於證明吳王確有女兒名紫玉。而因紫玉之出現，即

〔註73〕見《四庫全書總目》集部、別集類，臺北：漢京文化事業有限公司，民國70年12月，811頁。

〔註74〕見馮浩《玉谿生詩集箋注》卷1，137頁。

〔註75〕見張爾田《玉谿生年譜會箋》附《辨正》，331頁。

可取代西施之刻板印象，使「吳王苑內花」一向做爲後房姬妾之說法，轉而爲對王茂元家千金之推想。又再經過一番努力，終於證明「閶門萼綠華」、「吳王苑內花」、「綵鳳」可以三合一，更加證明清人但見「吳王苑內花」，就將西施隨意拿來聯想一番，以是有「得毋其中有吳人耶？」而結論竟都是「艷情」或「狎邪」。

經以上之發現，於是首次感到李商隱所用典故之處，堪作爲筆者突破舊說之關鍵。唯義山典故之多，箋注家之注亦少有失誤者，一時豈盡可疑哉。殆某日再讀〈燕臺〉四首，馮浩曰：

> 參之〈柳枝序〉，則此在前，其爲「學仙玉陽東」時，有所戀於女冠歟？其人先被達官取去京師，又流轉湘中矣。以篇中多引仙女事，故知女冠。〔註76〕

蓋馮氏猜測此四首詩，是義山「學仙玉陽東」與女冠戀愛之作。而其憑據則是「以篇中多引仙女事，故知女冠」。至蘇雪林則云是義山追悼飛鸞、輕鳳兩位隨貴主入道觀之宮女〔註77〕。從此女冠說大爲盛行，如陳貽焮在其〈李商隱戀愛事跡考辨〉曰：〈春〉，「似寫那人離玉陽入宮後的相思幽怨」；〈夏〉：「顯係回憶玉陽往事」；〈秋〉：「寫人去樓空之感」；〈冬〉：「雌鳳，當喻那人，女龍，當喻貴主」。又云「雌鳳，指所戀女冠」〔註78〕。而葛曉音撰〈李商隱江鄉之游考辨〉亦主蘇雪林教授之說〔註79〕。鍾來茵也說：「義山詠女冠的代表作是〈燕臺四首〉。〔註80〕楊柳亦云：「義山詩集中那些被認爲最晦澀、最費解的艷情詩篇，如〈燒香曲〉、〈燕臺詩〉、〈河陽〉、〈河內〉……都是描

〔註76〕見馮浩《玉谿生詩集箋注》卷3，699頁。

〔註77〕見蘇雪林《玉溪詩謎》，87頁。蘇氏又曾曰：「義山之與宮嬪有情，乃由相識之女道士介紹而來，所以兩件戀愛事，實在可以歸併到一件。」，42頁。

〔註78〕見王蒙、劉學鍇《李商隱研究論集》，廣西師範大學出版社，1998年1月，151頁、152頁、139頁。

〔註79〕見王蒙、劉學鍇《李商隱研究論集》，367頁。

〔註80〕見鍾來茵〈唐朝道教與李商隱的愛情詩〉，王蒙、劉學鍇《李商隱研究詮集》，429頁，又收入其《李商隱愛情詩解》，393頁。

寫入道宮女的曲折遭遇和生活經歷。」〔註81〕劉學鍇、余恕誠亦言：
「馮氏謂其人曾為女冠，觀詩中常有雲霧迷離類似道教神話之境界
（如「安得薄霧起緗裙，手接雲駢呼太君」），以及多用女仙事，其說
不為無據。」〔註82〕吳調公也說：「如李詩的〈燕臺詩〉、〈碧城〉、〈聖
女祠〉……等，都相當顯著。推本窮源，道教的生活氣氛，道教的意
識形態，以及同女道士的交往，對李商隱愛情詩的生活題材、思想內
容和藝術風格的一定影響，是不容抹煞的。」〔註83〕

　　就以上眾家之口其不爍金也難矣，但是考其證據：類不外是從篇
中「引仙女事」之現象而為立說之基礎。以是乃細檢馮氏對四首詩之
箋注，發現四首中除了「手接雲駢呼太君」句，較與道教典有關，其
他可說全無關係，且「雲駢」不等於「輻駢」；「太君」也不等於「雲
中君」；「湘裙」更非「湘君」。因為查閱《中華道教大辭典》、《道藏
提要》、《雲笈七籤》、《大漢和辭典》皆無其說。反而只見「太上老君」
或「太上玉宸君」最可能被稱為「太君」。因此說〈燕臺〉四首多女
仙典，乃為女冠而作，洵有待商榷（詳第五章）。於是回頭開始檢驗
諸家對〈無題〉之說：不主君臣寓言，便依新、舊《唐書》云是向令
狐綯求情告哀；否則指覦覬貴人後房姬妾或青衣；尤甚者說李商隱與
女道士有豔情；甚至連宮女都敢沾染（詳第三、四章）。乍聞之下，
李商隱之品真令人覺得卑下至極。然掩卷思之，漸覺眾說疑點重重。
久之，乃下手檢視諸家所舉豔情說所有證詞，發現幾無一條可以成立
者，令人不禁思為之辯矣。

　　以上諸疑，乃是本文發展之兩根主幹。此後根枝勃發，不但「萼
綠華」之身份該考、「劉郎」是劉晨還是劉徹也該問、「蓬山」等不等
於天台山也該說清楚；更該問李商隱何以一下子說：「劉郎已恨蓬山

〔註81〕楊柳《李商隱評傳》，95頁。其詳論需再參看其384頁389頁。

〔註82〕劉學鍇、余恕誠《李商隱詩歌集解》第一冊，98頁。

〔註83〕見吳調公《李商隱研究》，臺北：明文出版社，民國77年9月，123
　　　　頁。

遠，更隔蓬山一萬重」？一下又說：「蓬山此去無多路」？義山寫「賈
氏窺簾韓掾少，宓妃留枕魏王才」到底在暗示什麼？又三首〈聖女祠〉
中之「紫姑」、「星娥」、「月姊」、「寒竹」、「白榆」等在詩中有什麼作
用？又誰在「腸迴楚國夢，心斷漢宮巫」？又爲什麼說「惟應碧桃下，
方朔是狂夫」？又爲什麼說「人間定有崔羅什，天上應無劉武威」？
在〈無題〉中爲什麼「神女生涯元是夢，小姑居處本無郎」？又「神
女」是單一還是多元？又有多少變化？其他有關李商隱學仙之問題，
《河南府志》與《懷慶府志》之記載是否爲眞？馮浩說「清都」指王
屋山是否可信？宋眞人是否就是宋華陽等等，以上諸問題便構成本文
之初基矣。

第二節　研究範疇與方法

一、研究範疇

　　本篇研究之範疇，以排除法去之。僅以李商隱詩中頗具爭議，極
待釐清之作品爲主要對象，其他排除之。詳而言之，若將義山詩分爲
四大類：第一類是政治詩，並不在本文的研究範疇內。原因是其意已
甚明白，而又少有爭議，此類之詩如〈有感〉、〈重有感〉、〈哭遂州蕭
侍郎二十四韻〉、〈哭虔州揚侍郎虞卿〉等。皆可從馮注之典故與史事
明其詩旨，詩旨已清，若再呶呶談之，徒增篇幅之浩繁，而與學術實
無意義，故此類不在本篇之研究中。其他又如〈壽安公主出降〉，可
從「嫣水聞貞媛，常山索銳師」之典，而知乃因開成二年，文宗絳王
悟之女壽安公主降成德軍節度史王元逵而發，義山耽心「事等和強
虜，思殊睦本枝。四郊多壘在，此禮恐無時。」（〈行次西郊作一百韻〉）
之詩意史事更明，固皆在不論之類。

　　第二類是義山與士大夫之交遊，時間或許不明，然人與事皆清
楚，如〈謝書〉、〈天平公座中呈令狐令公〉、〈贈趙協律晳〉、〈贈宇文
中丞〉、〈安平公詩〉、〈遇故崔兗海宅與崔明秀才話舊僚杜趙李三掾〉、

〈哭劉蕡〉、〈喜舍弟羲叟及第上禮部魏公〉、〈令狐舍人說昨夜西掖玩月因戲贈〉、〈細雨成詠獻尚書河東公〉等。亦普遍無爭議，故亦不再費事。

第三類是詠物與詠史。因詠物之作，人與物多在不即不離之間，寄物托興，本是其創作原則，若無其他旁證，則最好勿作其他猜測。唯其「詠史」、與「類詠史」之「懷古」，與用典之間有些糾葛，特於第二章論析以辨之。此辨之價值，因透過對〈富平少侯〉〈陳後宮〉二首典故之解剖論證，可矯正箋注家隨意比附之病。

第四類是義山〈無題〉、與諸豔情案有關之詩，才是本文心血之所在。因學術研究本來就是爲了解決問題。而義山詩此類之問題，又不同於他人之問題。而此類問題，討論者之論文繁多至極，然現象有四種：一是了無新意、層層相因，人云亦云，代代相襲而已。二是若有創見卻既無證據，也不合邏輯，尤其是對義山之用典隨意作解，導至詮釋上之偏差。三是好好先生一個，資料蒐集完備，但缺乏洞見能力，只能組織眾說，折中立論，看似平穩，然實一經檢驗，便漏洞百出。四是採取西方文學批評理論，或就美學、心理學等之探討。惟第四類實非予之所長，而對其他三類之說法個人又不滿意，以是不得不重起爐灶，擬採「以典故爲穴位，以文本爲經絡」之傳統中醫觀念，作爲本文研究之策略。

二、研究方法

（一）傳統用典研究之省思

回思本文前面所疑所思者何？發現皆在義山之用典處，而且從〈謝書〉、〈有感〉、〈重有感〉等之用典，便可偵察其詩之指向，由是乃決定以義山之用典爲主要切入點。惟本文之研究，既著重在實際問題之解決上。則在用典研究方法上，應有異於一般所熟悉之淵源、類別、效用、藝術規則等之歸納與分析。雖然其法，初亦是筆者頗用心蒐尋之方向，故在參考書目之單篇論文中可以發現不少相關用典之論

文，如馬茂元〈玉谿生詩的用典〉、梁佛根〈義山詩用典心動因與中
國詩歌用典的文化內因〉、尹禹一〈成語典故箋釋問題散論〉、朱宏達
〈典故簡論〉、管錫華〈論典故詞語及其使用特點和釋義方法〉、劉漢
初〈詩詞中「語典」的效用釋例〉、啓功〈漢語詩歌的構成及發展〉
等等。再參酌張淑香之《李義山詩析論》、與沈秋雄之《詩學十論》，
發現皆已在用典之分類與藝術特色上費了頗多心血。乃自思量，在傳
統用典之方法研究上，余尚能提供多少有價值之成果？自忖黃河一
泥，無關清濁；滄海一杯，無關深淺。大道既難，必須獨闢蹊徑。因
借傳統中醫之觀念，採「以典故爲穴位，以文本爲經絡」之法。

　　唯面對用典論文之閱讀亦非全無功效，至少對本文用典觀念之釐
清，起了相當大之作用。如第二章論〈用典界說與李商隱之學養〉，
便受諸用典論文之影響。其原先之目的，以爲既談用典矣，則何謂用
典？其義界固當首先知之。第一節因首談「用典」一詞之淵源，此亦
正是首先發現張爾田書之不可盡信者。〔註84〕第二節乃論〈用事〉之
原始義涵，以明傳統習稱之「用事」一詞，初義乃指祭祀、當政、節
氣之意，至南北朝始用於文學。且在劉勰《文心雕龍·事類》中，尚
有「略舉人事以徵事」和「全引成辭以明理」與「屈宋屬篇，號依詩
人，雖引古事，而莫取舊辭」兩類，前者是一般修辭學家所稱之「引
用」，後者始與本文所認爲之「用典」相類，而「用典」之意義至此
始有一明確之認知，否則即言「用典」，而不知用典之界說如何，何
以能執以論說。再者在第三節，發現義山「詠史」、「懷古」類之詩，
又與「用典」有些觀念上之糾葛，因一併釋之。

　　自五四以來，對「用典」問題抨擊不稍留餘地，因在第四節提出
用典乃文化之集體潛意識，且與聖人之教化相合，因此獲得普遍傳統
文學理論之認同，乃由原先之集體潛意識，化爲古文人之集體意識，

―――――――――――――

〔註84〕此可參看方師鐸先生《傳統文學與類書之關係》，與其第一章〈導論〉
　　　　有諸多相近處，唯〈用典〉一詞源出馮浩語，則尚未見方先生提及。
　　　　見東海大學研究叢書，民國60年8月。

可謂由暗而明也。此可由歷朝類書之不斷編纂取得顯證。而前舉自宋代以來諸家多掊擊義山用典之非，則義山用典之眞相如何，亦應有所說明。但是義山眞正讀多少書，今實難考，因退而求其次，乃就馮浩之箋注作統計。按馮浩注總共 4407 條。但是若以爲馮浩注便等於義山之用典次數，則將貽笑大方。故必須要有一套理論之設定以檢測何者可作爲義山用典之依據，何者當先淘汰。於是發現時限之設定與詠史之間，有許多觀念須要釐清，因乃憑以刪去 1439 條，而剩附錄之 2968 條。雖其中馮氏猶有引數典注一詞者，然去箋注家獺祭博徵已多，亦較切近義山用典之實也。

迨進入三、四、五章本論部分，在標題上，因第三章已明標從用典穴位刺探幾首〈無題〉與〈聖女祠〉，此章之穴位從萼綠華、吳王苑內花、蓬山、賈氏、宓妃、聖女之穴位施鍼，果然得到許多與前人迥異之看法。因此有信心再從第四章「神女」典切入，唯在標題上不想再重複，故直以「神女之原型與化用」命題，而實以「神女」爲穴位，以查其放射之多元形象。於第五章乃撰〈從用典看義山與女道教徒之糾葛〉，就義山學仙心態，與「學仙玉陽東」之事件切入，深考其瓊瑤宮之所在，華陽觀、華陽洞、宋華陽、華陽姊妹等問題，最後破除〈燕臺〉詩多女仙典，故知爲女冠作之謬。以上諸論皆依「用典」爲潛脈也，以是本文此後每一章每一節都將就一個典故或疑問來探討，雖未一再標舉「典故」二字，唯各位一望而知是典故矣。此中探討有證據必依證據，證據不足便循邏輯以推之。惟有時候邏輯之眞，不若事證之有說服力，此亦學術之必然，故此文可預期會尙有許多爭議，長者若不棄其愚，願指正以補其缺漏，必恭聆而改之。至於在實際操作方法，則詳下。

（二）以典故爲穴位、以文本爲經絡

1. 尋正穴

古典文學研究，最大之缺憾便是不能起古人於九泉而問之，因此

一切依賴後人之資料蒐集與考據，以做第一層次之研究功夫。然李商隱詩自道源、朱鶴齡、姚培謙、馮浩、張爾田、岑仲勉、葉蔥奇、劉學鍇、余恕誠、鄧中龍等之努力，規模已具，尤其至劉、余二氏之《集解》與《彙編》出，他人想要超越已非易事。然而資料既具，而問題猶在，乃不得不令人對研究方法重新思考。以是近來有顏崑陽之《李商隱詩箋釋方法論》，此是一篇頗具深度之論文。其書特色之一尤以「典故」當作壓軸論述，並對典故之訓解原則，限定與判準，都有相當之思辨。事實上其已察覺研究義山詩癥結之所在。

　　唯同一病徵也，眾人知之則知之矣，而群醫束手還是無策。如眾人皆知之癌症，至今能治癒者幾希？所幸義山詩之病雖重，尚非入膏肓者。唯縱使小病，若診斷錯誤，雖仁心仁術為之施鍼投藥，則亦無益於病，且恐反而有害，甚或致命者。清胡以梅《唐詩貫珠串釋》曰：

> 義山〈無題〉、借題諸篇，說者謂其託美人以喻君子、思遇合之所由作也……其中眞眞假假，假假眞眞，易瞇俗眼。生時為當塗所薄，未必不由此。千古之下，共惜其才，因護其短，欲為賢者諱，捨軀殼而談臟腑，何能百不失一？況當日或癖有思痂，今必曲為之解，翻恐作者笑人，更亦到處皆成疑團渾沌，血脈梗塞，茫無條貫。詩神面目，竟無洗發之日，又豈愛義山之才之謂歟！〔註85〕

胡氏之貫珠串釋法，是否能讓詩神面目洗發，可參後論。唯其察覺前人之曲解，以致「到處皆成疑團渾沌，血脈梗塞」，正是筆者之憤悱難抑處！以是苦心焦慮，思通其經絡、消其渾沌。因思西方佛洛依德之說，本是精神醫學，竟可以成為震鑠當代之文學理論，則中國傳統鍼砭經絡之學，不亦可以參考乎？況且治病但求有效，何必西醫？中醫不亦可乎？於是歸閱《黃帝內經靈樞》曰：

> 夫五臟六腑之有疾也，譬猶刺也，猶污也，猶結也，猶閉也。
> 刺雖久猶可拔也，污雖久猶可雪也，結雖久猶可解也，閉雖

〔註85〕見胡以梅《唐詩貫珠串釋》卷7，劉學鍇、余恕誠、黃世中編《李商隱資料彙編》下冊，北京中華書局，2001年11月，427頁。

久猶可決也。或言久病之不可取者，非其說也。夫善用鍼者，
取其疾也，猶拔刺也，猶雪污也，猶解結也，猶決閉也。疾
雖久猶可畢也，言不可知也，未得其術也。〔註86〕

此段中醫理論，甚愜吾心。若能將李商隱詩中之疑惑，一如宿疾，用
鍼將其盡拔之、雪之、解之、決之。其暢快將何可言之？然而關鍵在
「得其術」否！以是再查其術之要，歧伯曰，：「凡刺之道，必通十
二經絡之所終始。」〔註87〕又曰：「刺此者必中氣穴，無中肉節。氣
穴則鍼染（遊）于巷中，肉節則皮膚痛。補寫（瀉）反則病益篤，中
筋緩邪氣不出。」〔註88〕由是知施鍼之首要，乃認穴須準，刺若不中
氣穴，不但邪氣不出，且病將益篤。余乃思借用其論以研究李商隱之
詩。其法則思以義山詩中之關鍵典故爲穴位，而以義山詩之文本爲經
絡。然而何謂穴位？何謂經絡？蕭少卿、陶航編著之《中國炙法治療
學》曰：

> 什麼叫「經絡」、「輸穴」呢？簡而言之，經絡是人體運行
> 氣血、內屬臟腑、外絡肢節、溝通內外、貫通上下的通路；
> 輸穴是臟腑經絡之氣輸注聚集于皮肉筋之間的部位，也是
> 「神氣游行出入之處所」。〔註89〕

由上知穴位有「氣穴」、「輸穴」之別名（若武術界則又別稱穴道），
其乃「神氣游行出入之處所」，且是臟腑經絡之氣輸注聚集于皮肉筋
之間的部份。而在本文之研究，李商隱詩中之用典處，亦正如人體之
「氣穴」或「輸穴」、正是整首詩神氣游行出入之所在。而義山整首
詩之文本，亦如人體之經絡，正是一種「溝通內外、貫通上下的通路」。
兩者之間之所以必須比並而談，《中國炙法治療學》又說：

> 人體輸穴之多，猶如星羅棋布，鱗次櫛比，約達一千左右。

〔註86〕見《黃帝內經靈樞》卷 1，《叢書集成初編》，北京中華書局，1991
年，16 頁。
〔註87〕見《黃帝內經靈樞》卷 1，17 頁。
〔註88〕見《黃帝內經靈樞》卷 1，45 頁。
〔註89〕見蕭少卿、陶航編著《中國炙法治療學》，銀川市：寧夏人民出版社，
1996 年 11 月，3 頁。

這些穴位，一般分爲十四經輸穴、經外奇穴和阿是穴三類。由於「經如大地之江河、絡如原野之百川」，輸穴則如山陵、谿谷而密佈其間。因此，經絡和輸穴同屬於一個系統，所以它們的作用是緊密相關的。〔註90〕

按「經絡」和「輸穴」既同屬於一個系統，則但談「輸穴」而不談「經絡」，一如但論「典故」而不論「文本」，古人箋釋義山詩之所以類天馬騰空，隨意做解，便是不顧「典故」之所安，亦不顧「文本」之系統。如一「萼綠華」也，在義山詩中有多少用法？其意義是否相同？有多少差異？又同一「劉郎」也，是指劉晨還是劉徹？再說同一「華陽」，「華陽宋眞人」與「宋華陽姊妹」之關係若何？甚且義山詩中之「華陽」與白居易、歐陽詹詩中之長安「華陽觀」是否有關係？蓋「輸穴」雖具，然一穴不只治一症，一症亦不只限於一穴。若不察其症而辨其經絡，則是庸醫也。如一「合谷」（在第一二掌骨之間，約當第二掌骨之中點），既可治頭痛、齒痛，亦可治經閉，臂痛等。〔註91〕而同一腰背痛之症也，又可能牽涉三焦俞、腎俞、中膂俞、膏肓俞、神堂、膈關、意舍等。唯其皆不離「足太陽膀胱經」也。〔註92〕

惟將此傳統中醫針炙之學對人體穴位與經絡之觀念，拿來應用在李商隱詩中之用典研究上，雖若合符節，但是他人每問前人是否有類似觀念可憑？按錢鍾書在其論〈中國固有的文學批評的一個特點〉說：

這個特點就是：把文章統盤的人化或生命化。《易·繫辭》云：「近取諸身……以通神明之德，以類萬物之情」，可以移作解釋：我們把文章看成我們自同類的活人。《文心雕龍·風骨篇》云：「詞之待骨，如體之樹骸；情之含風，猶形之包氣……瘠義肥詞」；又〈附會篇〉云：「以情志爲神明，事義爲骨髓，詞采爲飢膚，宮商爲聲氣……義脈不流，

〔註90〕見蕭少卿、陶航編著《中國炙法治療學》，3頁。
〔註91〕見蕭少卿、陶航編著《中國炙法治療學》，13頁。
〔註92〕同上注48頁、55頁。

偏枯文體」；《顏氏家訓・文章篇》云：「文章尚以理致爲心
腎，氣調爲筋骨，事義爲皮膚」；宋廉《文原下篇》云：「四
瑕賊文之形，八冥傷文之膏髓，九蠹死文之心」；魏文帝《典
論》云：「孔融體氣高妙」；鍾嶸《詩品》云：「陳思骨氣奇
高，體被文質」——這種例子那裡舉得盡呢？我們自己喜
歡亂談詩文的人，談到文學批評，也會用什麼「氣」「骨」
「力」「魄」「脈」「髓」「文心」「句眼」等名詞。〔註93〕

錢氏蓋已認爲中國固有的文學批評之特點，便在於「把文章看成我們
自同類的活人」，此是謂「人化或生命化」。一如《易・繫辭》所云：
「近取諸身……以通神明之德，以類萬物之情」者。以是更可證明以
中國傳統針炙理論爲文學理論之應用應爲可行。然循穴施鍼不難，難
在穴位判斷是否正確；循詩論脈，學者亦非不知。只是前人或被香草
美人之所醉、或被令狐綯之鬼魂所纏、或被女冠戀所迷、或又被垂涎
他人之豔姬之說等觀點所蔽。此四大派之說可謂盈天下矣，有不歸
楊、則歸墨、不然就歸朱之概！今雖有一些不信前說者如龔氏，能指
出別人「似不鑿而鑿」，〔註94〕然其所舉也只是旁證，也不見有直接
證據可證明義山諸〈無題〉皆是虛擬或戲作，故亦只是以其疑而疑人
之疑，其說何嘗不也只是推論而已，令人感到似在霧中撥霧而霧不
減。余則嘗試從顏崑陽所說第二序之研究，〔註95〕從「用典」之角度
切入，依蕭少卿〈針炙銘〉曰：

　　穴不在多，有效則行。針不在深，得氣則靈。斯是針術，
　　惟吾得心。〔註96〕

此法或猶似拿著火把在霧中穿梭，雖迷霧仍在，但路徑或許比較明
晰。以下且以李商隱之名，嘗試一下推論穴位之法，看是否可行：

　　（例）商隱是何義？又何以字義山？

〔註93〕見周振甫、冀勤編著《談藝錄導讀》，臺北：洪葉文化事業有限公司，
　　　　1995 年，482～483 頁。
〔註94〕見龔鵬程〈無題詩論究〉《文學批評的視野》，184 頁。
〔註95〕見顏崑陽《李商隱詩箋釋方法論》，1 頁。
〔註96〕見蕭少卿、陶航編著《中國炙法治療學》首頁附錄蕭少卿之銘。

　　龔鵬程說：李商隱詩「就像他的名字一樣，其詩亦猶商度隱語，費人思量」。〔註97〕余以爲此正是一個「輸穴」之所在，因爲中國傳統命名，自春秋以來即甚爲重視，如桓公二年，晉穆侯之夫人姜氏，以條之役生太子，命之曰仇。其弟以千畝之戰生，命之曰成師。師服便批評說：

　　　異哉君之名子也，夫名以制義，義以出禮，禮以體政，政以正民。是以政成而名聽，易則生亂。嘉耦曰妃，怨耦曰仇。古之命也，今君命太子曰仇，弟曰成師，始兆亂矣。〔註98〕

由此已見古人「名以制義，義以出禮，禮以體政」之嚴肅性。至桓公六年九月丁卯子同生，桓公問名於申繻，對曰：「名有五、有信、有義、有象、有假、有類。以名生爲信，以德命爲義以類命爲象，取於物爲假。取於父爲類。」竹添光鴻會箋：爲舉信：「若唐叔虞、魯公子友」，義：「若文王名昌、武王名發」。同有與父同者」。〔註99〕而今義山屬何類也？要回答這個問題，當然得先問李商隱何以名商隱？又何以字義山？「商隱」是什麼隱？「義山」是什麼山？蓋古人命名取字必然有相當之關係。然初看兩者之關係，實有難以索解者。

　　以是若先追問義山是指那一座山？或可由字義逆推命名之所由。翻檢《大漢和辭典》，地名稱「義山」者有三處：一在甘肅省華亭縣之東。二在江西省永新縣東南，爲王山之舊名。《讀史方輿紀要》曰：王山：峻拔奇秀，旁一峰尤尖聳，周迴百餘里，舊名義山，晉永嘉中，有王子瑤者，得仙於此，因改今名。三是山東省臨朐縣東之堯山。《漢書·地理志》云：劇縣界有義山，蕤水所出。〔註100〕今將這些山名拿來推尋與「商隱」意義關聯性，其中稍有關係者爲王山，因

〔註97〕見龔鵬程〈無題詩論究〉《文學批評的視野》，187頁。
〔註98〕見左丘明《左傳》日本竹添光鴻會箋，卷2，臺北：鳳凰城出版社，1977年9月，22～23頁。
〔註99〕見左丘明《左傳》日本竹添光鴻會箋，卷2，47～48頁。
〔註100〕參看日本、諸橋轍次《大漢和辭典》第九冊，中新書局有限公司印行，9432頁。再比對《中國古今地名大辭典》。

其舊名義山。而又有晉之王子瑤得仙於此，初似可說得上一個「隱」
字，卻難以析出一個「商」字。其他可謂全不相干。以是知義山非眞
地名也。

　　筆者於是提出一種假設：義山可能不是實有之地名，乃是私人對
某山之美稱而已。換句話說：其只存在某人之意念中，某人將此意念
給下一代命字，等於是自我作古。而古代讀書人命名與字，必大有關
係，如眾所周知的諸葛亮字孔明，按許愼《說文解字》云：「孔，通
也。」〔註101〕如此，「孔明」即「通明」之義。推而衍之，亮即明也，
而今複合成「明亮」並非無因。類此，如張飛字翼德、又如岳飛字鵬
舉。兩者名與字之間之關係，更是一望而知是「飛」與「翼」之關係，
不必贅述。循此例以問商隱與義山之間之義意聯結，義山即不能以實
有山名推之。則次當追問「商隱」是何意也？大概可以提出三種假設
類型：一是商朝之隱士、二是商山之隱士、三是商人（指作生意之人）
隱士。

　　就第一類假設看，《史記》中之第一傳〈伯夷列傳〉中之伯夷、
叔齊足以當之。〈伯夷列傳〉云：

　　　武王巳平殷亂，天下宗周，而伯夷、叔齊恥之，義不食周
　　　粟，隱於首陽山，采薇而食之。〔註102〕

此中之伯夷、叔齊，因「義不食周粟，隱於首陽山」，而伯夷、叔齊
原是商代「孤竹君之二子也」，自可稱爲「商隱」。而首陽山又因伯夷、
叔齊，「義不食周粟」乃隱居於此，因稱之爲「義山」，誰曰不宜？如
果有人認爲「商隱」與「義山」名與字之典故乃本於此，自有其理在。

　　然初診應以周詳爲要，依常識，醫生亦有因徵兆類似而誤診者，
如一樣發燒便有百種病症，不可簡單以感冒視之也。故尚須再將其他
可能之假設驗證後，再下結論不遲。以是推論第二種假設之可能《史
記・留侯世家》曰：

〔註101〕見許愼《說文解字》，臺北：蘭臺書局，民國63年4月，590頁。
〔註102〕見《史記》第三冊，卷61，臺北：鼎文書局，2122頁。

上欲廢太子，立戚夫人子趙王如意。大臣多諫爭，未能得堅決者也。呂后恐，不知所爲。人或謂呂后曰：「留侯善畫計筴，上信用之。」呂后乃使建成侯呂澤劫留侯……呂澤強要曰：「爲我畫計。」留侯曰：「此難以口舌爭也。顧上有不能至者，天下有四人。四人者年老矣，皆以爲上慢侮人，故逃匿山中，義不爲漢臣。然上高此四人。〔註103〕

此四老，名爲東園公、用里先生、綺里季、夏黃公。〈索隱〉稱此四人爲「四皓」。而班固《漢書・王貢兩龔傳》云：「漢興有東園公、綺里季、夏黃公、用里先生，此四人者，當秦之世，避而入商雒深山，以待天下之定也。」〔註104〕文中因有「避而入商雒深山」一句，後世綜合之因有「商山四皓」之稱。如《辭海・商山條》云：「在陝西省商縣東南。亦曰商嶺、商谷、商阪，又名地肺山、楚山。秦末四皓避亂隱此，號商山四皓。〔註105〕而李商隱本人亦有〈四皓廟〉：

羽翼殊勳棄若遺，皇天有運我無時。廟前便接山門路，不長青松長紫芝。

此詩則又綜合《史記・留侯世家》與《高士傳》中之〈紫芝之歌〉的典故。〔註106〕以是，因四皓亦曾「義不爲漢臣」，故「避而入商雒深山」，因此四皓亦可稱爲商山之隱士，此自亦可簡稱爲「商隱」，而尊商山爲「義山」，道理亦自可通。

再就第三類型看，商人而兼隱士性格者，如越之范蠡。《國語・越語下》乘輕舟以浮於五湖，莫知其所終極。」〔註107〕此典呈現范蠡之隱士性格。而《史記・貨殖列傳》又載曰：

范蠡既雪會稽之恥……乃乘扁舟浮於江湖，變名易姓，適齊爲鴟夷子皮，之陶爲朱公。朱公以爲陶天下之中，諸侯

〔註103〕見《史記》第三冊，卷55，2045頁。
〔註104〕班固《漢書》第四冊，卷72，臺北：鼎文書局，3056頁。
〔註105〕見《辭海》上冊，臺北：臺灣中華書局，958頁。
〔註106〕見馮浩《玉谿生詩集箋注》卷1，131頁。
〔註107〕見《國語・越語》下，卷21，九思出版有限公司，民國67年11月，658～659頁。

四通，貨物所交易也。乃治產積居，與時逐而不責於人。
故善治生者，能擇人而善任時。十九年之中三致千金，再
分散與貧交疏昆弟。此所謂富好行其德者也。〔註108〕

此典呈現范蠡之商人性格，並具有「富好行其德」之典範，因此若稱
其爲「商隱」亦無愧焉！唯若要字爲「義山」，則顯然不切。因范蠡
隱於太湖，非隱於山也。

　　經過以上三種假設之分析，可以確定第三類型之假設不能成立，
故應於淘汰。剩下第一、二類型的假設，同時都具有充足的理由，很
難排斥其一。蓋伯夷、叔齊與四皓二典出處雖異，卻有一共同指標，
不論是商朝隱士、還是商山之隱士，都具有人格高潔、守義不阿的典
範形象。以是「商隱」之名，可以說是一個經過極度綜合概括，將歷
史上伯夷、叔齊與東園公、甪里先生、綺里季、夏黃公等六人之具體
史實和義行熔化鍛鍊出來之名與字。因此「義山」也不是江西、山東、
甘肅之山名。而是根據「商隱」之特殊命名而循相應性之別稱，故在
地理辭書上是找不到相應之山名。因此李商隱之命名，可以確定是申
繻所分五類中以義命名者。其字一如：胡震亨字君鬯，取《周易·震》：
「震亨……震驚百里，不喪七鬯之義。」〔註109〕如此一來，讓我們
對李商隱詩之認識，在方法上就有了第一層的啓示——要眞正或恰當
的了解李商隱詩，僅僅依賴傳統之箋註與搜尋字面相同之意義以作解
釋，洵不可得。必須澈底掌握李商隱用典之藝術手法，對李商隱詩境
之理解方有所幫助。雖然李商隱之名與字非義山所自取，應是其長輩
所命。但是由此也令人感到義山詩中用典，亦每有放射性之指涉一如
其命名者，似與其家學不無關係。

　　再從用典之角度說，「商隱」之名固然是匯兩典爲一名與字。然
而若自後代讀者推論李商隱之名與字，未嘗不可視爲乃是由一人之名
與字而投射在二個典故六個人之身上。此亦合乎中醫用鍼刺穴，必同

〔註108〕見《史記·貨殖列傳》第四冊，卷129，3257 頁。
〔註109〕見胡震亨《唐音癸籤，前言》，2 頁。

時扎刺數個穴位，看李商隱之名與字之用典，則正合此論。因此義山
之名與字固可「橫看成嶺側成鋒」，然亦非毫無限制，正如人身到處
有穴位，然並非亂刺即得。取其相關穴位，方可見效焉！以是使辨其
義者，兼容則並美，分持之則爭而無益也。

2. 經外奇穴

　　義山用典，還有一種不屬於十四經脈中者，中醫稱爲經外奇穴。
如〈富平少侯〉：「十三身襲富平侯」句中的"十三"兩字。朱鶴齡《李
義山詩集箋注》曰：「《漢書》：張安世封富平侯，子延壽嗣；延壽卒，
子放嗣。放敬武公主所生，娶皇后弟平恩侯許嘉女。與上臥起，寵愛
殊絕。」〔註110〕馮浩本之曰：「按：放之嗣爵，《漢書》不書其年，
此云十三何據？」於是馮浩猜測曰：「《家語》：周成王年十又三而嗣
立。疑其影用之。」〔註111〕另外劉學鍇、余恕誠則從平仄之角度加
按語曰：「不過言其少年襲爵，不必泥。第二字宜平，而數字中唯三
字屬平。」〔註112〕其意以爲"十三"二字本無其他意思，只「不過
言其少年襲爵」而已，而且從律詩之角度看，因爲數字中從一至十只
有一個"三"是平聲，用其他數字都不合聲律，故不得不用"三"
也。案劉余二氏對於義山所用典故之訓解，當其語窮，或不合己見時，
「不必泥」三個字就常會出現。唯筆者查《漢書‧張湯傳》中附其子
〈張安世傳〉曰：

> 昭帝即位，大將軍霍光秉政，以安世篤行，光親重之。……
> 久之，天子下詔曰：右將軍光祿勳安世輔政宿衛，肅敬不
> 息，十有三年，咸以康寧。夫親親任賢，唐虞之道也，其

〔註110〕見朱鶴齡注、程夢星刪補本《李義山詩集箋注》卷上，375 頁。劉
　　　　學鍇、余恕誠曰：「放系延壽曾孫，朱引有誤。」見二氏所編《李
　　　　商隱詩歌集解》，2 頁。

〔註111〕見馮浩《玉谿生詩集箋注》卷 1，9 頁。

〔註112〕見朱鶴齡注、程夢星刪補本《李義山詩集箋注》卷上，375 頁。劉
　　　　學鍇、余恕誠曰：「放系延壽曾孫，朱引有誤。」見二氏所編《李
　　　　商隱詩歌集解》，2 頁。筆者按數字中屬平聲者有三與千兩字，非只
　　　　有「三」。

封安世爲富平侯。〔註113〕

從上面漢昭帝之詔書，可以看出李商隱此詩中用"十三"，是根據安世輔政宿衛「十有三年」而封爲富平侯之詔語。其文意本非指年齡，而是指輔政時間之年數。唯李商隱將之剪裁入詩，或不合考據家之意，然義山用此可稱爲經外奇穴，故與周成王無涉，此也是諸家診斷穴位錯誤。類似者，尚有〈無題〉之「吳王苑內花」、〈月夜重寄宋華陽姊妹〉、〈贈華陽宋眞人兼寄淸都劉先生〉、〈燕臺〉等都有診斷穴位錯誤之嫌。

3. 以文本爲經絡

一處著病，其痛全身。循穴刺鍼，固須準確，然是否準確？應經得起檢驗。如施鍼之後，須看經絡是否通暢？手腳是否能動？麻痺疼痛是否已解除？如果經絡未通，手腳依然不能動，身體麻痺疼痛依然在，則不得謂之有效。以是檢驗之道，須從十二經絡入手（加任督二脈稱十四），《黃帝內經靈樞·經別篇》云：「夫十二經絡者，人之所生，病之所成。人之所以治，病之所以起。」〔註114〕又〈小鍼篇〉云：「未睹其疾者，先知邪正，何經之疾也。惡知其原者，先知何經之病。」〔註115〕以上是筆者借以處理本文之理念。蓋「典故」固關係一詩之是否可解，但若不將其放至整首詩之經絡中去加以檢驗，則很容易斷章取義，更甚者，尚有望典捕風、望字捉影者。如馮浩注〈聖女祠〉：「惟應碧桃下，方朔是狂夫」。其注引《博物志》、《史記·東方朔傳》、《列女傳》。其搜證不可謂不勤矣，而但見《博物志》中有「此窺牖小兒常來三盜吾此桃。」〔註116〕便忘卻「狂夫」是何意，其結論曰：「謂令狐既化……結謂惟其子可以相守，借用小兒字也。」（詳見第三章），又如鍾來茵說「紫姑」即「紫府仙人」。

〔註113〕見班固《漢書·張湯傳》中附〈張安世傳〉第三冊，卷59，臺北：鼎文書局，2647頁。
〔註114〕見不知名著《黃帝內經靈樞》卷3，叢書集成初編，105頁。
〔註115〕見馮浩《玉谿生詩集箋注》卷1，92頁。
〔註116〕見馮浩《玉谿生詩集箋注》卷1，94頁。

〔註117〕並於其〈李商隱情詩中常見的隱比象徵符號〉中，論駁舊注徵引《異苑》《荆楚歲時記》之非，而別引《十洲記》「長洲一名青丘，在南海。有紫府宮，天眞仙女遊于此地。」又引《抱朴子・卻惑》：「及到天上，先過紫府，金床玉几，晃晃昱昱。」〔註118〕其亦似非不思不考矣！惟不知若將其說，回歸各文本之經絡，則將發現太陽、陽明、少陽；與太陰、少陰、厥陰六經有別，不論手足又區分爲十二矣，此但知合而不知分之蔽也。茲再舉〈富平少侯〉以爲例，且觀其是否有效。其詩文本：

> 七國三邊未到憂，十三身襲富平侯，不收金彈拋林外，卻惜銀床在井頭。綵樹轉燈珠錯落，繡檀迴枕玉雕嫂，當關不報侵晨客，新得佳人字莫愁。

之前已舉此詩第二句之「十三」爲經外奇穴，此不再贅言。以下再舉一個牽涉到文本意脈錯亂之問題，如前舉馮浩既未細讀《漢書・張湯傳》之原典，便全依朱鶴齡之說，而推測富平少侯就是張放，於是就張放查其世襲之年齡。因找不到典故來源，乃遠涉《家語》，找出一個在用典法則上非常干格之周成王來。按在古代五倫中，君臣一倫之身份絕不可逾越。縱使唐朝君臣關係比較鬆散，但是唐人寫詩還是頗守分寸。雖在同是在「人」之感情或事件偶有借用，如「劉郎已恨蓬山遠」者，一旦得意忘形曰：「偷看吳王苑內花」，就會被人罵爲「狂悖」。故在君臣「身份」典故之類比上是較愼重的。別的不說，單從以經證經之治學原則而論，如李商隱之〈韓碑〉云：「元和天子神武姿，彼何人哉軒與羲」，便以唐憲宗與軒轅、伏羲類比。又如其〈昭肅皇帝挽歌辭三首〉第一首：「周王傳叔父，漢后重神君」。乃以周懿王崩，傳位予叔父辟方之典，類比唐文宗李昂崩也傳位予叔父武宗李炎之事。又因李炎「帝重方士，頗服食修攝，親受法籙」，乃至服藥

〔註117〕見鍾來茵《李商隱愛情詩解》，上海學林出版社，1997 年 7 月，35 頁。

〔註118〕見鍾來茵《李商隱愛情詩解》附錄，445 頁。

暴斃。〔註119〕故有「漢后重神君」之語。此與《史記・孝武本紀》
所載漢武帝之迷信方士約略相似，故可用以之類比。〔註120〕今以富
平侯比唐敬宗，顯然不倫矣。此種有關君臣身份上之界限，自孔子所
代表之的儒家學說被獨尊之後，自西漢以後幾乎成爲中國政治與文學
創作不可觸犯之觀念。如孔子曰：

　　《論語・八佾》孔子謂季氏八佾舞於庭，是可忍也？孰不
　　可忍也。
　　《論語・八佾》三家者以雍徹，子曰「相維辟公，天子穆
　　穆」，奚取於三家之堂。〔註121〕
　　《論語・顏淵》齊景公問政於孔子，孔子對曰：君君、臣
　　臣、父父、子子。公曰：善哉！信如君不君、臣不臣、父
　　不父、子不子。雖有粟吾得而食諸。〔註122〕

在此所呈現之君臣、父子二倫，已有明確之理論劃分，若逾越便是
「君不君、臣不臣」。在政治上是如此，在詩文上也常謹守分際。李
商隱詩雖對當世之政治有所刺議褒貶，但在用典之類比上，還是頗
守分寸。

　　〈富平少侯〉其他七句，很難說有那一句與富平侯有關係。其中
典故明顯可考者，唯第三句「不收金彈拋林外」，依馮浩註引《西京雜
記》曰：「韓嫣好彈，常以金爲丸，所失者日有十餘，長安爲之語曰：
苦饑寒，逐金丸。兒童每聞嫣出彈，則隨之，望丸之所落，則拾焉。」
〔註123〕今依馮浩註看來，不收金彈一事屬韓嫣，實與富平少侯無關。

　　末句「新得佳人字莫愁」，馮浩在此句下但簡註曰：「石城女子，
又盧家婦名莫愁。」〔註124〕唯於〈越燕〉詩中，又簡引梁武帝〈河

〔註119〕見劉昫《舊唐書・武宗本紀》第一冊，卷18上，610頁。
〔註120〕見司馬遷《史記・孝武本紀》第一冊，卷12，474～485頁。
〔註121〕《論語・八佾》第3，十三經注疏本，臺北：藝文印書館，71年8
　　　　月，25頁。
〔註122〕見《論語・顏淵》卷12，108頁。
〔註123〕見馮浩《玉谿生詩集箋注》卷1，9頁。
〔註124〕見馮浩《玉谿生詩集箋注》卷1，10頁。

中之水歌〉曰:「洛陽女兒名莫愁」。〔註125〕則莫愁有石城女子,與洛陽女兒之別。今查郭茂倩《樂府詩集》第八十五卷,其原詩曰:

> 河中之水向東流,洛陽女兒名莫愁。莫愁十三能織綺,十
> 四採桑南陌頭,十五嫁爲盧郎婦,十六生兒字阿侯。盧家
> 蘭室桂爲梁,中有鬱金蘇合香。頭上金釵十二行,足下絲
> 履五文章。珊瑚挂鏡爛生光,平頭奴子擎履箱。人生富貴
> 何所望,恨不早嫁東家王。〔註126〕

此詩所歌,則是洛陽之莫愁。而馮浩又於〈石城〉詩註第二曰:

> 《舊書‧樂志》:〈石城樂〉,宋,臧質所作也。石城在竟陵。
> 〈莫愁樂〉者,出於〈石城樂〉。石城有女子名莫愁,善歌
> 謠,因有此歌。《樂府詩集》:此爲〈清商西曲歌〉也。〈莫
> 愁樂〉曰:莫愁在何處?莫愁石城西。艇子打兩槳,催送
> 莫愁來。《容齋隨筆》:莫愁,石城人。盧家莫愁,洛陽人。
> 近世誤以金陵石頭城爲石城。〔註127〕

今依上註「莫愁在何處?莫愁石城西」,則可確定莫愁洵有石城女子,與洛陽女兒之別。也可推論出莫愁非一人,事非一事。有早嫁給盧郎者、也有在石城西應召者,所謂「艇子打兩槳,催送莫愁來」是也。唯義山詩用莫愁之典故有十二次,一般只借爲美女之泛稱而已,但決不會以之比良家婦女,更不會用以類比身份高貴如千金、公主、后妃等女子。這種有關身份地位之劃分現象,對義山本人來說,也是頗爲重視的,如其〈哭遂州蕭侍郎二十四韻〉云:「公先眞帝子,我系本王孫。」〔註128〕而與《柳枝五首》:「同時不同類,那復更相思。」〔註129〕自負與相輕自成對比;然而再深論之,在西漢武、昭帝之時代,

---

〔註125〕見馮浩《玉谿生詩集箋注》卷2,440頁。
〔註126〕見郭茂倩《樂府詩集》第二冊,卷85,臺北:里仁書局,民國73年9月,1204頁。
〔註127〕見馮浩《玉谿生詩集箋注》卷3,644頁。詳說見洪邁《容齋詩話》卷2。《李商隱資料彙編》上冊,73頁。
〔註128〕見馮浩《玉谿生詩集箋注》卷1,52頁。
〔註129〕見馮浩《玉谿生詩集箋墊》卷1,640頁。

自尚無莫愁之名。此由馮浩引《舊書・樂志》曰:「〈石城樂〉,宋、臧質所作也。石城在竟陵。〈莫愁樂〉者,出於〈石城樂〉。」既然〈莫愁樂〉是出於〈石城樂〉的,而〈石城樂〉又是宋、臧質所作,則莫愁之典亦不得早於宋也。是以李商隱詩所用莫愁之典,可以確定與張安世家族完全無關。但詩人用後世之典以比古人,猶用古人喻後世,無所謂對錯,然箋注家用後世典以注前代典者,實有未當。

　　至於其他「井頭銀床、綵樹珠燈、繡檀迴枕」等,依據劉學鍇、余恕誠之《李商隱詩歌集解》之搜羅,亦不出朱鶴齡、程夢星、馮浩三家說之範疇。〔註130〕其中除了辨析一下銀床是井欄還是轆轤架?綵樹珠燈在《開元遺事》、《朝野僉載》、〈西都賦〉中,都有類似記載,但實在難以說那一條與張安世家有何直接關係。此即李商隱"點竄"與"塗改"之用典藝術。按李商隱此種"點竄"與"塗改"之用典法則,學者可能會感覺不習慣,甚至覺得荒唐。唯李商隱確成功創造出其獨特詩風,贏得千古之美名。雖然也引起不少誤會和誤解,但是其詩歌至今仍普獲大眾的喜愛,便是一個不爭之事實。因此在詩人之創作自由與學者之嚴謹史觀上,應該要分別看待。

　　尤其「繡檀迴枕」一句,馮浩引徐陵詩:「帶衫行障口,覓釧枕檀邊」。與左思〈魏都賦〉「木無雕鎪」皆只是語典;語典與事典相比較,在本文之作用上,是語典作用較小,而事典關鍵性較大。如杜甫之〈望嶽〉末二句「會當凌絕頂,一覽眾山小」。在邱燮友先生之〈唐詩三百首〉但曰:「絕頂:山最高處」〔註131〕。蓋邱先生認為此兩句很簡單,不用詳註讀者亦可明白。但喻守真之〈唐詩三百首詳析〉註五曰:「《揚子法言》:『登東嶽者,然後知眾山之峛崺也』。也就是孔子登泰山而小天下的意思。」〔註132〕以此點出老杜之用典

〔註130〕見劉學鍇、余恕誠《李商隱詩歌集解》第一冊,3頁。
〔註131〕見邱燮友《新譯唐詩三百首》,臺北:三民書局,第七版,民國77年7月,14頁。
〔註132〕見喻守真《唐詩三百首詳析》,臺北:台灣中華書局,民國79年2月,29頁。

是有來歷的，唯其引《法言》實亦認穴錯誤，其語應本《孟子·盡心》：「孔子登東山而小魯，登大山而小天下。故觀於海者難爲水，遊於聖人之門者難爲言。」〔註133〕此又引出另一個用典問題，如此一段是孟子說的，但是內容是指孔子之事。對考據學家而言可能要問孟子這一段話是否爲眞？但就詩人言之，但能借古人之意以彰顯己意，達到言志之效果，即爲最優先考量之事。是以研究用典藝術者，對李商隱詩之典故應用，不僅須查證其典故來源，同時亦不可爲原典所拘，但亦不可全不顧原典在文化上原始之意義，而隨意比附也。故就以上原典之觀察，實無一典故可指與富平侯有關，何況此詩中之富平少侯究係何人，更是歷來頗爲爭論之議題。歸納之約有五說：

1. 令狐綯→吳喬
2. 唐敬宗→何焯、徐樹穀、馮浩、劉學鍇、余恕誠、吳調公、
   　　　　周振甫、鄧中龍
3. 唐武宗→姚培謙、黃侃
4. 貴公子→胡以梅、屈復、葉葱奇、陳永正、沈秋雄
5. 諸藩鎮→陸昆曾

按以上五說，以第一類與第五類最爲孤立，蓋吳喬《西崑發微》但曰：「言襲封，疑是爲綯？」〔註134〕按令狐綯爲官，按部就班，終至宰相。中央要員在唐代如何世襲？故純是猜測之詞，全無論據。其《發微》之指令狐者，迨皆類此。第五類陸昆曾則頗有論述曰：

〈少侯〉一篇，又借西京張氏以刺至德以來藩鎮之不臣者，如劉稹之自稱留侯，李惟岳、王庭湊之拒命自專。天子非特不討，且聽其父故子襲，至有尚公主之事。義山不便顯斥，題曰〈富平少侯〉，若托於詠史者然，庶幾言之者無罪

〔註133〕見《孟子注疏》卷13〈盡心〉上，238頁，十三經注疏本。
〔註134〕見吳喬《西崑發微》卷下，臺北：廣文書局，民國62年9月，560頁。

耳……詩言少侯年僅十三，即齎封爵……加以姻聯外戚，
日高晏眠，其驕奢淫佚若此，非所謂寵祿過之者耶！〔註135〕

此段話可注意則有二。一是陸崑曾指出〈富平少侯〉之題，「若托於
詠史者然」，則其意應是認為此詩有不同於一般「詠史詩」者。而實
際則眞實成份少，主觀編造成份多。其目的不在傳眞，低者但成一種
史論型之詩，而高者便成爲一種含有普遍象徵意義之作品，其尤爲特
色者，在於句句有史實，然終篇則反而蒙朧不可確指，只因其就歷史
某些典故裁剪鎔鑄成詩，而不在某特定人物之歷史眞實上，故其概括
性更強，鑑戒意義更多，藝術效果更顯。

　　其二是陸崑曾言此詩，乃「借西京張氏以刺至德以來藩鎭之不
臣者」，「至有尙公主之事。義山不便顯斥姻聯外戚」云云。按藩鎭
之敢跋扈以拒天子命者，皆非「不收金彈拋林外，卻惜銀床在井頭」
之憨愚公子可比。如馮浩注引《新書傳》曰：「鎭冀自李惟岳以來，
拒天子命，至王庭湊，凶悖肆毒。庭湊死，次子元逵襲，識禮法，
歲時貢獻如職。帝悅，詔尙絳王悟女壽安公主」。〔註136〕此文中之
王元逵，不但敢於抗拒天子命而自立，又有手段討得天子歡心，使
天子詔令絳王將女許之，甚至連議者都嘉其恭。單這一份本領，豈
是李商隱調侃的憨愚公子可比。河況其所娶乃是皇家之女，更不能
與平民百姓或妓女之流之莫愁相提並論。否則也是不倫不類。更進
一步說，李商隱諷刺藩鎭之不臣，其詩多是直指而不諱，如〈壽安
公主出降〉：

　　媧水聞貞媛，常山索銳師。昔憂迷帝力，今分送王姬。事
　　等和強虜，恩殊睦本枝。四郊多壘在，此禮恐無時。

詩云王元逵得壽安公主，如以此常山之銳師索媧水之貞媛，乃恃藩
鎭之兵力而娶之。而天子竟以公主下嫁，李商隱乃批評「事等和強

〔註135〕見陸崑曾《李義山詩解》，臺北：學海出版社，民國75年8月，37
　　　　～38頁。
〔註136〕見馮浩《玉谿生詩集箋注》卷1，82頁。〈壽安公主出降〉註1。

虜」。而且耽心諸藩鎮起而效尤，故憂之曰：「此禮恐無時」。以是陸氏曰「至有尚公主之事。義山不便顯斥」云云，正與義山之勇敢顯斥者相悖。

　　第三類認爲是因唐武宗而發者，姚培謙曰：「此詩應作於武宗時，色荒禽荒之隱慮，不敢明言，而託詠於富平少侯。」〔註137〕黄侃亦曰：「此詩刺武宗，題曰〈富平少侯〉，詭辭也。首句櫽括漢成帝〈報許后書〉意，而注家皆不憭。武宗好游獵，又寵王才人，故以成帝比之。」〔註138〕姚、黄二氏之說，劉學鍇駁之曰：

　　　姚氏謂暗諷武宗，與武宗即位時年歲（廿八歲）、行事皆不
　　　符。（武宗）頗思振作，非「七國三邊未到憂」之君。〔註139〕

按依歷代帝王廟號，稱文稱武者，皆爲美號，如《舊唐書‧敬宗本紀》之史臣曰：「……而昭獻、昭肅，英特不群，文足以緯邦家，武足以平禍亂」。〔註140〕昭獻是指文宗，昭肅便是指武宗。史臣既稱二帝「英特不群」，又豈「七國三邊未到憂」之君可得比附。僅此一端，姚、黄二氏之說便不能成立。

　　第二類以唐敬宗爲說者，以徐樹穀之言影響力最大。其言曰：

　　　此爲敬宗作。帝好奢好獵，宴遊無度，賜與不節，尤愛纂組
　　　雕鏤之物。視朝每晏，即位之年三月戊辰，群臣入閣，日高
　　　猶未坐，有不任立而踣者。事皆見紀、傳。《漢書》：成帝始
　　　爲微行，從私奴出入郊野，每自稱富平侯家人。而敬宗即位
　　　年方十六，故以富平少侯爲比，不敢顯言耳。〔註141〕

馮浩一見徐氏此說，甚爲傾倒，而曰：「徐說是矣，此異於〈少將〉、〈公子〉諸篇也」。又曰：「而敬宗童昏失德，朝野危疑，故連章諷刺，以志隱憂。此章首七字最宜看重。」〔註142〕兩者共同看法之要點，

〔註137〕見劉學鍇、余恕誠《李商隱詩歌集解》第一冊，5頁。
〔註138〕見劉學鍇、余恕誠《李商隱詩歌集解》第一冊，6頁。
〔註139〕見劉學鍇、余恕誠《李商隱詩歌集解》第一冊，5～7頁。
〔註140〕見劉昫《舊唐書‧敬宗本紀》卷17上，552頁。
〔註141〕見劉學鍇、余恕誠《李商隱詩歌集解》第一冊，5頁。
〔註142〕見馮浩《玉谿生詩集箋注》卷1，10頁。

都認爲敬宗即位年方十六，且童昏無德，於是聯想到漢成帝曾微行出外浪蕩，「每自稱富平侯家人」之事。乃推斷李商隱製題即本此脈絡，說富平少侯就是影射漢成帝，說漢成帝即是暗指唐敬宗。唯說漢成帝「每自稱富平侯家人」一事若屬實，則劉學鍇曰：「何氏、徐氏均舉成帝微行時自稱富平侯家人一事以證所謂少侯，實即少帝，以道破作者製題微意」。〔註143〕則李商隱此詩屢經轉折之後而以臣喻君，似乎可以通，因爲其將是一種君臣特殊類比之轉換現象。檢閱《漢書・張湯傳》言張放與成帝事曰：

> 與上臥起，寵愛殊絕，常從爲微行出游，北至甘泉，南至長楊、五柞，鬥雞走馬長安中，積數年。〔註144〕

又《漢書・外戚傳》言：

> 孝成趙皇后，本長安宮人。初生時，父母不舉，三日不死，乃收養之。及壯，屬陽阿主家，學歌舞，號曰飛燕。成帝嘗微行出，過陽阿主，作樂。上見飛燕而悅之，召入宮，大幸。有女弟復召入，俱爲健好，貴傾後宮。〔註145〕

以上二則是漢成帝微行出遊之信而有徵者，但未見有成帝自云「富平侯家人」之語。及見《漢書・五行志》：

> 成帝時童謠曰：「燕燕尾涎涎，張公子，時相見。木門倉琅根，燕飛來，啄皇孫，皇孫死，燕啄矢。」其後帝爲微行出遊，常與富平侯張放俱稱富平侯家人，過陽阿主作樂，見舞者趙飛燕而幸之，故曰「燕燕尾涎涎」，美好貌也。張公子謂富平侯也。〔註146〕

依《漢書・五行志》所言：「其後帝爲微行出遊，常與富平侯張放俱稱富平侯家人」。以是說富平少侯就是影射漢成帝，不無道理。因爲特殊的歷史事件，給李商隱取得一個特殊的用典表現手法。惟此中留

〔註143〕見劉學鍇、余恕誠《李商隱詩歌集解》第一冊，7頁。
〔註144〕見班固《漢書・張湯傳》卷59，2654頁。
〔註145〕見班固《漢書・外戚傳》卷67，3988頁。
〔註146〕見班固《漢書・五行志》卷27，1395頁。

下的問題是：一、漢成帝非愚騃之帝，而此詩主角甚嬌憨。二、此詩「新得佳人字莫愁」，暗指甚好色，而唐敬宗則查無好色記錄？因此，富平少侯是否就是漢成帝，漢成帝是否就等於唐敬宗？三者是否就是三合一？尚須存疑焉。蓋斷章就一典一事以論，甚易滿足個人之偏見，但是若能代入整體經絡中檢驗，則立論較可能持中也。

至此，只剩第四類，胡以梅、屈復、葉葱奇、陳永正、沈秋雄等認爲是諷刺貴公子之可能性最高。胡以梅曰：

> 起句言侯之豪興，別無所憂，惟事遨遊，以不當憂而憂之，有一種少年紈褲憨致在言外。第二雖直寫其侯號，而亦兼用張放之國戚耳。

胡氏認爲李商隱在此所指之少侯爺，是兼國戚而言之。屈復則說得比較簡單，但曰：「天下事未到其人之憂者，以其自幼封侯也」。是僅就詩題與詩意而爲言。其他葉葱奇說：「看起二句，這篇當有所指，究指何人，則無從稽考，大抵是刺正承恩寵的貴戚少年。」〔註147〕陳永正說：「詩中借以比喻年少的貴公子」〔註148〕。然皆無論證。而眞正能把道理說得比較透徹的，是沈秋雄先生曰：

> 此詩題面雖爲詠古，而內容則不皆細切，顯爲託古諷今之作，所諷之對象或以爲指唐敬宗，或以爲指唐武宗，或以爲指當時之權貴子弟，以張放之爲權貴子弟，與敬宗、武宗之身爲帝王，身份懸絕，擬人必以其倫，則知以爲諷敬宗或以爲諷武宗，二說均有未安，以爲諷權貴子弟則庶幾近之。〔註149〕

沈先生此說即本之古人之用典，當以人相互類比時，必須注意倫理原則。雖《漢書・五行志》之典有特殊事件，使張放與漢成帝有模糊轉換的藉口。但是若以整首詩之經絡分析之，其題既明標〈富平

〔註147〕見葉葱奇《李商隱詩集疏注》，臺北：里仁書局，234 頁。

〔註148〕見陳永正《李商隱詩選》，臺北：木鐸出版社，52 頁。

〔註149〕見沈秋雄《詩學十論》〈李商隱之比體詩〉，臺北：文史哲出版社，民國 82 年 3 月，147 頁。

少侯），雖張放與漢成帝曾自稱爲富平侯家人，但是眞正的富平少侯還是只指張放，不能泛指漢成帝也是少侯，此中自有大區隔在也。以是富平少侯既不能泛指漢成帝，則亦不能轉指唐敬宗。前面又已提到暗喻令狐綯、唐武宗者不能成立，因而自以貴公子說最爲可信。唯是指何「貴公子」？〈富平少侯〉一詩所表現實無特定對象，筆鋒所指應泛指當世貴家紈褲子弟耳。一如《中國小說史略》所云：「著此一家，即罵盡諸色。」〔註150〕以是依文循脈，方可斷出正確之病癥，否則徒逞胸臆，則何說不可？如執鍼亂扎，亦可能中穴，只是經絡既誤，望其治病，豈不危乎！

（三）經絡如網路，以串聯並聯試通阻

十四經絡泂如今之網路，有些固可通暢無阻，有些亦非可隨便連線。因此筆者又採用電路學串聯與並聯之觀念，試將一些相關爭論之典故，加以作電路學上之串聯或並聯之檢測，視「典故」如穴位亦如開關，當開關一但起動，看燈亮不亮，就知道有沒有通電，由是可以觀察義山一些用典脈絡。現在試以二首〈陳後宮〉並聯之，以看結果如何？

〈陳後宮〉二首剖析

第一首〈陳後宮〉

玄武開新苑，龍舟讌幸頻。渚蓮參法駕，沙鳥犯勾陳。
壽獻金莖露，歌翻玉樹塵。夜來江令醉，別詔宿臨春。

第二首〈陳後宮〉

茂苑城如畫，閶門瓦欲流。還依水光殿，更起月華樓。
侵夜鸞開鏡，迎冬雉獻裘。從臣皆半醉，天子正無愁。

在李商隱之詩集中有這兩首〈陳後宮〉。此二首在朱鶴齡用以爲注之舊版中，分別載在上卷與中卷，並不相列次。然而到了馮浩因依其繫年觀念，將其重新編排，於是將二首〈陳後宮〉同置於卷一，且

〔註150〕見劉大杰《中國文學發展史》，966頁。

前後並列在一齊。劉學鍇、余如誠編《李商隱詩歌集解》認同馮氏作法，並爲之說明：

> 舊本分置上、中二卷。然二詩不僅同題同體，且取材、立意亦大體相同，表現手法尤爲相似，其爲同時之作，可大致推定。〔註151〕

然筆者認爲此說法很有問題。因爲從題目、取材、立意、表現手法，能作爲創作時間之判斷乎？若將兩首加以並聯檢測，將發現兩首是不相通電的。先就第一首看，除了「龍舟、法駕、勾陳、金莖」這些專有名詞之考據外，其他主要史實，就馮浩所引《宋書》、《陳書》、《陳書‧江總傳》，皆可謂是百分之百切陳後主事。而第二首〈陳後宮〉，除了茂苑、閶門切南朝之地外，可謂無一事可以比對出與陳後主有關，而馮浩引《北齊書》曰：「民間謂（齊）後主爲『無愁天子』」〔註152〕，則是指齊後主高緯之事。然「侵夜鸞開鏡」與「迎冬雉獻裘」，馮注除了考證鸞鏡、雉裘之由來，亦無一事見齊後主事，也與陳後主無涉。因此第二首不論是指高緯或指陳叔寶，從用典析論上都頗有問題。茲將兩首並聯分析如下：

第一首〈陳後宮〉

> 玄武開新苑，龍舟譙幸頻。渚蓮參法駕，沙鳥犯勾陳。
>
> 壽獻金莖露，歌翻玉樹塵。夜來江令醉，別詔宿臨春。

按此詩可注意者有三點：第一點有的認爲此詩是單純詠史。如馮班曰：「如此詠史，不媿盛譽」。〔註153〕王鳴盛曰：「直詠其事，不置一詞」。〔註154〕第二點有人認爲是懷古，如程夢星曰：「若此首則誠爲懷古，無他意矣」。〔註155〕第三點有人認爲既非懷古亦非詠史，而是

〔註151〕見劉學鍇、余恕誠《李商隱詩歌集解》，第一冊，11 頁。

〔註152〕見馮浩《玉谿生詩集箋注》卷 1，15 頁。

〔註153〕見劉學鍇、余恕誠《李商隱詩歌集解》，第一冊，8 頁，《義門讀書記》引。

〔註154〕見劉學鍇、余恕誠《李商隱詩歌集解》，第一冊，10 頁，《義門讀書記》引，馮注初刊本，手批。

〔註155〕見劉學鍇、余恕誠《李商隱詩歌集解》，第一冊，9 頁，《義門讀書

托諷，如張爾田〈辨正〉曰：「二詩以〈陳後宮〉爲題，斷非詠史，與〈隋宮〉、〈楚宮〉別也」。〔註156〕劉學鍇、余恕誠對張氏之說特別推崇，並加以申論曰：

> 程氏以「茂苑」首用事不切陳事，而定爲託諷敬宗之作，此首則以爲純屬懷古。其意蓋謂此首「江令」、「臨春」均切陳事，故爲單純詠史。此故區分有無託諷之一途。然亦非凡題與事切者必無託諷，如〈瑤池〉、〈漢宮〉之類皆顯例。區分有無託諷之另一重要途徑，可視其心注乎歷史教訓之虛，抑注乎當時現實中相類似之事實。因二者構思時著眼點有別，自不能不見於筆端。〔註157〕

從張、劉、余三氏之說看來。有幾個特色，1. 都認爲二首〈陳後宮〉必須連著看。2. 都反對純詠史之說。在張爾田看來，與〈隋宮〉、〈楚宮〉之純詠史者不同。3. 都著重其諷刺性。如張爾田便曰：「結以反刺作收，通體含蓄不露，味乃愈出，此玉谿慣技也」。又曰「徐湛園謂刺敬宗……比附頗精」。依張氏之意，似乎認爲一首詩是純詠史，還是有諷刺作用，其依據就看它用事能不能與當時之時事相比附。這個看法，就是後來劉、余二氏所說的有沒有「注乎當時現實中相類似之事實」。且更進一步分析說：

> 以此詩而論，作者行文中顯然強調二事：一爲龍舟讌遊，二爲狎客夜宿臨春，前者尤爲重點。按之史實，陳後主雖亦有游幸玄武湖之事，然其荒淫之典型事例則非此。故作者拈出此事予以突出描繪，其意固不在詠史，而在託諷現實。敬宗「幸魚藻宮觀渡」、「詔王播造競渡船」等事，正爲其荒嬉失政之典型表現。故徐氏之說確有可取，非生硬比附者比。〔註158〕

在此，劉、余二氏同意徐氏之比附說。再依二氏此段之論述，尚可分

　記》引。

〔註156〕見張爾田《玉谿生年譜會箋》卷1，20頁。

〔註157〕見劉學鍇、余恕誠《李商隱詩歌集解》，第一冊，11頁。

〔註158〕見劉學鍇、余恕誠《李商隱詩歌集解》，第一冊，11頁。

爲三個要點。(1)是李商隱寫〈陳後宮〉用事雖切陳後主幸玄武湖之事，但不是陳後主荒淫之典型要點。(2)劉、余二氏又說「故作者拈出此事予以突出描繪，其意固不在詠史，而在託諷現實」。這個意思是說，如果詩人寫詩，挑的是歷史中的「典型要點」去描繪，則是純詠史。若所挑的劉、余二氏認爲不重要的，也就是非典型的，就非純詠史，而是諷刺現實的詩。(3)劉、余二氏認爲陳後主游幸玄武湖之事，李商隱眞正要比附者是敬宗「幸魚藻宮觀渡」、「詔王播造競渡船」等事，而此非陳後主之典型，乃是唐敬宗之典型。以是筆者乃翻檢《舊唐書‧敬宗本紀》，敬宗登基之年虛歲方十六。檢其所謂不德之事蹟如下。

1. 長慶四年二月丁未，御中和殿擊毬，賜教坊樂官綾絹三千五百四。戊申，擊毬於飛龍院。己酉，大和樂於中和殿，極歡而罷，內官頒賜有差。

2. 長慶四年三月戊辰，群臣入閣，日高猶未坐，有不任立而踣者。諫議大夫李渤出次白宰相，俄而始坐。班退，左拾遺劉栖楚極諫，頭叩龍墀血流，上爲之動容，仍賜緋魚袋。

3. 長慶四年七月丙子，浙西觀察使李德裕奏：「詔令當道造琭子二十具，計用銀一萬三千兩，金一百三十兩。」

4. 寶曆元年五月庚戌，幸魚藻宮觀渡。

5. 寶曆元年七月己未，詔王播造競渡船二十隻供進，仍以船材京內造。時計其功，當半年轉運之費。諫議大夫張仲方切諫，乃改進十隻。

6. 寶曆二年正月甲戌，以諸軍丁夫二萬入內穿池修殿。

7. 寶曆二年三月甲戌，賜宰臣百僚上巳宴于曲江亭。

8. 寶曆二年三月戊寅，幸魚藻宮觀渡。

9. 寶曆二年五月戊寅，幸魚藻宮觀渡。

10. 寶曆二年五月庚辰，中使自新羅取鷹鷂迴。

11. 寶曆二年五月辛巳，神策軍苑內古長安城中修漢未央宮，掘

獲白玉床一張，長六尺。

12. 寶曆二年六月丁巳，減放苑內役人二千五百。帝性好土木，
自春至多，興作相繼。

13. 寶曆二年六月庚申，鄆州進驢打毬人。

14. 寶曆二年六月辛酉，幸凝碧池，令兵士千餘人，於池中取大
魚長大者送入新池。

15. 寶曆二年六月甲子，上御三殿，觀兩軍、教坊、內園分朋驢
鞠、角抵。

16. 寶曆二年九月丁丑朔，大合宴於宣和殿，陳百戲，自甲戌至
丙子方巳。

17. 寶曆二年十一月，帝好深夜自捕狐狸，宮中謂之打夜狐。

18. 寶曆二年十二月辛丑，帝夜獵還宮，與中官劉克明、田務成、
許文瑞打毬，軍將蘇佐明、王嘉憲、石定寬等二十八人飲酒。
帝方酣，入室更衣，殿上燭忽滅，劉克明等同謀害帝，即時
殂於室內，時年十八。〔註159〕

依以上十八條唐敬宗之不德記錄：擊毬、造龍舟、三幸魚藻宮觀
渡、性好土木、喜百戲、捕狐狸等等。筆者思之：以一個虛歲才十六
歲之青少年當皇帝，以今日觀之，不過國中升高中之齡，而今審視其
諸種不德記錄，擊毬、造龍舟、觀競度、打夜狐、看戲、聽音樂，此
莫非儘是青少年最喜歡之娛樂乎？然唐敬宗卻不會自製〈玉樹後庭
花〉，史亦未載其好酒色，故更無「夜來江今醉，別詔宿臨春」之事。
這些反而是真正的陳後主典型。只有「龍舟」一事才是二者所共有，
然而一首詩八句中，有七句切陳後主，只有「龍舟」事是陳後主、唐
敬宗所共有。諸先生便取一而遺七，這在採證法則上未免令人不服。

而且最重要者尚有三點：第一是劉、余認為此詩義山要突顯者是
第二句「龍舟讌幸頻」。但是這恐怕與熟悉義山詩法者相背。因為在

―――――――――――――――――――――

〔註159〕見劉昫《舊唐書・敬宗本紀》卷17上，507～522頁。

義山創作中，不論絕句或律詩，少有以第二句爲詩之重點者。其劍鋒凌厲處，反而都在末兩句。就以二氏之《集解》收張爾田之《辨正》云：「義山七律往往以末句爲主意，掉轉全篇。集中此法極多，他人罕見，皆玉溪創格也。」〔註 160〕此言雖初爲七律發，然又云「集中此法極多」，實已籠罩全集。〔註 161〕由是而知李商隱要雷霆一擊者，恐怕是末兩句「夜來江令醉，別詔宿臨春」。

　　第二是兩者的荒唐事實本不同。故筆者就詩論詩，判定〈陳後宮〉第一首爲純詠史，因爲除了三、四可泛指之外，第一二句，切《陳書》「後主至德四年九月，幸玄武湖，肆艫艦閱武，宴群臣賦詩」。六句「歌翻玉樹塵」，亦切《陳書》：「後主使諸貴人及女學士與狎客共賦新詩，被以新聲，其曲有〈玉樹後庭花〉、〈臨春樂〉等。」而末句則切《陳書‧江總傳》後主授總尙書令。總當權宰，但日遊宴後庭，共陳暄、孔範、王瑗等十餘人，當時謂之狎客。與〈張貴妃傳〉云：後主於光昭殿前起臨春、結綺、望仙三閣，後主自居臨春閣。〔註 162〕以是筆者就史料比對，此詩除了專有名詞之外，皆切陳後主，不得移易爲唐敬宗。

　　第三是末兩句云「夜來江令醉，別詔宿臨春」，依〈張貴妃傳〉，臨春閣乃陳後主之自居寢宮，卻讓臣子醉宿，其「君不君，臣不臣」之荒腆、盡在不言中，因此義山在此詩中要諷刺者是「君不君，臣不臣」之荒謬，而「龍舟譏幸頻」反而只是小罪而已，非主旨也，此與下一首又有相當大之不同。

　　第二首〈陳後宮〉

　　　茂苑城如晝，閶門瓦欲流。還依水光殿，更起月華樓。侵

〔註160〕見劉學鍇、余恕誠《李商隱詩歌集解》，第四冊，1545 頁。
〔註161〕相關論文請參看陳文華先生〈比較與翻案——論李商隱七律末聯的深一層法〉；見國立中山大學中文學會主編《李商隱詩研究論文集》，臺北：天工書局，民國 73 年 9 月，655 頁，原載《中國文化復興月刊》11 卷 2 期。
〔註162〕以上見馮浩《玉谿生詩集箋注》卷 1，12～13 頁。

夜鶯開鏡，迎冬雉獻裘。從臣皆半醉，天子正無愁。

在此首〈陳後宮〉中，馮浩除了考證「茂苑」、「閶門」之地理沿革，與鶯鏡、雉裘之典故外，唯引《北齊書》云：「民間謂後主爲『無愁天子』。其連「齊後主」之「齊」都不肯寫出，目的是只爲了保留「後主」之單純印象，比較容易與題目「陳後主」配合。不信參看其對「還依水光殿，更起月華樓」之注曰：

> 《南史》言陳後主盛修宮室，故借言更有構造，不必徵實。

〔註163〕

此一種「不必徵實」、「不必泥看」之說，已成了許多箋注家之法寶。唯冷靜分析之，便見馮氏注是謹守〈陳後宮〉爲陳叔寶而爲注者。故遇到齊後主這個「無愁天子」之典，便把「齊」字省掉。唯筆者翻檢《北齊書·後主紀》，發現馮浩所言「不必徵實」之「盛修宮室」事，在〈齊後主本紀〉中卻有許多可以徵實者：

> 宮掖婢皆封郡君，宮女寶衣玉食者五百餘人，一裙直萬疋，鏡臺直千金，競爲變巧，朝衣夕弊。承武成之奢麗，以爲帝王當然。乃更增益宮苑，造偃武脩文臺，其嬪嬙諸宮中起鏡臺、寶殿、玳瑁殿、丹青彫刻，妙極當時。又於晉陽起十二院，壯麗逾於鄴下。所愛不恒，數毀而又復。夜則以火照作，寒則以湯爲泥，百工困窮，無時休息。〔註164〕

從〈齊後主本紀〉中「增益宮苑」以下，造脩文臺、寶殿、玳瑁殿。更荒唐者是「所愛不恒，數毀而又復。夜則以火照作，寒則以湯爲泥，百工困窮，無時休息。」案其他昏君蓋完宮殿也就算了，可是齊後主卻是蓋了又毀，此「還依水光殿，更起月華樓」非其象徵乎！且其愛不恆，蓋而又毀，寶殿樓名到底有多少？推想而知其必繁而多也！其在一蓋一毀之間不知又換了多少樓名？因此所謂「水光殿」、「月華樓」今無資料可稽，也成了必然。唯沈德潛云：

> 茂苑在臺城內，非吳城之茂苑也。閶闔門亦然，二處宋、

〔註163〕以上見馮浩《玉谿生詩集箋注》卷1，14頁。
〔註164〕見李百藥《北齊書·後主本紀》卷8，臺北：鼎文書局，113頁。

齊所建。月華樓乃陳後主所建。〔註165〕

沈氏此說，因未引出處，今不知何據？唯筆者讀《南齊書・東昏侯紀》
云：「後宮遭火之後，更起仙華、神仙、玉壽諸殿，刻畫雕綵，青荑
金帶，麝香塗壁，錦幔珠簾，窮極綺麗。」〔註166〕此或可參考。再
看義山詩「侵夜鸞開鏡」、馮浩在〈覽古〉詩注中曰：

> 《南史》齊武帝數遊幸，載宮人後車，宮内深隱，不聞端
> 門鼓漏，置鐘景陽樓上，應五鼓。及三鼓，宮人聞聲早起
> 粧飾。〔註167〕

此注中之「及三鼓，宮人聞聲早起粧飾」，正是「侵夜鸞開鏡」之解。
至於「迎冬雉獻裘」，馮浩引《晉咸寧起居注》云：「太醫司馬程據上
雉頭裘一領，詔於殿前燒之。」〔註168〕此只在追歷史上與雉裘有關
之典故，實與本詩之用法無涉。而《南齊書・東昏侯紀》曾載：

> 潘氏服御，極選珍寶，主衣庫舊物，不復周用，貴市民間
> 金銀寶物，價皆數倍。虎魄釧一隻，直百七十萬……又訂
> 出雉頭鶴氅白鷺縗。〔註169〕

此中之「雉頭鶴氅白鷺縗」，方是義山「迎冬雉獻裘」之所本，若與
《晉咸寧起居注》有關，則此句不只用事，而且還是翻用典。

　　由此而言，此首〈陳後宮〉，從第一句到第六句，幾乎都是南齊
後主之事，唯三、四是南齊、北齊所共有，甚至陳後主亦有（沈德潛
所謂的月華樓是陳後主建者，不可憑也。）而第七、八句，則是北齊
後主事。以斯觀察，李商隱此詩之眞正內容，是合南北齊之昏君而詠
之，故其題目筆者大膽的認爲，原題應是〈齊後宮〉，而非〈陳後宮〉，
故舊版隸屬上、中二卷，不相連綴，是正確的。馮浩以下諸家將之合
而前後並列者，皆只是印象式之粗略觀察，便持以下論斷，其不誤也

〔註165〕見沈德潛《唐詩別裁》下冊，卷 12，上海古籍出版社，1992 年 7
　　　　月，403 頁。
〔註166〕見梁蕭子顯《南齊書・東昏侯紀》卷 7，臺北：鼎文書局，104 頁。
〔註167〕見馮浩《玉谿生詩集箋注》卷 1，16 頁。
〔註168〕見馮浩《玉谿生詩集箋注》卷 1，15 頁。
〔註169〕見梁・蕭子顯《南齊書・東昏侯紀》卷 7，104 頁。

難矣！

　　以上將兩詩並聯而得之結果，不知諸大方之家可首肯否？若其法尚可用，則以下各章，將本以上「以典故為穴位，以文本為經絡」之觀念，以析論各章節之問題。如〈無題〉中用三處「蓬山」，何以才說「劉郎已恨蓬山遠，更隔蓬山一萬重！」隨後又說：「蓬山此去無多路」？於是乃嘗試將兩個「蓬山」串聯起來研究。又如〈無題〉有「萼綠華」；〈聖女祠〉中也有萼綠華，兩次萼綠華用在不同的題材，於是有人認為都是仙女典，都代表女冠。於是筆者將〈無題〉之萼綠華並聯到〈聖女祠〉中之聖女，可以看出同一個典故，在不同題材中，李商隱給他之角色是什麼？因此發現同一個萼綠華，在李商隱之筆下，因題材不同，就扮演不同之角色。又以並聯三首〈聖女祠〉，所以發現同一個聖女，雖同題，但內涵卻完全不同，其有如〈陳後宮〉者，以是發現，把義山之用典，當作一個單純符號看待是不夠的。因為許多義山之同題詩、或同一事件之典故，其用意未必相同。而不同之典故，都可用串聯或並聯加以檢驗。

　　蓋李商隱之用典，用在不同之經絡有不同之穴位群，不同之串聯與不同組之並聯，也有各自不同之連絡，如「神女之原型與再塑」一篇，他便像霓虹燈一樣變化多端。想瞭解義山詩與其用典藝術之妙者，本文或可透視其冰山一角。最後通過箋注家對李商隱詩典故之徵引，更可破解李商隱與女冠之種種不實之豔情說。

第二章　用典界說與李商隱之學養

第一節　用典之界說

一、「用典」溯源

　　「用典」一詞，於今說來，應是相當普遍且流行的詞彙，學者也似無不知其所指爲何。然當拜讀眾家之論，初覺得其詞甚有問題，不但其義界未明，而且至今歧見甚大。不信試翻開民國六十八年始修定完成的兩本大辭書，第一本是台灣中華書局標榜爲「最新增訂本」之《辭海》，尚未收錄「用典」一詞；第二本也是同年修訂完成之《中文辭源》，亦不見其詞。再查文化大學也於是年出版之第四版《中文大辭典》也不見蹤影。續檢索日本諸橋轍次之《大漢和辭典》亦不見其詞目。由此可見，「用典」一詞，至少到民國六十八年尚未被編辭書之人認爲是一個詞。

　　然而一般辭書未收之詞彙，並不代表其詞尚未存在。追考其源，首見於馮浩《玉谿生詩集箋注》卷一，〈昭肅皇帝挽歌辭〉三首馮浩箋曰：

　　　　武帝大有武功，篤信仙術，絕類西漢武帝。三詩用典，大
　　　　半取之。〔註1〕

〔註1〕見馮浩《玉谿生詩箋注》卷1，263頁。按筆者最先讀張爾田《玉谿

「用典」一詞，筆者首見於此。然並未通行，一般還是言「用事」。
〔註2〕可是直到民國六年，胡適之先生於《新青年》發表〈文學改
良芻議〉，在其所謂八不主義中的第六項曰「不用典」，方開始流行
〔註3〕。至於在〈文學改良芻議〉發表之前，胡適之先生曾先與其
友在書信中討論過有關「用典」的問題，此可由胡先生引用江亢虎
之回信說：

> 文字最妙之意味，在用字簡而涵義多。此斷非用典不爲功。
>
> 不用典不特不可作詩，並不可寫信，且不可演說。〔註4〕

江亢虎此文是回信批評胡適之先生「不用典」之論，而被胡氏引用刊
出，其存在自是在〈文學改良芻議〉正式發表之前。其中已有「非用
典不爲功」「不用典不特不可作詩」之語。而細統計〈文學改良芻議〉
使用「用典」一詞，包括小標目在內，共用二十四次。〔註5〕胡氏之
文發表後，錢玄同先生寄一封信給陳獨秀，信中提到：

> 胡君「不用典」之論最精，實足袪千年來腐臭文學之積弊。
>
> 嘗謂齊梁以前之文學，如《詩經》、《楚辭》及漢魏之歌詩、

生年譜會箋》卷首附錄元辛文房《唐才子傳》云：「商隱工詩，高邁
奇古，言深旨遠，及從楚學，則華實並茂，青出於藍。每喜用典，
於寫景言情之外，必旁徵遠引，精切不移，人人謂其橫絕前後。」
以爲用典首見於元朝。及購得金楓出版社《唐才子傳》，一經比對，
並無「每喜用典」之語，然此書有校刊，應較正確，又見劉學鍇、
余恕誠《李商隱詩歌集解》第五冊，2015 頁，附錄《唐才子傳》其
文與金楓出版社者相同，皆無「每喜用典」一詞，因再閱四庫珍本
別輯本。乃確定張爾田之附錄者不可信，因退而求其次，以馮浩此
注爲最古。

〔註2〕可參考洪秀萍《清代詩話用事理論研究》，逢甲大學，84 年碩士論
文。

〔註3〕見徐中玉主編《中國近代文學大系》第一集、第 1 卷《文學理論集》，
上海書店，1994 年 12 月，329 頁。

〔註4〕徐中玉主編《中國近代文學大系》第一集、第 1 卷《文學理論集》（一），
334 頁。

〔註5〕此二十四次是指胡適寫到「用典」、「不用典」、「非用典」三者，其
他如曰：「亦可謂使事之工者」、「皆不用一典」、「所用諸典」等語皆
不計在內。

　　樂府等，從無用典者。〔註6〕

錢氏之論述實不正確，且詳後論。然此信被公開刊登於《新青年》之〈通信欄〉，已算是公開之信，統計此信中論及「用典」、「不用典」者亦有十八次之多。胡適之文發表於 1917 年元月，錢玄同之信刊於 1917 年 3 月《新青年》第四卷第一號。時間只間隔二個月，此外另有劉復先生之〈我之文學改良觀〉一文，亦屢言「胡君既辟用典之不通」、「實無讓于用典」、「濫用典故者」〔註7〕。可見「用典」一詞，自從胡適之先生發表〈文學改良芻議〉後，已引起廣泛之回響，因此，「用典」一詞至少在民國六年便已普遍化。

　　雖然，編辭書之人尚未注意到「用典」一詞，可是修辭學家已開始大量採用。如陳望道先生於 1932 年出版的《修辭學發微》，在其第八章論「引用」時，便曰：

　　　暗用法最與所謂用典問題有關係，最容易發生流弊，十年
　　　前新文藝方纔萌芽時文學革命所竭力攻擊的就是它。〔註8〕

可見陳望道之取詞，還是從五四新文藝革命之論戰來。此後修辭學家使用此詞愈來愈普遍，隨手翻閱便得，如民國六十六年（1977 年）金兆梓的《實用國文修辭學》第七章第六節便見〈用典〉〔註9〕之論。六年後，1983 年又有趙克勤之《古漢語修辭簡論》第四章第三節標〈用典〉〔註10〕。隔年（1984 年）又有徐芹庭《修辭學發微》在第四章第九節談〈用典法〉〔註11〕。隔年（1985 年）復有董季棠之《修

〔註 6〕見徐中玉主編《中國近代文學大系》第一集、第 1 卷《文學理論集》，319 頁。
〔註 7〕見徐中玉主編《中國近代文學大系》第一集、第 1 卷《文學理論集》，363 頁。
〔註 8〕見陳望道《修辭學發微》，香港大光出版社，1964 年 2 月，111 頁。
〔註 9〕金兆梓《實用國文修辭學》第七章、第六節〈用典〉，臺北：文史哲出版社，民國 66 年 2 月，157 頁。
〔註10〕趙克勤《古漢語修辭簡論》，北京新華書店，1983 年 3 月，63 頁。
〔註11〕見徐芹庭《修辭學發微》，臺北：台灣中華書局，民國 73 年 10 月，134 頁。

辭析論》曰:「事實上用典比引用更巧妙,更傳神,更富有修辭的意義。」〔註12〕則已對「用典」之藝術效果有更深一層認識。

從 1932 年陳望道之《修辭學發微》後,談修辭之人幾乎皆以「用典」爲一種修辭格,因此其名詞也愈來愈普遍。如黃永武先生之《字句鍛鍊法》第二章第五節亦採用〔註13〕,艾治平之《古典詩詞藝術探幽》亦有〈關於用典〉一節〔註14〕。其通行性於此可知矣。至民國 82 年(1993 年)有高莉芬撰《元嘉詩人用典研究》,正式把有關用典之研究寫成博士論文,因此其詞在學術之使用上應已不成問題。〔註15〕

二、本文用典之時間限定

(一)先秦之「典」與漢之「典故」

自馮浩箋注中見「用典」,經民初諸學者之討論,今已甚爲普遍。然遠古既無其詞,清初始見其名,故清人乃是習言「用事」。〔註16〕而「用典」與「用事」,是否可以爲一?或是應該有所區別?依筆者之觀察,兩者之間,不論是時間斷限,或指涉範疇,皆有絕然不同處。首先且問何謂「典」?從甲骨文看,大致上是用雙手捧「冊」之圖形(如圖一)。至金文時,除弜父丁觶尚保留甲骨文之意,而召伯簋已不見雙手,改爲几字(如圖二)。至《三體石經》《說文解字》之古文,已顯現「冊」字是用竹子做成,放在几案上(如圖三)。到了篆文寫成「箕」字。許愼《說文解字》曰:「五帝之書也,從冊在几上,尊閣之也。」莊都說:「典大冊也。」此大約就金文以後之字

〔註12〕見董季棠《修辭析論》,臺北:益智書局,民國 74 年 11 月,190 頁。
〔註13〕見黃永武先生《字句鍛鍊法》,臺北:洪範書店,民國 79 年版,82 頁。
〔註14〕見艾治平《古典詩詞藝術探幽》,臺北:學海出版社,民國 73 年 10 月,372 頁。
〔註15〕見高莉芬《元嘉詩人用典研究》,政大博士論文,民國 82 年 6 月。
〔註16〕此可參看洪秀萍《清代詩話用事理論研究》,私立逢甲大學中文研究所碩士論文,民國 84 年 6 月。

型而立說〔註17〕。李孝定《甲骨文字集釋》引于省吾之說曰：

> 工典即貢典，即今典字，典猶冊也。貢典猶言獻冊告冊也，
> 謂祭時貢獻典冊於神也。〔註18〕

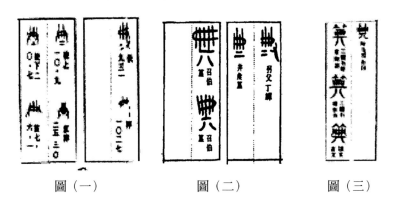

圖（一）　　　　圖（二）　　　　圖（三）

由上可知，古代典、冊可以相通，且是古代天子祭神之時，將冊閣（架）在几上之吉冊，即稱爲典，故許愼云：「尊閣之也。」並指其爲「五帝之書」，其代表之意義，應是許氏從漢代或從先秦起算，「典」這個字所代表之意義都乃泛指古代之書。筆者之所以如此說，是因爲許愼所引用的古文至少是在《三體石經》之後，而不及見甲骨文與金文。以是推之，在甲、金文的時代，典是用雙手捧的，後代則「尊閣之」在几上，因此所謂典冊，對後代之人來說，是頗被尊崇的，至少他應該俱備兩個條件，第一是上古的，如曰：「五帝之書也」，段玉裁注更引《左傳》「三墳五典」爲證。第二是令人尊崇可爲後世法的。把冊放在几上爲典，一如把酒放在几上爲「奠」。皆含有如尊神一樣的崇高敬意，以是當古人用到「典」字，皆帶有無比崇敬之意。如《尙書》有〈堯典〉、〈舜典〉。注曰：「言堯可爲百代常行之道」。孔穎達疏曰：

〔註17〕見許愼《説文解字》，200 頁。
〔註18〕見李孝定《甲骨文字集釋》第五冊，中央研究院歷史語言研究所專刊之五十，1582 頁。

經之與典俱訓爲常。名典不名經者，以經是總名，包殷周
以上皆可爲後代常法，故以經爲名。典者，經中之別，特
別指堯舜之德於常行之內，道最爲優，故名典不名經也。
〔註19〕

孔氏云「典者，經中之別」，「特別指堯舜之德」，可見〈堯典〉〈舜典〉
兩典之地位比其他殷商之〈謨〉〈誥〉更崇高，這固與堯舜之德有關，
但是與其時代性之久遠也不無關係。因此國家之大道常法，後世既可
名之爲「經」，更可言之爲「典」。如《後漢書、東平憲王蒼傳》云：
「惟陛下審覽虞帝優養母弟，遵承舊典，終卒後恩。」〔註20〕其文即
指遵從古〈舜典〉之說而爲之。其後肅宗即位，劉蒼因受「尊重恩禮
踰於前世，諸王莫以爲比」，於是又上疏：

陛下至德廣施，慈愛骨肉，既賜奉朝請，咫尺天儀，而觀
屈至尊，降禮下臣，每賜讌見，輒興席改容，中宮親拜，
事過典故。〔註21〕

於是由原先「貢典」，到〈堯典〉〈舜典〉，至「五帝之書」與歷史故
實可稱爲「典故」。此後相承，如《魏書・衛覬傳評》曰：「衛覬亦以
多識典故，相時王之式」〔註22〕，指的便是經典中之故實。其在時間
上，雖無明顯之斷限，但是在模糊中，都有指向久遠的、可尊崇的、
堪爲後世法之意。

　　惟在中國傳統文學理論中，對「典故」的時間觀念就不是那麼清
楚，這牽涉到古人只有「用事」之觀念，而沒有今人之「用典」觀念。
當然，這對許多人來說，還是難以辨別的事。因爲籠統的看，兩者幾
乎是一而不是二。可是自其細者而觀之，實需分別看待。

〔註19〕見《尚書・堯典》卷2，《十三經注疏》本。台北藝文印書館，19 頁
　　　　下半欄。
〔註20〕見《後漢書》第二冊，卷42，〈光武十王列傳〉33，臺北：鼎文書局，
　　　　1435 頁。
〔註21〕見《後漢書》第二冊，卷42，〈光武十王列傳〉33，1440 頁。
〔註22〕見《三國志・魏書》第二冊卷 21《王衛二劉傳傳》，第 21，臺北：
　　　　鼎文書局，629 頁。

（二）古「用事」論之時間斷限

　　古人所說之「用事」，只有四分之一與今之「用典」觀念相近。而其範疇與時間性，試就劉勰《文心雕龍‧事類》云：「事類者，蓋文章之外，據事以類義，援古以證今者也。」〔註23〕善哉斯言，所謂「援古以證今」者，蓋用事必須是古事已甚明。唯其又云「據事以類義」，其中之事何所指，似又不是很明確，因此有必要將其單獨做一段詳析。

　　劉勰〈事類〉篇開宗明義曰：「事類者，文章之外，據事以類義，」此語甚短，然有甚關鍵者：第一，如「事類」何以是「文章之外」，而非文章之內？第二是「據事」與「援古」，是否可以視為是駢文對舉，而認為「據事」之事便是「古事」或「故事」？「今事」或「當代事」算不算？

　　就「事類」為「文章之外」考之，王更生譯為：「除了注意文辭、章法以外」。〔註24〕他是把「文章」拆成「文辭」與「章法」來說。然此實是增字解釋，不足採。李蓁非譯為：「事類，就在文采之外，根據往事來推求意義，援引古人來驗證今人的方法」。〔註25〕李說似較貼近，然猶覺無據。王禮卿先生曰：

> 稱之為「文章之外」者：文之所言，皆出已作，文賦所謂「杼軸余懷」也。義類乃取之古人，非出於己，贊所謂「用人若己」也。然則文本由內，今反自外，為異常之法，故以「外」稱之。〔註26〕

王禮卿先生之說，可謂析理透澈，令人頓無疑滯。蓋「事類」之所以言在「文章之外」，以其乃是作者外取而作為援據之用。本非性情之

〔註23〕劉勰《文心雕龍》卷8〈事類〉38，台南東海出版社，民國63年11月，4頁。

〔註24〕見王更生《文心雕龍讀本》下冊，臺北：文史哲出版社，民國73年11月，179頁。

〔註25〕見李蓁非《文心雕龍釋譯》，江西人民出版社，1993年1月，478頁。

〔註26〕王禮卿《文心雕龍通解》下冊，臺北：黎明文化事業股份有限公司，民國75年10月，717頁。

原發。然此說須注意一大分際，此乃只對先秦之經籍而言；故劉勰其下舉例曰：

> 昔文王繇易，剖判爻位，既濟九三，遠引高宗之伐；明夷六五，近書箕子之貞。斯略舉人事以徵義者也。至若胤征羲和，陳政典之訓；盤庚誥民，敍遲任之言，此全引成辭以明理者也。然則明理引乎成辭，徵義舉乎人事，迺聖賢之鴻謨，經籍之通矩也。〔註27〕

所謂「既濟九三」、「明夷六五」皆出於《易經》；〈胤征〉、〈盤庚〉，皆出於《書經》。故曰「迺聖賢之鴻謨，經籍之通矩」。換句話說，經籍中用事之最早方式，就是「明理引乎成辭，徵義舉乎人事」，而其「人事」與「成辭」都保留原味，一如白米煮成飯，樣子依然不變。此亦是早期許多《修辭學》之書，但談〈引用〉之因。然而自屈、宋等辭賦家出，用事之方法便有所改變，故劉勰又曰：

> 觀夫屈宋屬篇，號依詩人。雖引古事，而莫取舊辭。唯賈誼鵬賦，始用鶡冠之說，相如上林，撮引李斯之書，此萬分之一會也。〔註28〕

此文關鍵在屈宋為賦，已改變「經籍之通矩」，轉依詩人作賦之法：「雖引古事，而莫取舊辭」，換句話說，辭賦家作賦，重視的是創意，縱然引用古事，也要刻意加工，一如白米釀酒，酒雖然是從米釀出，然已不見原形原味，而香氣更濃烈，足以醉人，此是專門作家的工夫與藝術效果。至於如賈誼〈鵬鳥賦〉用鶡冠子之說；相如〈上林賦〉有「建翠華之旗，樹靈鼉之鼓。」乃引用李斯〈諫逐客書〉曰：「建翠鳳之旗，樹靈鼉之鼓。」但易「鳳」為「華」字。此語無異抄襲，故劉勰云：「此萬分之一會也」，是非常少有者。換言之，「取舊辭」不是屈宋以來詩人屬篇之新法。然此風一啓，下焉者漸以為法，故又曰：

> 及揚雄〈百官箴〉，頗酌於詩書。劉歆〈遂初賦〉，歷敍於

〔註27〕見劉勰《文心雕龍》卷8，〈事類〉第38，台南東海出版社，4頁。
〔註28〕見劉勰《文心雕龍》卷8，〈事類〉第38，4頁。

> 紀傳，漸漸綜採矣。至於崔班張蔡，捃摭經史，華實布濩，
> 因書立功，皆後人之範式也。〔註29〕

劉勰在此正式點出後人用事之範式，有詩書、有紀傳，實不外「捃摭
經史」。以是知「據事以類義，援古以證今」之事，標準範式皆應是
詩書傳紀等經史資料，故其又曰：

> 夫經典沉深，載籍浩瀚，實群言之奧區，而才思之神皋也。
> 〔註30〕

則其主才思與群言皆離不開浩瀚之經典，蓋有了經典便可作爲「用事」
之取資，而「任力耕耨，縱意漁獵」以作爲創作文章之用。就以上劉
勰之說看，的確可看出「據事」與「援古」是互文之省，故「據事」
自應是據經史傳紀等古籍或典故無疑，因此其「據事」之時間性自應
以古代之事爲標準。

　　然有一詞尚待辨析，即劉勰又曾言：「既濟九三，遠引高宗之伐；
明夷六五，近書箕子之貞。」其中有「遠引」與「近書」二義。而「遠
引」如上所論，已無問題，但是「近書」二字就麻煩矣！就劉氏之文
析之，其所謂「遠引」、「近書」，是就「文王繇易」一詞爲歷史定位。
其依據應本《史記・太史公自序》：「昔西伯拘羑里」。〔註31〕於是就
文王往上溯，認爲《易經・既濟》：「九三，高宗伐鬼方，三年克之。」
乃是「遠引」。而又就文王往下看，《易經・明夷》：「六五，箕子之明
夷，利貞。」因箕子與文王、紂王同時，故曰「近書」。劉氏此說，
姑且不論在經學史上《易經》之成書年代問題如何？文王演周易是否
可信？但是已牽連「用事」的時間斷限問題。即箕子與文王同時，其
事自是文王當世之事。而當世之事是否也可以稱爲「典故」？還是只
能叫做「今事」？這是本文主張「用典」與「用事」須有區格之原因
之一。

〔註29〕見劉勰《文心雕龍》卷8，〈事類〉第38，4頁。
〔註30〕見劉勰《文心雕龍》卷8，〈事類〉第38，5頁。
〔註31〕見司馬遷《史記》卷130，第四冊，3300頁。

　　若就〈事類〉整篇分析，除「近書箕子之貞」一句之外，迨皆全
用古典經籍，其據事類義所援之證亦皆古人古事。可見其「近書箕子
之貞」一句爲例外。另外一個比較微妙的「用事」時間問題，是《顏
氏家訓》載祖孝徵引沈約詩：「崖傾護石髓」句，而評曰：「此豈似用
事邪？」王利器《顏氏家訓集解》曰：

> 趙曦明曰：《晉書·嵇康傳》：「康遇王烈共入山，嘗得石髓
> 如飴，即自服半，餘半與康，皆凝而爲石。」器案：此詩
> 今不見沈集，沈〈遊沈道士館〉詩有云：「朋來握石髓」。
> 見《文選》，李善注云：「袁彥伯《竹林名士傳》曰：『王烈
> 服食養性，嵇康甚敬之，隨入山。烈嘗得石髓，柔滑如飴，
> 即自服半，餘半取以與康，皆凝而爲石』。不知爲此詩異文，
> 抑別是一詩。〔註32〕

則沈約「崖傾護石髓」句，在祖孝徵看來，是用嵇康與王烈入山得石
髓而共食之事。論時間，嵇康是魏晉之人，而沈約乃梁、齊之人〔註33〕，
至少已經改朝換代，時間雖短，然而實已是前朝事，自可以說是古事。

　　以上之說，是否可以成立？因爲將牽涉到能否用以判斷李商隱是
否「用典」之問題。蓋生活在唐代的李商隱，以明清以來之學者看來，
將感到無事不古，無事非典，以是徵引《新、舊唐書》爲注，而《新、
舊唐書》對李商隱來說，其事乃當世之事，而其書更是後世之書也。
對李商隱來說算不算是典？或只是今事？這將造成論述上的危機。以
是再審思啓功先生云：

> 在〈文學改良芻議〉裏，還提到要廢除用典。典故多了或生
> 僻了，不好懂，廢除這樣的用典，作文章、寫詩絕對不用，
> 這可以。不過有些用典，卻不是這麼簡單。有的典是以往已
> 成的故事，一件事情。再提到它時，它無形中就成了一個典。

〔註32〕見王利器《顏氏家訓集解》卷 4〈文章第九〉，北京中華書局，1993
　　　　年 12 月，272 頁。
〔註33〕見《南史》卷 57〈沈約列傳〉47，云元嘉三十年時，「約十三而遭家
　　　　難，潛竄，會赦乃免。」又云「齊初爲征虜記室」，臺北：鼎文書局，
　　　　1410 頁。

比如有人問我，今天你到那兒去了？我説我到演播室。演播
室是什麼？是個名稱，是演播的地方。這演播室誰也用不著
解釋離主樓多遠，離宿舍多遠。它在那裡，生活在師大校内
的人，一説就明白，無形中就是一個典。這是廣義的典故，
實際上典故的情況非常複雜、多樣。〔註34〕

按啓功這一段話，有許多值得商榷的地方。如説「典故多了或生僻了，
不好懂，廢除這樣的用典，作文章、寫詩絕對不用，這可以」。問題
是典故到了什麼程度叫生僻？不好懂是什麼程度的人説的？就很難
訂出一個標準。再則其所舉「演播室」之例，只能説可能形成典故的
因素，很難説它就是一個「典故」。因爲時語、時諺、時名等當代語，
縱已寫成文章，刊登或出版。這只能説它有成爲後代引用爲典的條
件。但是絕不能説它當下就是一個典故。因爲其牽涉的因素很多，如
「演播室」是何人所命名？啓功説他在演講的當下，就已是大家耳熟
能詳之名稱，是大家一聽便知的專名。這自然是當下在大陸通行的時
名，既是當下通行之名詞，除非啓功有申請專利，能證明「演播室」
是他所命名，不然他怎能獨佔版權而自專以爲典乎？

　　唯後世如果只剩下啓功的文章有案可考，則後世當然只能説典見
於啓功的文章。但是在當下，若有人將此流行名詞寫入作品，他們願
意説他們是在引用啓功的典故嗎？而啓功能出來爭論説這是本人的
原典嗎？所以它雖已被寫入文章，而有記錄，但還不夠格稱爲典故。
以是本文認爲所謂「典」，則自許愼至孔穎達以來之尚古觀念顯得很
重要，至少應以前朝之典籍爲下限，方較可作爲定準，不然若如啓功
之言，則太泛濫矣。蓋時事諺語，新事新詞，日出而不窮，若皆視以
爲典，將胡底伊止！

第二節　用事之原始義涵

　　前節已説明「用典」一詞，古人但曰「用事」。今何以不取「用

〔註34〕啓功〈漢語詩歌的構成及發展〉《文學遺產》，2000年第一期，17頁。

事」而採「用典」？蓋「用事」一詞，起源甚古，而且不是專爲文學而發。就其義類言之，約有四種涵義。

一、「用事」指祭祀之事

第一類最古老，本指祭祀之事，如《周禮·春官·司服》曰：

掌王之吉凶衣服，辨其名物與其用事。王之吉服，祀昊天上帝則服大裘而冕；祀五帝亦如之。亨先王則袞冕，亨先公饗射則鷩冕，祀四望山川則毳冕，祭社稷、五祀則希冕，祭群小祀則玄冕。〔註35〕

此中所謂「用事」，注曰：「用事，祭祀視朝覲凶弔之事，衣服各有所用」。其意爲〈司服〉中之「事」，指的是祭祀之「事」。而所謂「用」，指的是祭祀之時國君當穿著何種禮服，如祭昊天上帝與五帝，則穿「大裘而冕」；亨先王則用「袞冕」；亨先公則「鷩冕」等等。司服者之「用事」，實就是管天子穿各種的祭祀禮服與帽子。另外〈太祝〉云：「大會同造于廟，宜于社。過大山川則用事焉，反行舍奠」。注曰：「用事，亦用祭事告行也。」〔註36〕類此之義，如《史記·封禪書》：

自古受命帝王，曷嘗不封禪？蓋有無其應而用事者矣，未有睹符瑞見而不臻乎泰山者也。〔註37〕

司馬遷在此所謂「用事」，是指封泰山、禪梁父之祭事。其義乃如《五經通義》所云：「易姓而王，致太平，必封泰山，禪梁父，荷天命以爲王，使理群生，告太平於天，報群臣之功。」而其「事」，《白虎通》曰：「或曰封者，金泥銀繩，或曰石泥金繩，封之印璽也」〔註38〕。以是在此所謂「用事」，指是請天子登泰山，用金泥銀繩或石泥金繩將印璽封起來，藏之「玉檢」以祭告天地之事。

「用事」除指祭山之外，尚有祭水者，如《越絕書》云：「昭公

〔註35〕見《周禮》卷21，《十三經本》，臺北：藝文印書館，323頁。
〔註36〕見《周禮》卷25，《十三經本》，389頁。
〔註37〕司馬遷《史記·封禪書》卷28，1355頁。
〔註38〕司馬遷《史記·封禪書》卷28，1355頁。

去至河用事，曰：天下誰能伐楚乎？寡人願爲前列。」〔註39〕是指昭公祭告黄河之神。而《穀梁傳》定公四年「冬，十有一月，庚午，蔡侯以吳子及楚人戰于伯舉，楚師敗績」。傳曰：

> 蔡昭公朝于楚，有美裘，正是日，囊瓦求之，昭公不與，爲是拘昭公於南郢，數年，然後得歸，歸乃用事乎漢。曰：
> 苟諸侯有欲伐楚者，寡人請爲前列焉。〔註40〕

此記蔡昭公因美裘在楚受辱數年，歸國時經過漢水，乃祭告漢水之神，此所謂「用事」，故注曰：「用事者，壽（禱）漢水神」，此皆可明確推知「用事」爲祭神之義也。

二、「用事」指執掌政權

第二類之「用事」涵義，指的是執掌政權。此義從《戰國策》以下至歷代史書，可謂隨手披閱即得。如《戰國策・秦策三》范睢說秦王曰：

> 今秦太后、穰侯用事，高陵涇陽佐之，卒無秦王，此亦淖齒李兌之類已。臣今見王獨立於廟朝矣，且臣將恐後之有秦國者，非王之子孫也。〔註41〕

按穰侯即魏冉，范睢抨擊太后、穰侯用事，即指二人掌權而專國政也。
又如《戰國策、趙策》又有〈趙太后新用事〉條云：

> 趙太后新用事，秦急攻之。趙氏求救於齊。齊曰：必以長安君爲質，兵乃出。太后不肯，大臣強諫。〔註42〕

此言「趙太后新用事」，其意與秦太后、穰侯用事之意義相同。蓋言趙太后主掌國家大權，又偏寵長安君，於是拒絕齊國之要求，甚而下

〔註39〕見《越絕書》東漢袁康、吳平輯錄、俞紀東譯注〈越絕吳內傳〉，臺北：台灣古籍出版有限公司，2002年1月，89頁。
〔註40〕見《穀梁傳》卷19，《珍本十六經》本，第四冊，臺北：龍泉出版社，民國66年7月，132頁。
〔註41〕見《戰國策・秦策三》，卷5〈范睢至秦〉語，臺北：里仁書局，民國79年1月，194頁。
〔註42〕見《戰國策・秦策四》，卷21，臺北：里仁書局，民國79年1月，768頁。

令：「有復言令長安君爲質者，老婦必唾其面」，其霸道可知。而最能說明「用事」爲政治意義者，應是《韓非子‧三守》云：

> 惡自治之勞憚，使群臣輻湊用事，因傳柄移藉，使殺生之機、奪予之要在大臣，如是者侵。〔註43〕

在此所謂「群臣輻湊用事」以至「傳柄移藉」，最後若掌握予奪生殺之機，將產生侵權行爲。如《史記‧齊悼惠王世家》亦載齊哀王〈遺諸侯王書〉曰：

> 惠帝崩，高后用事，春秋高，聽諸呂擅廢高帝所立，又殺
> 三趙王，滅梁、燕、趙以王諸呂，分齊國爲四。〔註44〕

只因呂后「用事」，而足以殺三趙王、滅梁、燕、趙以王諸呂，可見其擅權也。此後諸史「用事」之語，翻檢即得，如《漢書‧董仲舒傳》：「公孫弘治《春秋》不如仲舒，而弘希世用事，位至公卿。」〔註45〕又如《南史‧沈約傳》：「論者方之山濤，用事十餘年，未常有所荐達，政之得失，唯唯而已。」〔註46〕又如《舊唐書‧韋溫傳》：「出爲陝虢觀察使，武宗即位，李德裕用事，召拜吏部侍郎。」〔註47〕可見史傳言「用事」皆指掌權執政，多不再贅舉。

三、「用事」指當令節氣

第三類以「用事」爲當令節氣，如董仲舒《春秋繁露‧治水五行》：

> 日冬至七十二日，木用事，其氣燥濁而青。七十二日火用
> 事，其氣慘陽而赤，七十二日土用事，其氣溼濁而黃。七

〔註43〕見《韓非子‧三守》卷5，北京中華書局，1998年7月，113頁。

〔註44〕見《史記》第三冊，卷52，〈齊悼惠王世家〉第22，2002頁。

〔註45〕見《漢書》卷56，〈董仲舒傳〉第26，2525頁。

〔註46〕見《南史》卷57，〈沈約傳〉第三冊，臺北：鼎文書局，1412頁。

〔註47〕此說見張爾田《玉谿生年譜會箋》卷2，66頁。唯筆者查《舊唐書‧外戚傳‧韋溫傳》言韋溫乃「中宗韋庶人從父兄也」，在神龍中已累遷禮部尚書，不該至武宗時再代姚合爲陝虢觀察使，以是知此文必有誤，待詳查。再查韋溫有二人，見《舊唐書》卷168，列傳第118，韋溫字弘育，張氏引語在4379頁，故不誤。

十二日金用事，其氣滲淡而白。七十二日水用事，其氣清
寒而黑，七十二日復得木，木用事則行柔惠。……〔註48〕

類此者尙見《淮南子》云：

壬午冬至甲子受制木用事、火煙青；七十二日，丙子受制
火用事，火煙赤。七十二日戊子受制土用事，火煙黃。七
十二日，庚子受制金用事，火煙白。七十二日壬子受制水
用事，火煙黑。七十二日而歲終。〔註49〕

又如《漢書・丙吉傳》中，言丙吉見道路有群鬥者，死傷橫道，而丙
吉不過問。看到有人逐牛，而牛喘吐舌，乃使騎吏問，以至引起譏刺。
吉曰：

民鬥相殺傷，長安令、京兆尹職所當禁備逐捕，歲竟丞相
課其殿最，奏行賞罰而已。宰相不親小事，非所當於道路
問也。方春少陽用事，未可大熱，恐牛近行用暑故喘，此
時氣失節，恐有所傷害也。三公典調和陰陽，職當憂，是
以問之。〔註50〕

此是丙吉識大體之一段記錄。在此丙吉所擔憂的不是民間械鬥小事，而
是在春天的時候，氣候溫和，不至太熱，而看到牛已氣喘吐舌，因恐氣
候失節，關係到天下民生，與其爲宰相「典調和陰陽」之三公之職有
關，故爲「知大體」。其間所謂「方春少陽用事」，即少陽當令之謂也。

四、「用事」類同於「用典」

第四類之「用事」，方與文學有關係，而類同於今之「用典」。首
先有詳實理論的應該是劉勰的《文心雕龍・事類篇》：

用事如斯，可謂理得而義要矣。故事得其要，譬寸轄制輪，
尺樞運關也。〔註51〕

〔註48〕見《春秋繁露・治水五行》，臺北：世界書局，314頁。
〔註49〕《淮南子・天文訓》3，臺北：臺灣商務印書館，四部叢刊本，21頁。
〔註50〕見《漢書》第四冊，卷74，《魏相・丙吉傳》第44，3147頁。
〔註51〕見劉勰《文心雕龍・事類》第38，5頁。《文心雕龍》成書之年代，
據王運熙、楊明《魏晉南北朝文學批評史》引清劉毓崧《通義堂文
集》卷14〈書文心雕龍後〉一文，謂當在南齊末年（公元501年），

劉勰在此首先說出用事藝術之妙用，用得好則「譬寸轄制輪，尺樞運關也。」然有正必有反，鍾嶸《詩品》則持反對態度，其曰：

> 夫屬詞比事，乃爲通談。若乃經國文符，應資博古，撰德駁奏，宜窮往烈。至乎吟詠情性，亦何貴于用事？「思君如流水」，即是即目；「高臺多悲風」，亦惟所見；「清晨登隴首」，羌無故實：「明月照積雪」，詎出經史。〔註52〕

鍾氏此文，由其下文而知，乃是爲反對「大明、泰始中，文章殆同書鈔」，與「近任昉、王元長等，詞不貴奇，競須新事，爾來作者，寖以成俗。遂乃句無虛語，語無虛字，拘攣補衲，蠹文已甚」等而發。唯其所謂「用事」，雖未明言爲何「事」，然而分析其文，亦有線索可尋。如曰「經國文符」要「博古」；「撰德駁奏」要「窮往烈」，說吟詠情性之詩，不須「故實」，也不必出於「經史」。而所謂「博古」、「往烈」、「故實」、「經史」，在模糊中實含著鍾氏對「用事」觀的定義與時間界限：其要古、要故、要出經史，正是本文所討論的「用典」義涵與時限。就是其所指斥的「文章殆同書鈔」，其「書鈔」亦應在「博古」、「往烈」、「故實」、「經史」之範疇中，絕非不論任何時間、任何人，任何事皆可稱爲「用事」之「事」，其理實明。

在劉勰、鍾嶸之後，其後明載「用事」一辭的，是北齊黃門侍郎顏之推的《顏氏家訓》，他在〈文章〉篇中說：

> 沈隱侯曰：「文章當從三易：易見事，一也；易識字，二也；易讀誦，三也。」邢子才常曰：「沈侯文章，用事不使人覺，若胸臆語也。」深以此服之。祖孝徵亦嘗謂吾曰：「沈詩云：『崖傾護石髓。』此豈似用事邪？」〔註53〕

此段文義，可透顯三個訊息，第一是將「用事」一辭，當作文學用語，

---

324 頁。又云鍾嶸《詩品》的寫定，當在天鑑十二年後（公元 513 年）見上海古籍出版社，989 年 6 月，499 頁。

〔註52〕見陳延傑注《詩品注》〈總論〉，臺北：里仁書局，民國 81 年 9 月，4 頁。

〔註53〕見王利器《顏氏家訓集解》卷 4，北京中華書局，1993 年 12 月，272 頁。

可見自劉勰、鍾嶸之後，在六朝時應已頗爲流行，故邢子才、祖孝徵皆能熟用以批評沈約之詩文。第二，其詞雖載於《顏氏家訓》，然非顏之推所發明。故其源可說見於《顏氏家訓》，然智慧財產權不能歸之顏之推。因爲當顏之推寫《家訓》時，登載的卻是別人的話。如其下論「用事」之得失曰：

> 劉劭〈趙都賦〉云：公子之客，叱勁楚令歃盟；管庫隸臣，呵強秦使鼓缶。用事如斯，可謂理得而義要矣。〔註54〕

按劉劭，乃三國時魏人，其典用戰國平原君趙勝之客毛遂叱楚懷王，使歃血爲盟之事。與《史記・藺相如傳》：載趙王與秦王會澠池，秦王酒酣，令趙王鼓瑟。藺相如乃奉缶請秦王擊缶之事。事亦皆古事，故劉氏曰：「凡用舊合機，不啻自其口出。」此是「用事」之佳者，其要在「用舊合機」；其藝術效果則在「用人若己」。反之，若是「引事乖謬」者，將如劉勰所謂：

> 引事乖謬，雖千載而爲瑕，陳思群才之英也，報孔璋書云：葛天氏之樂，千人唱，萬人和，聽者因以蔑詔夏矣，此引事之實謬也。葛天之歌，唱和三人而已。〔註55〕

此是說《呂氏春秋》言葛天氏之樂，眞相只是「三人操牛尾以歌八闋」而已。然陳思王錯以爲「千人唱、萬人和」。故曰其「引事」實謬。而曹植之誤，他又指出其誤乃本司馬相如之〈上林賦〉云：「奏陶唐之舞，聽葛天之歌，千人唱、萬人和」，劉氏並說明「唱和千萬人，乃相如接（推）人，然而濫侈葛天推三成萬者」。接下來又指斥陸機〈園葵詩〉之誤用事曰：

> 陸機園葵詩云：「庇足同一智，生理合異端」。夫葵能衛足，事機鮑莊，葛藟庇根，辭自樂豫，若譬葛爲葵，則引事爲謬。若謂庇勝衛，則改事失眞，斯又不精之患。〔註56〕

按陸機〈園葵詩〉有二首，此首《文選》不錄，其所謂「庇足同一智，

〔註54〕見劉勰《文心雕龍》卷8，〈事類〉第38，4頁。
〔註55〕劉勰《文心雕龍》卷8，〈事類〉第38，4頁。
〔註56〕劉勰《文心雕龍》卷8，〈事類〉第38，5頁。

生理各萬端。」王更生注引《左傳》成公十七年：

> 齊靈公刖鮑牽。仲尼曰：「鮑莊子之知，不如葵；葵猶能衛
> 其足。」又文公七年：宋昭公將去群公子，樂豫曰：「不可，
> 公族，公家之枝葉也；若去之，則本根無所庇蔭矣。葛藟
> 猶能庇其本根，故君子以爲庇，況國君乎！」〔註57〕

則是陸機作〈園葵詩〉而用《左傳》典。唯將孔子之語和樂豫之語混
用。故王更生析之曰：「依照陸詩原意，要用『葛藟庇根』的典，如
果用『葵能衛足』，便該作『衛足』，不應作『庇足』，今陸氏改『衛』
爲『庇』，所以下文說：『若謂庇勝衛，則改事失眞。』」王氏之析大
致正確。唯這又牽涉另外一個用典藝術的問題。在此先簡單的說，用
典如果只在「據事以類義，援古以證今」的原始範式中，則劉氏之批
評自是不謬，然到了詩人「雖引古事，莫取舊辭」之後，則已重在「陳
言之務去」之觀念。當陸機改「衛足」爲「庇足」時，就原典不無「改
事失眞」之嫌。然「庇」、「衛」二字在文人看來，其義何嘗不可互通。
且亦正是「莫取舊辭」之嘗試精神也。可是劉勰認爲一但將「衛足」
改爲「庇足」，便是「改事失眞」，且曰「斯又不精之患」，意思是一
種非常嚴重的誤用。唯當注意者，劉勰是站在「引用」的觀點說話，
於是要求正確，要求無誤。故他又歎息：「子建明練、士衡沈密，而
不免於謬。」對次而下之的「曹仁之謬高唐」，他說「又曷足以嘲哉！」。
其所謂「曹仁之謬高唐」，王更生《文心雕龍讀本》注曰：

> 文選有陳琳爲曹洪與魏文帝書。書云：「蓋聞過高唐者，效
> 王豹之謳。」李善注引孟子淳于髡曰：「昔者王豹處淇，而
> 西河善謳，綿駒處高唐。而齊女善歌。」陳琳的信，用「高
> 唐」，則當作「效綿駒之歌」，今用「王豹之謳」，是將「綿
> 駒」誤作「王豹」了。〔註58〕

依王氏此注，的確陳琳是把「綿駒」誤爲「王豹」。然劉勰「曹仁之
謬高唐」，何嘗不是把「陳琳」誤作「曹仁」。縱然信是曹仁具名，然

〔註57〕見王更生《文心雕龍讀本》下冊，178頁。
〔註58〕見王更生《文心雕龍讀本》下冊，178頁，注66。

推究捉刀者，何嘗不是陳琳之誤。蓋劉勰亦活用典耳！唯陳琳「王豹」、「綿駒」之誤在「引用」上的確不可犯，因為用專名與事，與改用一個動詞或形容詞畢竟不同。

第三節　用典與用事之抉擇

一、有誤以物類為事類者

　　本來「用事」一詞，自先秦起便指祭祀、主政、與當令等義涵，非為文章徵經引史一法而發。自劉勰《文心雕龍・事類篇》出，有「略舉人事以徵義」與「引成辭以明理」之言。於是有「取事」、「用事」、「引事」之詞。前二語是孤見，而「引事」則用之再三。〔註59〕可見「用事」一辭，在劉勰之文中，並非主要用語，亦無意於專用。至於鍾嶸《詩品》中有兩見。首見於〈總論〉中言「至乎吟詠情性，亦何貴于用事？」。又於〈卷中〉〈梁太常任昉〉云：「動輒用事，所以詩不得奇。」〔註60〕是一本他反對「用事」之主張。然卷中尚有評〈宋光祿大夫顏延之〉者曰：「又喜用古事，彌見拘束」，此可視為「用事」乃「用古事」之真諦。而至《顏氏家訓》之所引，則「用事」一詞已似頗為普遍而流行。

　　然而到了唐宋之後，看法又開始混淆，有把〈物類〉當〈事類〉者，如佚名人撰之《詩式》有〈六犯〉之說，其三曰〈相濫〉云：

　　　三相濫。謂一首詩中，再度用事。一對之內，反覆重論。
　　文繁意疊，故名相濫。犯詩曰：「玉繩耿長漢，金波麗碧空。
　　星光暗雲裏，月影碎簾中。」〔註61〕

〔註59〕按《文心雕龍・事類》篇三用「引事」，如「引事乖謬」、「此引事之實謬」、「則引事為謬」。而各一言「取事貴約」、「用事如斯」而已。詳見台南東海出版社本。

〔註60〕見鍾嶸《詩品・總論》，臺北：里仁書局，43 頁。

〔註61〕見張伯偉編《全唐五代詩格校考》，陝西人民教育出版社，1996 年 7 月，104 頁。

上所舉之例：玉繩、長漢、碧空；金波、星光、月影。此所謂「反覆
重論」、「文繁意疊」。而佚名之《詩式》稱之爲「再度用事」。以是，
此所謂之「用事」，正確的說法即用同物類之意也。與一般所謂人事
無涉。而最奇特的理論是皎然的《詩式》，他曾說「詩有五格」，其〈用
事格〉云：

> 時人皆以徵古爲用事，不必盡然也。今且於六義之中，略
> 論比興。取象曰比，取義曰興，義即象下之意。凡禽魚、
> 草木、人物、名數，萬象之中義類同者，盡入比興，〈關雎〉
> 即其義也。如陶公以「孤雲」比「貧士」，鮑照以「直」比
> 「朱絲」，以「清」比「玉壺」，時人呼比爲用事，呼用事
> 爲比。〔註62〕

皎然和尚首先否定「徵古爲用事」之定律，並將「用事」代入比興論
中。而曰「時人呼比爲用事，呼用事爲比」。其意乃言「萬象之中義
類同者，盡入比興」，如禽魚、草木、人物、名數等皆是萬象之一，
而象下有義，故云「義即象下之意」，於是詩人只要取象爲比，而以
義合其類，即是「用事」之謂。以是在此所謂「用事」，與徵經引史
之意不同，其事指的是包括天地之間的萬象萬物。此與本文之「用典」
界限出入太大矣！然依其所見，對於何謂「用事」？何謂「比」？他
又在無界限中又有界限，如其引陸機詩與康樂公詩云：

> 如陸機詩：「鄙哉牛山歎，未及至人情。爽鳩苟已徂，吾子
> 安得停？」此規諫之忠，是用事非比也。如康樂公詩：「偶
> 與張邴合，久欲歸東山。」此敘志之忠，是比非用事也，
> 詳味可知。〔註63〕

此中判斷陸機詩是用事非比；指稱唐樂詩是比而非用事，也眞頗耐人
尋味也已。雖其曰「詳味可知」，然恐怕味而難知者多。其又有〈語
似用事義非用事〉：

> 評曰：此二門未始有之，而弱手不能知也。如康樂公詩：「彭

〔註62〕見張伯偉編《全唐五代詩格校考》，207 頁。
〔註63〕見張伯偉編《全唐五代詩格校考》，207 頁。

薛纓知恥，貢公未遺榮。或可優貧競，豈足稱達生。」此
商榷三賢，雖許其退身，不免遺議，蓋康樂欲借此成我詩，
意非用事也。如古詩：「仙人王子喬，難可與等期。」曹植
詩：「虛無求列仙，松子久吾欺。」又古詩：「師涓久不奏，
誰能宣我心。」上句言仙道不可階，次句讓求之無效。下
句略似指人，如魏武呼「杜康」爲酒。蓋作者存其毛粉，
不欲委曲傷乎天眞，並非用事也。〔註64〕

此三則與上則意類近，而其主要判斷在於詩之內容是主觀抒情，或是
客觀描繪。如陸機用齊景公牛山之歌，乃就客觀詠史而言之，此在皎
然則爲用事。而其引謝靈運詩，「偶與張邴合，久欲歸東山」，乃是詩
人主觀抒情而與古人偶合者，便認爲是比而非用事。又「彭薛纓知
恥，貢公未遺榮」，皎然評曰：「蓋康樂欲借此成詩，意非用事也」，
其說亦從主觀方面立論，其下所引之〈古詩〉、〈曹植詩〉皆同，此是
其大較者也。而此類之詩，皎然認爲：「又雖有事非用事，若論其功，
合入上格。」〔註65〕

　　皎然除了以比興說「用事」之外，其所謂「事」亦另有別義，不
是劉勰、鍾嶸、顏之推以來所謂經籍史傳之謂，而近「近書箕子之貞」
之「近書」，如其曰王仲宣之〈七哀〉：

評曰：仲宣詩云：「出門無所見，白骨蔽平原。路有飢婦人，
抱子棄草間。顧問號泣聲，揮涕獨不還。未知身死處，何
能兩相完。驅車棄之去，不忍聽此言。」此中事在耳目，
故傷見乎辭。〔註66〕

按皎然此條重在「事在耳目」四字，實即敘當前事也，而與用古事
不同，唐人所謂「即事」之作。所描寫皆是眼前景，當下事。若以
此言用事，則用「古事」與用「今事」無別。而與舊題爲白居易之
《文苑詩格》云：「用古事似今事，爲上格」異。蓋用典之上乘手法

〔註64〕見張伯偉編《全唐五代詩格校考》，208～209頁。
〔註65〕見張伯偉編《全唐五代詩格校考》，230頁。
〔註66〕見張伯偉編《全唐五代詩格校考》，225頁。

故可以「用古事似今事」〔註67〕，然不能稱爲眼前事亦古事也。「今事」、「古事」兩者自有差別，故皎然亦有評用古事不當者曰：

> 凡詩者，惟以敵古爲上，不以寫古爲能。立意於眾人之先，放詞於群才之表，獨創雖取（在），使耳目不接，終患倚傍之手。或引全章，或插一句，以古人相黏二字、三字爲力，廁麗玉於瓦石，殖芳芷於敗蘭，縱善，亦他人之眉目，非己之功也，況不善乎？〔註68〕

按皎然主張寫詩，最重要的是能獨創，最怕引章插句，或以黏古人二字、三字爲力，將如「廁麗玉於瓦石，殖芳芷於敗蘭」。〔註69〕

　　從以上分析可以看出，「用事」一詞，原本與文學無涉，其原始意涵是作爲祭祀用語，其次指當政掌權，其三指陰陽節候。後來才與文學有關。唯自劉勰、鍾嶸、顏之推，以至唐之皎然等，雖言偏指文學之「用事」，然又古事、今事與萬物籠統用之，故本文擬採「用典」一詞，專指古文古事爲範疇，排除今事今詞與只用比興之花草蟲魚萬物也。

二、用典與詠史之差異

　　本文對用典與詠史思作一個理念的區隔。就源頭來說，兩者可以說是典出同源。但是專就一典而興感，或就本事而賦之，便被稱爲詠史。如果是詠一事而因徵引、或聯類而及其他古事，方是用典。唯詠史詩中，對於原典的寫作方式，尚可區分爲純詠史、類詠史、和懷古三類。

（一）班固純詠史之用典

　　何謂純詠史詩？在先秦之時，或無其名，唯早有其實。如《詩經‧大雅》中〈文王〉、〈大明〉、〈綿〉、〈思齊〉、〈皇矣〉、〈靈臺〉、〈生民〉、

〔註67〕見張伯偉編《全唐五代詩格校考》，225頁。
〔註68〕見張伯偉編《全唐五代詩格校考》，340頁。
〔註69〕釋皎然《詩議》見張伯偉編撰《全唐五代詩格校考》，183頁。

〈公劉〉;《周頌》中〈思文〉;《魯頌》中〈閟宮〉;《商頌》中〈玄
鳥〉、〈長發〉、〈殷武〉等。皆可以說詩中有史,以是被《史記》所大
量採用,章學誠因曰:「六經皆史」。唯其內容大部份是在單純的歌頌
祖先。至於最早明標〈詠史〉之題,並且以純五言詩體加以創作,而
史有明徵者,當首推東漢的班固。此後一路發展下去,約略可分爲純
詠史、類詠史、與懷古三類。三者從表面與內容看來都有些相近與相
似,但是在創作角度與技巧上,則有很大的不同。因而在用典上,也
就有些不同的考量。所謂純詠史,本文之定義爲:以一詩純詠一古事
者,謂之純詠史。一般又稱爲「史傳型詠史詩」,其創例如東漢班固
之〈詠史〉。其詩曰:

> 三王德彌薄,惟後用肉刑。太倉令有罪,就遞長安城。自
> 恨身無子,困急獨煢煢。小女痛父言,死者不可生。上書
> 詣闕下,思古歌雞鳴。憂心摧折裂。晨風揚激聲。聖漢孝
> 文帝,惻然感至情。百男何憒憒,不如一緹縈。〔註70〕

此詩實本《史記‧倉公傳》,其傳本甚長,其事甚多。而班固所詠,
不過取〈倉公傳〉第二段所載緹縈上書救父之事加以吟詠〔註71〕。然
就此詩分析,可以解析出二個有關〈詠史〉的重要啓示。第一是時代
性。第二是用典的法則。

1. 詠史的時代性與用典不同

緹縈上書救父事件,發生於西漢「聖漢孝文帝」時,這對東漢寫
《漢書》的班固來說,當然已是歷史古事。何況已記在《史記》,《史
記》自是一部要典。但是有一點必須注意者,雖然東、西漢之間隔了
一段王莽的新朝,只是不論西漢、東漢或云前漢、後漢,史學家依然
視之爲漢朝。猶如唐朝也有武則天的大周,但是史學家也沒有把唐朝
分割成兩個不同的朝代。因此緹縈救父事件對班固來說,也只是他的

〔註70〕逯欽立輯校《先秦漢魏晉南北朝詩》,臺北:學海出版社,民國 73
　　　年 5 月,5 卷,70 頁。
〔註71〕史馬遷《史記‧扁鵲倉公列傳》,第 105 卷,2795 頁。

近代史而已。以是詠史未必是詠前朝之事，其同一朝代之近代史也可以，這是與本文設定「用典」必須是指前朝之古事者不同。因此在李商隱的詠史詩中，除了〈詠史〉、〈覽古〉、〈賈生〉、〈宋玉〉等是詠前朝之事的詠史詩之外，就是〈韓碑〉〈華清宮〉〈驪山有感〉〈龍池〉〈馬嵬二首〉等近代史，當然也可以歸之於詠史詩的範疇，但是不能叫作用典。

2. 就用典層面看詠史

班固之〈詠史〉曰：「上書詣切闕下，思古歌雞鳴。憂心摧折裂，晨風揚激聲。」其中「思古歌雞鳴」接「晨風揚激聲」，已是明顯的用典。其相關之典故，一見於《尚書・周書・牧誓》：「王曰：『古人有言：牝雞無晨，牝雞之晨，惟家之索』」。孔穎達〈正義〉曰：「喻婦人知外事，雌代雄鳴則家盡」〔註72〕。按周武王言「牝雞無晨」，原指古代女人不可干政。若女人一旦干政，就像早晨母雞代公雞啼叫以司晨。而《史記・倉公傳》言淳于意「以刑罪當傳之長安。意有五女，隨而泣。意怒，罵曰：『生子不生男，緩急無可使者！』」此即班固「自恨身無子，困急獨煢煢」之所本。而緹縈因家無兄弟，於是自己扛起救父之重任，親自上書給漢文帝，此何異於以母雞代公雞工作？而且不但救父成功，更使漢文帝因之廢除肉刑，造福天下蒼生。但是這對於淳于家來說，實亦是一種「惟家之索」，也就是另一種「家盡」。因為淳于家無男兒，方成就這一段緹縈救父之美名。

而此典又可與另一個《詩經・齊風・雞鳴》的典故融合，其詩之〈小序〉曰：「雞鳴思賢妃也。哀公荒淫怠慢，故陳賢妃貞女夙夜警戒，相成之道焉」〔註73〕。則《詩經・齊風》也出現了一個與雞鳴有關的賢女人。這個典在東漢秦嘉的〈贈婦詩〉第三首也有相類的句子：「清晨當引邁，束帶待雞鳴。顧看空室中，彷彿想姿形」。

〔註72〕見《尚書・周書・牧誓》，十三經注疏本，第 11 卷，臺北：藝文印書館，民國 71 年 8 月，158 頁。

〔註73〕見《詩經・齊風・雞鳴》，十三經注疏本，第 5 卷，187 頁。

〔註74〕其詩因雞鳴而思婦，並有「詩人感木瓜，乃欲答瑤瓊」之語，此婦自是秦嘉之賢妻。其同班固曰：「上書詣闕下，思古歌雞鳴」之用法相同，皆是翻用典。蓋古人說母雞不可以代公雞啼叫司晨，因爲在《尙書》裏是主張「牝雞無晨」的，而在《詩經》則歌頌賢女戒旦。唯在班固的詩中，若不知《尙書》之牝雞典，則不足以暗示淳于意無子。若不知《詩經》典，則不足以彰顯緹縈是賢女。這種融合正反兩種不同意義的典故而產生繁複啓示意的用典法則，對李商隱的〈詠史〉〈無題〉等詩之用典藝術，將可看到其優良的繼承。

　　另外在檢索班固之用典，可以發現他並不拘泥於原典之本文本義。而只採取一種寬鬆的類似性原則，先用「思古」兩字提醒讀者說他要用典，而他「思古」思的是什麼典故呢？是有關「歌雞鳴」的古代事。至於「歌雞鳴」是什麼事？有那些典？那是做爲讀者自己應該去摸索的，作者並不負責說明。如「雞鳴」之典，翻開郭茂倩《樂府詩集》便有相和歌辭的〈雞鳴〉古辭，所謂「雞鳴高樹巔」者，然其詩後註曰：「右一曲，魏、晉所奏」。此古辭既然是魏、晉時代才有，這對東漢的班固來說，自不可能取之爲典。往下梁朝劉孝威、簡文帝；陳代張正見等之〈雞鳴〉詩，則更不論矣〔註75〕。故在本文的研究中，箋注家有引後世書籍以註義山者，皆排除在用典統計表之外，即本此理念。同時分析至此，各位也可以看出〈史〉不等於〈典〉，尤其是當代或同朝的近代史，故可以作爲〈詠史詩〉的題材，但若說到「用典」，還是得指〈尙書〉、〈詩經〉之語或至少是前朝之典籍方可稱之爲「典故」。

　　班固之詩，梁、鍾嶸《詩品》云其「質木無文」〔註76〕，這是對此詩的藝術評價問題。蓋詩學非史學，寫詩自然不能跟寫歷史一

〔註74〕逯欽立輯校《先秦漢魏晉南北朝詩》，第6卷，臺北：學海出版社，民國73年5月，87頁。
〔註75〕見郭茂倩《樂府詩集》，第28卷，臺北：里仁書局，民國73年9月，406、407頁。
〔註76〕見楊祖聿《詩品校注》，臺北：文史哲出版社，民國70年1月，1頁。

樣。黃盛雄先生說:「詠史詩以史事爲題材,卻不能寫成史傳或史評,它必須是『詩』」。〔註77〕黃先生此說筆者甚爲讚同,蓋班固此詩之所以會被評爲「質木無文」,因其只依據《史記》將一百三十六個字的傳文,改寫成八十個字的五言史傳和史評,令讀者讀來感到言盡意盡,既沒有增加詩味,更沒有增加一些文學上的弦外之音,只能說它徒具詩的形式,而缺乏詩的藝術本質,使整首詩讀完之後,與讀《史記·倉公傳》第二段沒有多大的差別,這就難免令人覺得味同嚼蠟,而評其詩質如木頭了。但是因爲用了一個「雞鳴」典,首次融合了《尚書》與《詩經》的原意,產生了繁富的新意,則是值得注意。因此當我們讀到義山〈錦瑟〉「滄海月明珠有淚,藍田日暖玉生煙」時,如果你不能了解義山也融合了雙典以上的意義,解析起來就困難重重。

(二)李商隱之用典與純詠史之例

前面從班固〈詠史〉詩做分析,可以確定所謂純詠史者,乃就一事或一典爲題材,而于予直賦其事也。其特色是以一典一事爲主要題材,而並非附庸。以此角度看,陳貽焮說「詠史之類詩作雖詠故實卻非用典」〔註78〕。其將「詠史」與「用典」做嚴格區分,這是對的。

就李商隱之純詠史來說,因其既以一典故或一史事爲主要題材,因此,這類純詠史詩最與班固的〈詠史〉相近,「用典」只是聯類及之,甚至可以說很少用典。這類詩如〈宋玉〉、〈賈生〉、〈王昭君〉、〈曼倩辭〉等,皆就一古人而及事爲詠,這是本文認爲最標準的「詠史」詩;另外〈宮中曲〉二首、〈南朝〉、〈詠史〉、〈北齊二首〉等,雖因古事而及地理,但不是詩人置身其地而爲懷古之作,故筆者視之爲〈詠史〉。例如以下諸詩:

〔註77〕見黃盛雄《李義山詩研究》,臺北:文史哲出版社,民國 76 年 9 月,12 頁。
〔註78〕見陳貽焮〈談李商隱的詠史與詠物詩〉,王蒙、劉學鍇編《李商隱研究論集》,72 頁。

〈宮中曲〉132 頁

　　雲母濾宮月，夜夜白於水。賺得羊車來，低扇遮黃子。水
精不覺冷，自刻鴛鴦翅。蠶縷茜香濃，正朝纏左臂。巴箋
兩三幅，滿寫承恩字。欲得識青天，昨夜蒼龍是。

〈宋玉〉304 頁

　　何事荊臺百萬家，惟教宋玉擅才華？楚辭已不饒唐勒，風
賦何嘗讓景差！落日渚宮供觀閣，開年雲夢送煙花。可憐
庾信尋荒徑，猶得三朝託後車。

〈賈生〉314 頁

　　宣室求賢訪逐臣，賈生才調更無倫。可憐夜半虛前席，不
問蒼生問鬼神。

〈齊宮詞〉550 頁

　　永壽兵來夜不扃，金蓮無復印中庭。梁臺歌管三更罷，猶
自風搖九子鈴。

〈南朝〉682 頁

　　地險悠悠天險長，金陵王氣應瑤光。休誇此地分天下，只
得徐妃半面粧。

〈南朝〉683 頁

　　玄武湖中玉漏催，雞鳴埭口繡襦迴。誰言瓊樹朝朝見，不
及金蓮步步來。敵國軍營漂木柹，前朝神廟鎖煙煤。滿宮
學士皆顏色，江令當年只費才。

〈詠史〉687 頁

　　北湖南埭水漫漫，一片降旗百尺竿。三百年間同曉夢，鍾
山何處有龍盤。

〈北齊二首〉709 頁

　　一笑相傾國便亡，何勞荊棘始堪傷。小憐玉體橫陳夜，已
報周師入晉陽。

　　巧笑知堪敵萬機，傾城最在著戎衣。晉陽已陷休迴顧，更
請君王獵一圍。

〈嫦娥〉717 頁

雲母屏風燭影深，長河漸落曉星沉。嫦娥應悔偷靈藥，碧
海青天夜夜心。

〈王昭君〉734 頁

毛延壽畫欲通神，忍爲黃金不爲人。馬上琵琶行萬里，漢
宮長有隔生春。

〈曼倩辭〉735 頁

十八年來墮世間，瑤池歸夢碧桃閒。如何漢殿穿針夜，又
向窗中覷阿環？

這類詩，他們固然都是歷史或神話，但同時也可作爲典故，故若說義
山用典，固無不可。但如果把「詠史」與「用典」嚴格分開來看，大
概只有〈宋玉〉詩中的「楚辭已不饒唐勒，風賦何嘗讓景差」、「可憐
庾信尋荒徑，猶得三朝託後車」、〈詠史〉的「鍾山何處有龍盤」、〈曼
倩辭〉前後組合了二篇小說故事合成，或許也算是用典，其他可以說
是亦故事、亦典故、亦詠史詩。

（1）就〈宋玉〉詩中之唐勒、景差。馮浩主徵引《家語》、《說
苑》、《國語》、《後漢書・邊讓傳》、宋玉〈風賦〉、〈諷賦〉、《文選》、
王逸注《楚辭》、《左傳》、《渚宮故事》，以明一詩。令人望注不無「獺
祭魚」之感，這是注家逞博之弊。讀者只要翻開司馬遷《史記・屈原・
賈生列傳》云：

屈原既死之後，楚有宋玉、唐勒、景差之徒者，皆好辭而
以賦見稱；然皆祖屈原之從容辭令，終莫敢直諫。其後楚
日以削，數十年竟爲秦所滅。〔註79〕

由此段文字，可以看出義山寫〈宋玉〉時，何以會把唐勒、景差拿來
做陪襯和比較，其脈絡便明顯而易知。就是因爲義山讀過《史記・屈
原・賈生列傳》。然而在《史記・屈原傳》中，並未將三人作優劣之
別，而這個產生優劣比較的觀念和創意，則須借重馮浩的注來說明：

宋玉〈風賦〉：楚襄王遊蘭臺之宮，宋玉、景差侍。〈諷賦〉：
宋玉休歸，唐勒讒之於王。……〈文選〉登宋玉〈九辯〉、

〔註79〕見司馬遷《史記・屈原賈生列傳》第三冊，卷84，2490 頁。

〈招魂〉，而不及唐勒。王逸注《楚辭》云：〈大招〉、屈原
作，或曰景差，疑不能明也。亦未及唐勒，勒不如玉審矣。
宋玉景差並侍於王，而〈風賦〉惟玉爲之，王曰：「善哉論
事！」此故云然。〔註80〕

依馮浩之注，其特點有二，其一是說《文選》中有宋玉〈九辯〉、〈招
魂〉，而無唐勒之作品。可知唐勒不及宋玉。其二是宋玉景差並是楚
襄王之文學侍臣，而〈風賦〉只有叫宋玉作，而且還獲得楚襄王「善
哉論事」之讚美。以是見景差亦不如宋玉。故云：「楚詞已不饒唐勒，
風賦何曾讓景差」。至於末聯：「可憐庾信尋荒徑，猶得三朝託後
車」。馮浩注曰：

《詩》：命彼後車，謂之載之。庾信〈哀江南賦〉：誅茅宋
玉之宅，穿徑臨江之府。《渚宮故事》：庾信因侯景之亂，
自建康遞歸江陵，居宋玉故宅。按《北史傳》：庾信先爲東
宮抄選學士，是武帝時也；後事簡文帝、元帝，則三朝
矣。……何曰：澹澹收住，自有無窮感慨。〔註81〕

馮氏此注，意甚明朗，雖別有言三朝爲「梁、魏、周」者，然爭議不
大。則在此末聯，無非就宋玉對後代之影響，而舉出庾信晚年自建康
歸江陵，居宋玉舊宅，亦足以如載後車，名流千古也。唯庾信之時代
雖距宋玉甚遠，然而對李商隱來說，猶是唐以前隔好幾個朝代之事，
故可稱爲「典」，因此是不是「典故」，或說「用典」，應以創作之時
代爲標竿，如班固詠緹縈，則秦嘉以後詩不得稱典，而李商隱詠戰國
之宋玉，六朝人之事猶得入典也。

　再則此詩之特色，是以宋玉爲主角，其他的唐勒、景差、庾信皆
是配角。而從首聯「何事荊臺百萬家，惟教宋玉擅才華」落筆，便以
千鈞之勢，壓倒同時的唐勒、景差，並影響後代的庾信。此詩與後面
要說的〈類詠史〉之別，在於兩者雖都用好幾個典故，但純詠史者主
角明確，所用典故皆相關，而「類詠史」者主角似明而實晦，所用典

〔註80〕見馮浩《玉谿生詩集箋注》，卷2，305頁。
〔註81〕見馮浩《玉谿生詩集箋注》，卷2，305頁。

故各不相干，唯寫出一種詩人心目中的歷史印象，似有而實無，然概括性又特強，以是又可以籠罩許多類型相似的事件或人，卻不能明指到底是何人。這是兩者在藝術技巧和效果上的極大差異。

（2）另外〈詠史〉首句云「北湖南埭水漫漫」，乍看會誤以爲是義山身臨其境的懷古詩，但再讀第二句「一片降旗百尺竿」，這已是「三百年間同曉夢」的過去事，不可能眞的逕現在晚唐的義山面前，此純粹是「思古」而得的聯想。以是知前二句皆是就歷史想像，非眞臨其地也，〔註82〕何況至今諸年譜中無義山至南埭、鍾山之確考。至於「三百年間」一詞，馮浩注引兩則語源：

《隋書》：薛道衡曰：「郭璞有言，『江東分王三百年，復與中國合。』今數將滿矣。」庾信〈哀江南賦〉：將非江表王氣終於三百年乎？〔註83〕

然就東晉（317年）至隋統一（589年），前後二百七十三年，就唐人約略推知，不須薛道衡、郭璞、庾信之言，義山亦足可言「三百年間同曉夢」。此類是用典與非用典之辨常有之困惑處。然在義山《樊南文集》中，其〈謝河東公和詩啓〉確曾云：「某曾讀《隋書》」，〔註84〕而其《樊南甲集序》亦云：「往往咽噱任范、徐庾之間」。〔註85〕則其對「三百年間」一辭，亦難說未讀過也。故姑且從馮浩注以爲「用典」。至於末句「鍾山何處有龍盤」，馮浩注云：

張勃《吳錄》：劉備曾使諸葛亮至京，因睹秣陵山阜，乃嘆曰：鍾山龍盤，石頭虎踞，帝王之宅也。〔註86〕

則「鍾山何處有龍盤」？自應本諸葛亮之語而反問之。此一般稱爲反用典。

〔註82〕按此說，尚可參考吳調公《李商隱研究》之〈後記〉，曾載其與陳翔鶴於六十年代初至南京，同遊玄武胡，陳翔鶴先生亦有「詠史」而並非「紀遊」之言，臺北：明文書局，民國77年9月，281頁。

〔註83〕見馮浩《玉谿生詩集箋注》，卷3，688頁。

〔註84〕見《樊南文集》卷4，上海古籍出版社，236頁。

〔註85〕見《樊南文集》卷7，426頁。

〔註86〕見馮浩《玉谿生詩集箋注》，卷3，688頁。

（3）又如〈賈誼〉詩，嚴有翼曰：

　　「不問蒼生問鬼神。」雖說賈誼，然反其意而用之。

而類此就歷史故事，加以描繪，再反轉諷刺，則義山諸詠史詩大部分均含此特色，如〈南朝〉：「休誇此地分天下，只得徐妃半面粧。」則是以「誇分天下」高高舉起，而以「只得徐妃半面粧」重重摔下，全盤予以否定。另二首〈南朝〉又云：「誰言瓊樹朝朝見，不及金蓮步步來」、「滿宮學士皆顏色，江令當年只費才」，又如〈北齊二首〉：「小憐玉體橫陳夜，已報周師入晉陽」、「晉陽已陷休迴顧，更請君王獵一回」等，以「誰言」、「不及」；「滿宮皆顏色」、「江令只費才」之對比，到不須對比，亦不用半字諷刺，但把極荒唐、極荒淫之「小憐玉體橫陳夜，已報周師入晉陽」、「晉陽已陷休回顧，更請君王獵一回」寫出，便令人扼腕吐血矣。

　　（4）至於〈曼倩辭〉，則依《史記‧滑稽列傳》之特性，並與〈東方朔別傳〉與〈漢武帝內傳〉兩則小說，合而成之，而就其細者、微者，有趣者下筆。其首句「十八年來墮世間」，不見於《史記，滑稽列傳》中之〈東方朔傳〉，而見於〈東方朔別傳〉，馮浩注引之曰：

　　朔未死時，謂同舍郎曰：「天下人無能知朔，知朔者惟太王
　　公耳。」朔卒後，武帝得此語，召太王公問之，曰：「爾知
　　東方朔乎？」公曰：「不知」「公何所能？」曰：「頗善星歷。」
　　帝問諸星俱在否？曰：「獨不見歲星十八年，今復見耳。」
　　帝仰天歎曰：「東方朔生在朕旁十八年，而不知是歲星哉！」
　　慘然不樂。〔註87〕

在原小說中之末段，故事猶長，然詩人但摘寫成「十八年來墮世間」一句七個字。這便是「用典」與引用「成語」不同之處。因為既言「成語」，便是現成之語，而以典故入詩，則須要有剪裁鎔鑄之能力，否則不為功也。至於第二句以下「瑤池歸夢碧桃間」，此瑤池碧桃，首

〔註87〕見馮浩《玉谿生詩集箋注》，卷 3，735 頁。又可參照《魏晉百家短
　　　篇小說》〈東方朔傳〉，北京圖書館出版社，1998 年 1 月，17 頁。

見於〈漢武帝內傳〉：

> 王母自設天廚，真妙非常，豐珍上果，芳華百味……又命
> 侍女更索桃果。須臾，以玉盤盛僊桃七顆，如鴨卵，形圓
> 青色，以呈王母，母以四顆與帝，三顆自食，桃味甘美，
> 口有盈味，帝食輒收其核，王母問帝，帝曰：欲種之，母
> 曰：此桃三千年一生實。中夏地薄，種之不生，帝乃止。……
> 〔註88〕

唯在〈漢武帝內傳〉中只有崑崙山，未見瑤池之名，「瑤池」另見〈穆
天子傳〉：「乙丑天子觴西王母，于瑤池之上，西王母為天子謠。」〔註
89〕故商隱另有〈瑤池〉：「瑤池阿母綺窗開，黃竹歌聲動地哀」之句。
〔註90〕以是知崑崙之上有瑤池。而西王母又云其「桃三千年一生實，
中夏地薄，種之不生」，則「瑤池歸夢碧桃間」成了最佳之詮釋。第
三句「如何漢殿穿針夜」，原本可依〈漢武帝內傳〉：至七月七日，王
母暫來也。〔註91〕唯「漢殿穿針」，馮氏另引《西京雜記》：「漢彩女
常以七月七日穿七孔針於開襟樓。」〔註92〕此實以「漢殿穿針夜」來
暗喻七月七日之意。看似無深意，但是此句若直曰「如何七月七日
晚」，則不但不像詩，亦不成辭矣。而經義山取用《西京雜記》漢女
穿針之典以搭配剪裁入詩，則文光閃耀，辭意優美矣。末句「又向窗
中覷阿環」。馮浩曰：「覷阿環未知所本，方朔既窺王母，則亦覷阿環
矣。」〔註93〕按方朔覷王母事，不見於《漢武帝內傳》，而見於《聖
女祠》「惟應碧桃下」，馮浩引《博物志》：

> 王母降於九華殿，王母索七桃，以五枚與帝，母食二枚，
> 惟母與帝對坐，從者皆不得進。時東方朔竊從殿南廂朱鳥

〔註88〕見《魏晉百家短篇小說》〈漢武帝內傳〉，20～21頁。
〔註89〕見《穆天子傳》卷3，臺北：廣文書局，民國70年12月，15頁。
〔註90〕見馮浩《玉谿生詩集箋注》，卷1，269頁。
〔註91〕見《魏晉百家短篇小說》〈漢武帝內傳〉，20頁。
〔註92〕見馮浩《玉谿生詩集箋注》，卷3，735頁。又參看晉‧葛洪《西京
雜記》卷1，臺北：廣文書局，民國70年12月，3頁。
〔註93〕見馮浩《玉谿生詩集箋注》，卷3，735～736頁。

牖中窺母，母顧之，謂帝曰：「此窺牖小兒常三來盜吾此桃。」
〔註94〕

按馮浩此注，非《博物志》原文，唯約略得之。〔註95〕其文與〈漢武帝內傳〉稍異，如〈內傳〉云王母以四顆桃與武帝，而自食三顆。《博物志》則爲之加一減一，成五與二。而《博物志》中無阿環事，〈內傳〉中則出現眾多女仙，而阿環即上元夫人。〔註96〕馮浩云東方朔既窺見王母，當亦窺見阿環，從詩人之創作角度看，正自准許如此想像，否則便了無趣味也。可見〈曼倩辭〉亦是組典成詩之類型，唯其不離東方曼倩之相關史料，故可視爲純詠史。筆者讀來，就詩論詩，但覺得義山重塑了一位個性滑稽，趣味無窮的東方曼倩，至於是否又如馮浩所謂：「以仙境比清貧，而歎久遭淪謫，……其亦寓言子直歟？然或直是艷情。」姑以爲此乃仁智之見，筆者不敢信從之！

（三）類詠史與用典

本文所謂類詠史，是組合多典以成一詩。廣義的說，當然也是詠史詩的一種，只是它與一般的純詠史詩的確有相當的不同。純詠史詩自班固詠緹縈之後，形成一種就一人或一史，或興感，或直賦其事；然類詠史則不同，雖表面類似詠史，然人物事件皆非一，而大部分只是對歷史的一種綜合性的感覺、感慨或批評，概括性普遍都很強，如〈富平少侯〉即有以詠一人而影射眾人，詠一事而影射眾事之妙。另外亦有詩如史論者，例如：

〈覽古〉15 頁

莫恃金湯忽太平，草間霜露古今情。空糊頹壞眞何益？欲舉黃旗竟未成。長樂瓦飛隨水逝，景陽鐘墮失天明。迴頭一弔箕山客，始信逃堯不爲名。

〔註94〕見馮浩《玉谿生詩集箋注》，卷1，94頁。
〔註95〕見張華《博物志》卷3，《叢書集成初編》，北京中華書局，1985年，17頁。
〔註96〕見〈漢武帝內傳〉。《魏晉百家短篇小說》，北京圖書館出版社，22頁。

〈詠史〉147 頁

> 歷覽前朝國與家，成由勤儉破由奢。何須琥珀方爲枕，豈
> 得眞珠始是車？運去不逢青海馬，力窮難拔蜀山蛇。幾人
> 曾遇南薰曲，終古蒼梧哭翠華。

這類之詩，姑不論其通用的「金湯」、「太平」等名詞，但就義山所舉
的代表性典故看，如「空糊頹壞眞何益」，見於鮑照〈蕪城賦〉：

> 是以板築雉堞之殷，井幹烽櫓之勤，格高五嶽，袤廣三墳，
> 崒若斷岸，矗似長雲。製磁石以禦衝，糊頹壞以飛文。觀
> 基扃之固護，將萬世而一君，出入三百餘載，竟瓜剖而豆
> 分。〔註97〕

而「欲舉黃旗竟未成」，則見馮浩注引《吳志・孫權傳注》：陳化使魏，
對魏文帝曰：「舊說紫蓋黃旗，運在東南」。〔註98〕又見庾信〈哀江南
賦〉：「昔之虎踞龍蟠，加以黃旗紫蓋，莫不隨狐兔而窟穴，與風塵而
殄瘁」。〔註99〕至於「長樂瓦飛隨水逝」，馮浩注徵引《三輔黃圖》、《史
記・樂書》、《漢書・平帝紀》、《後漢書・光武紀》，皆無實證。但可
知漢之長樂官至唐時，已片瓦不存而已。此自合乎藝術邏輯之眞，不
必定有可徵之事也。

　　而「景陽鐘墮失天名」，則見《南史・齊武帝》事，已見前。末
聯「迴頭一弔箕山客，始信逃堯不爲名。」馮浩徵引《莊子》，以明
堯讓天下於許由，許由曰：「天下已治也，我猶代子，吾將爲名乎？」
又「齧缺過許由，曰：『將逃堯』」。〔註100〕這一類集典成詩，堪稱爲
「類詠史」詩之典型。另一首〈詠史〉首句「歷覽前朝國與家」，正
是類詠史之特色，只要是前朝的典故和歷史事件，詩人都可以根據他
的創作意念貫串成詩，以表現其史觀或深沉的感慨，這類詩，一般的

〔註97〕見《古文觀止新論》，臺北：明倫出版社，557 頁。
〔註98〕馮浩《玉谿生詩集箋注》，卷 1，16 頁。
〔註99〕見王禮卿《歷代文約選詳評》第三冊，卷 5，臺北：中華叢書編審委
　　　　員會，民國 66 年 11 月，974 頁。
〔註100〕見馮浩《玉谿生詩集箋注》，卷 1，16 頁。

爭議都不大。唯當義山不用〈覽古〉或〈詠史〉時，而是有明確標題，然就內容細考之，又與題目似有關，而實少相關時，爭議便起，如〈富平少侯〉、〈陳後宮〉等（參看第一章），若非經過一翻比對與分析，就很難知道舉富平少侯一角，即罵盡諸色。而第二首〈陳後宮〉「茂苑城如畫」，實是合南北齊之昏君而詠之也！

（四）用典與懷古

　　所謂懷古詩，其題必有「地」與「古事」相連帶，詩人因「地」思「古」，故謂之懷古。至於其吟詠之情思，與詠史詩之最大差異，在於詠史詩不拘情境，只要詩人隨興或有感而發，皆可以順手成章。但是嚴格的懷古詩，必須詩人親臨其地並就古事而詠之，方可稱爲懷古，否則又將與一般登山臨水之覽勝詩混淆矣。當然，任何文學上的界義，難免常有交錯而模糊的灰色地帶。以杜甫詩爲例，如其〈遊龍門奉先寺〉云：

　　　　已從招提遊，更宿招提境。陰壑生虛籟，月林散清影。天
　　　　闕象緯逼，雲臥衣衫冷。欲覺聞晨鐘，令人發深省。

整首詩只是在詠景抒情，故一望而知是純遊覽之詩。但是他的另一首〈登兗州城樓〉云：

　　　　東郡趨庭日，南樓縱目初。浮雲連海岱，平野入青徐。孤
　　　　嶂秦碑在，荒城魯殿餘。從來多古意，臨眺獨躊躇。

此首詩中，五、六句雖有秦碑、魯殿。然而，秦碑、魯殿在此詩中的作用，其實亦只是杜甫眼中之景耳，實與懷古無涉。故仇兆鰲曰：「通首皆登樓所見，『海岱』『臨眺』二字結之。」由仇兆鰲說因知『秦碑』、『魯殿』屬近景耳。〔註101〕至於杜甫有一些詩望題而知其爲懷古者，如其〈九成宮〉、〈玉華宮〉等，尤其是〈詠懷古蹟〉五首更是顯例。而其〈九成宮〉曰：

　　　　蒼山入百里，崖斷如杵臼。曾宮憑風迴，岌業土囊口。立

〔註101〕詳見仇兆鰲《杜詩詳注》卷 1，臺北：漢京文化事業有限公司，民國 73 年 3 月，5 頁。

　　神扶棟樑，鑿翠開戶牖。其陽產靈芝，其陰宿斗牛。紛披
　　長松倒，揭藥怪石走。哀猿啼一聲，客淚迸林藪。荒哉隋
　　家帝，製此今頹朽。向始國不亡，焉爲巨唐有。雖無新增
　　修，尚置官居守。巡非瑤水遠，跡是雕牆候。我行屬時危，
　　仰望嗟嘆久。天王守太白，駐馬更搔首。〔註102〕

此詩張遠注曰：「此途中所見，記事之作，下首同（指〈玉華宮〉）」。
而仇兆鰲曰：「對故宮而念新君，含無限興亡之感。」然此正是懷古
詩的創作典型，因宦遊、或遊覽路過某地，適逢古跡，不期然而有
感，因發而爲詠，皆屬懷古之作。例如李商隱〈潭州〉詩云：

　　〈潭洲〉182 頁
　　　潭洲官舍暮樓空，今古無端入望中。湘淚淺深滋竹色，楚
　　　歌重疊怨蘭叢。陶公戰艦空灘雨，賈傅承塵破廟風。目斷
　　　故園人不至，松醪一醉與誰同。

此詩云：「今古無端入望中」，可以說是懷古詩的創作心理基礎。「今」
在懷古詩中，是特指千古不變的或未變的眼前江山。「古」在懷古詩中，
是指在此地曾經發生過的歷史事件。這個歷史事件，在「詠史」與「懷
古」中，可寬容包含上古史，以至近代史。而此類詩從表面，或箋注
家之注，看來也句句有典。然未必就是「用典」。但如〈景陽井〉說北
齊後主與張麗華事，卻引出西施來，因西施與「景陽井」無關，此才
是懷古詩中的用典。其他如〈華清宮〉引出褒女，〈馬嵬〉引出莫愁。
皆是循此定義，可看出如下皆懷古之作是否是懷古或用典矣！

（1）以下諸詩皆筆者認為純懷古而不用典者：

　　〈五松驛〉57 頁
　　　獨下長亭念過秦，五松不見見輿薪。只應既斬斯高後，尋
　　　被樵人用斧斤。

　　〈四皓廟〉131 頁
　　　羽翼殊勳棄若遺，皇天有運我無時。廟前便接山門路，不

─────────────

〔註102〕詳見仇兆鰲《杜詩詳注》卷 5，386、388 頁。

長青松長紫芝。

〈荊山〉143 頁

壓河連華勢孱顏，鳥沒雲歸一望間。楊僕移關三百里，可能全是爲荊山。

〈吳宮〉581 頁

龍檻沉沉水殿清，禁門深掩斷人聲。吳王宴罷滿宮醉，日暮水漂花出成。

〈華清宮〉590 頁

朝原閣迥羽衣新，首按朝陽第一人。當日不來高處舞，可能天下有胡塵。

〈驪山有感〉593 頁

驪岫飛泉泛暖香，九龍呵護玉蓮房。平明每幸長生殿，不從金輿惟壽王。

〈龍池〉598 頁

龍池賜酒敞雲屏，羯鼓聲高眾樂停。夜半宴歸宮露永，薛王沉醉壽王醒。

〈馬嵬二首〉604 頁

冀馬燕犀動地來，自埋紅紛自成灰。君王若道能傾國，玉輦何由過馬嵬？

〈咸陽〉614 頁

咸陽宮闕鬱嵯峨，六國樓台豔綺羅。自是當時天帝醉，不關秦地有山河。

〈青陵臺〉618 頁

青陵臺畔日光斜，萬古貞魂倚暮霞。莫訝韓憑爲蛺蝶，等閒飛上別枝花。

〈楚吟〉648 頁

山上離宮宮上樓，樓前宮畔暮江流。楚天長短黃昏雨，宋玉無愁亦自愁。

〈楚宮〉654 頁

複壁交青瑣，重簾掛紫繩。如何一柱觀，不礙九枝燈？扇

薄常規月，釵斜只鏤冰。歌成猶未唱，秦火入夷陵。

〈夢澤〉657 頁

夢澤悲風動白茅，楚王葬盡滿城嬌。未知歌舞能多少？虛減宮廚爲細腰！

〈隋宮〉685 頁

乘興南遊不戒嚴，九重誰省諫書函。春風舉國裁宮錦，半作障泥半作帆。

〈隋宮〉686 頁

紫泉宮殿鎖煙霞，欲取蕪城作帝家。玉璽不緣歸日角，錦帆應是到天涯。於今腐草無螢火，終古垂楊有暮鴉。地下若逢陳後主，豈宜重問後庭花。

（2）以下爲懷古中有用典者

〈景陽井〉146 頁

景陽宮井剩堪悲，不盡龍鸞誓死期。腸斷吳王宮外水，濁泥猶得葬西施。

〈華清宮〉588 頁

華清恩幸古無倫，猶恐蛾眉不勝人。未免被他褒女笑，只教天子暫蒙塵。

〈思賢頓〉595 頁

內殿張絃管，中原絕鼓鼙。舞成青海馬，鬥殺汝南雞。不見華胥夢，空聞下蔡迷。宸襟他日淚，薄暮望賢西。

〈馬嵬〉二首之一 604 頁

海外徒聞更九州，他生未卜此生休。空聞虎旅鳴宵柝，無復雞人報曉籌。此日六軍同駐馬，當年七夕笑牽牛。如何四紀爲天子，不及盧家有莫愁！

以上四首，如詠〈景陽井〉而用西施之典；詠〈華清宮〉而用褒女之典；詠〈思賢頓〉而及華胥夢、下蔡迷；詠〈馬嵬〉而及盧家莫愁。此方是懷古而用典也。以是可以了解，懷古之「古」，與詠史之「史」約略同義，可包含上古以至近代。但若同代或雖其事亦甚古，如明皇

至義山近百年，本文也只認爲是詠史或懷古，不當作「用典」，同時
也可察覺。本文所指用典，重在事之討論，至於一詞一語之引用，若
無關重要穴位者，則不列入討論也。

第四節　用典之文化意義與統計

一、《詩經》「思古」是文化之集體潛意識

　　一般詬病李商隱詩者，矛頭皆指向其用典，然詩人用典，幾乎是
中國文化的集體潛意識。如五四運動前後，自胡適〈文學改良芻議〉
把古典文學當作滿清王朝一樣的革命。「用典」在「八不主義」的炮
火下，幾乎生機無存。可是事到如今，《辭海》、《辭源》、《典故辭典》
等等工具書卻越出越多，此中消息爲何？如果「用典」已沒有市場，
人民生活如果不再需要，那麼那些書要編出來給誰看？何況又編得那
麼多？

　　其實在中國文化傳統中，「典故」像文化中的基因，不只是文學
上要用它，連日常生活說話、演講都離不開它。故江亢虎寫一封信給
胡適說：

> 所謂典者，亦有廣狹二義。餖飣獺祭，人早懸爲屬禁；若
> 並成語故事而屏之，則非惟文字品格全失，即文字之作用
> 亦亡……文字最妙之意味，在用字簡而涵義多。此斷非用
> 典不爲功。不用典不特不可作詩，並不可寫信，且不可演
> 說。來函滿紙「舊雨」、「虛懷」、「治頭治腳」、「舍本逐末」、
> 「洪水猛獸」、「發聾振聵」、「負弩先驅」、「心悅誠服」……
> 皆典也。〔註103〕

胡適因江亢虎此信，也感到「甚中肯要」，於是將「典故」分爲廣義
之典與狹義之典。其實「典故」就是「典故」，胡氏將之分爲廣狹，

―――――――――――――――――――

〔註103〕見胡適〈文學改良芻議〉《五四新文學論戰集彙編》上冊，臺北：
　　　　長歌出版社，民國64年12月，97～98頁。

亦不過是以常用不常用爲標準，認爲是廣義之典日常可用，而狹義者則不可，故曰：

> 狹義之典，吾所主張不用者也。吾所謂用「典」者，謂文人詞客不能自己鑄詞造句以寫眼前之景、胸中之意，故借用或用全不切之故事陳言以代之，以圖含混過去；是謂「用典」。〔註104〕

依胡氏此說，又成了典不典沒有關係，他關心的是用典的功力問題，如只是「借用」或用得「不切」，以圖含混，就是「狹意用典」，但是若用得切又不含混則是許可的。如其舉東坡所藏「仇池石」，王晉卿以詩借觀，意在於奪。東坡不敢不借，先以詩寄之，有句云：

> 欲留嗟趙弱，寧許負秦曲。傳觀慎勿許，間道歸應速。此用相如返璧之典，何其工切也！〔註105〕

胡氏舉此例，歎曰「何其工切也」，於是這個「返璧」之典，胡氏就說可以用。唯這有一個前提，就是胡適看得懂，又能欣賞，所以是工是切，雖是狹義之典，但因爲用得好，所以可以用。但是詩人用典之工不工，是可以評論的，唯用典之「僻」與「熟」，則牽涉到讀者個人的學養問題。如東坡此〈仇池石〉詩，以胡先生的程度一看就懂，但是也可以不必問卷，便可知看不懂的人尚多得是。因此胡先生所謂「廣義之典」與「狹義之典」，洵難訂出標準，蓋讀者程度本參差也。但是依以上之討論，典故成語不能全蠲則是事實。試打開《詩經》，〈綠衣〉便曰：「我思古人，實獲我心。」〔註106〕班固〈詠史〉亦云：「思古歌雞鳴」。這是二三千年前詩人心理的具體呈現，在《詩經》中，其「思古」用兩種方式表現，一是歌頌祖先歷史，如〈大雅‧綿〉：

> 綿綿瓜瓞，民之初生，自土沮漆。古公亶公，陶復陶穴，未有家室。古公亶父，來朝走馬，率西水滸，至于岐下，爰及姜女，聿來胥宇。周原膴膴，菫茶如飴，爰始爰謀，

〔註104〕見胡適〈文學改良芻議〉《五四新文學論戰集彙編》（上），99頁。
〔註105〕見胡適〈文學改良芻議〉《五四新文學論戰集彙編》（上），100頁。
〔註106〕見《詩經》卷2，〈綠衣〉76頁，十三經注疏本。

爰契我龜。曰止曰時，築室于茲。迺慰迺止，迺左迺右，迺疆迺理。迺宣迺畝，自西徂東，周爰執事。乃召司空，乃召司徒，俾立室家。其繩則直，縮版以載，作廟翼翼。捄之陾陾，度之薨薨，築之登登，削屢馮馮。百堵皆興，鼛鼓弗勝。迺立皋門，皋門有伉，迺立應門，應門將將。迺立冢土，戎醜攸行。肆不殄厥慍，亦不隕厥問，柞棫拔矣，行道兌矣，混夷駾矣，維其喙矣。虞芮質厥成，文王蹶厥生。予曰有疏附，予曰有先後，予曰有奔奏，予曰有禦侮。〔註107〕

此詩從古公亶父寫到遷居歧下，開闢周原，如何立室家作廟，立皋門、應門，以至文王降生之周代歷史，就在此詩中呈現。類此之詩，在〈大雅〉中到處可見，其他如〈魯頌・閟宮〉：「赫赫姜嫄，其德不回，上帝是依，無災無害，彌月不遲。是生后稷，……后稷之孫，實維大王，居歧之陽，實始翦商」〔註108〕、〈商頌・生民〉曰：「天命玄鳥，降而生商，宅殷土芒芒。古帝命武湯，正域四方，方命厥后，奄有九有。商之先后，受命不殆，在武丁孫子。武丁孫子，武王靡不勝，龍旂十乘，大糦是承。邦畿千里，維民所止。」〔註109〕此類歌頌祖先歷史的溫馨回憶，應是後代詠史詩「追遠」的原型。只是他們尚未察覺到他們何以一直在思祖先？唯《詩・大序》有云：

治世之音安以樂，其政和，亂世之音怨似怒，其政乖，亡國之音哀以思，其民困，故正得失，動天地，感鬼神莫近於詩。〔註110〕

此說把政治分成治世之音、亂世之音和亡國之音，當治世往矣，亂世將現，我們就可以看到漢代韋孟諷諫元王戊的〈諷諫詩〉：

肅肅我祖，國自豕韋。黼衣朱黻，四牡龍旗，彤弓斯征。撫寧遐荒，總齊群邦，以翼大商。迭彼大彭，勳績維光。

〔註107〕見《毛詩正義》卷12～2，545頁，十三經本。
〔註108〕見《詩經・魯頌・閟宮》，776至777頁。
〔註109〕見《詩經・商頌・玄鳥》，793至794頁。
〔註110〕見《詩・大序》，14頁。

至于有周，歷世會同，王赧聽譖，實絕我邦。我邦既絕，
厥政斯逸，賞罰之行，非繇王室，庶尹群后，靡扶靡衛，
五服崩離，宗周是墜。我祖斯微，遷于彭城。在予小子，
勤唉厥生，阢此嫚秦。丰耜斯耕，悠悠寧秦，上天不宥，
乃眷南顧，授漢于京，於赫有漢，四方是征，靡適不懷，
萬國攸平……嗟嗟我王，曷不斯思？……興國救顛，孰違
悔過？……我王如何，曾不斯覽？黃髮不近，胡不時鑒。
〔註111〕

此已從《詩經‧大雅》之治世之音安以樂，轉到「亂世之音」，韋孟
身爲元王傅，以傅元王子夷王及孫王戊。因戊荒淫不道，乃作詩諷諫。
以是從漢自商朝封在豕韋之國的歷史回溯起，經歷大彭古國被武丁所
滅，又經周赧王之「實絕我邦」等等一翻興衰史，向元王戊說明，冀
望他知所警惕，故到末了，屢屢曰：「曷不斯思」、「胡不時鑒」。當我
們讀此類詩時，再讀李商隱之〈行次西郊作一百韻〉，便更能體會「思
古」與「詠史」的相互關係，是密不可分的，其詩如下：

蛇年建丑月，我自梁還秦，南下大散關，北濟渭之濱，草
木半舒坼，不類冰雪晨。又若夏苦熱，燋卷無芳津，高田
長槲櫪，下田長荊榛。農具棄道旁，飢牛死空墩。依依過
村落，十室無一存。存者皆面啼，無衣可迎賓。始苦畏人
問，及門還具陳……況自貞觀後，命官多儒臣，例以賢牧
伯，徵入司陶鈞。降及開元中，奸邪撓經綸。晉公忌此事，
多錄邊將勳。因令猛毅輩，雜牧昇平民。中原遂多故，除
授非至尊。或出倖臣輩，或由帝戚恩。中原困屠解，奴隸
厭肥豚。皇子棄不乳，椒房抱羌渾。重賜竭中國，強兵臨
北邊，控弦二十萬，長臂皆如猿，皇都三千里，來往同彫
鳶。五里一換馬，十里一開筵。指顧動白日，煖熱迴蒼旻，
公卿辱嘲叱，唾棄如糞丸……

詩一開始更是一大段的控訴，將他自梁回長安時，一路上所見民不聊

〔註111〕見沈德潛《古詩源》卷上，臺北：新陸書局，民國 64 年 9 月，42
　　　至 43 頁。

生之情景紀錄下來，良田荒蕪、耕牛餓死，老百姓十室無一存，存者
衣衫襤褸。讀來令人悲悽。以是引起下面一段「實獲我心」的思古情
懷：

> 右輔田疇薄，斯民常苦貧，伊昔稱樂土，所賴牧伯仁，官
> 清若冰玉，吏善如六親，生兒不遠征，生女事四憐，濁酒
> 盈瓦缶，爛穀堆荊囷。健兒庇旁婦，衰翁舐童孫。〔註112〕

此與前舉之〈綿〉，都是回思當朝開國初期之事。只是〈大雅〉爲治
世之音，故「安以樂」，而義山所處晚唐，是亂世之音，故「怨以怒」，
但此中思古之周唐脈絡相連不斷，猶清晰可察。

　　詩經的另外一種「古」的方式，便是後世「思古」的原型，蓋此
類思古，不在詠史而是作詩，偶然思及古人。如〈大雅・文王有聲〉
云：「豐水東注，維禹之績。四方攸同，皇王維辟」。〔註113〕又如〈大
雅・韓奕〉：「奕奕梁山，維禹甸之，有倬其道，韓侯受命」。〔註114〕
前者寫文王，因「豐水東注」而思及大禹之功績。後者因「奕奕梁山」，
而思及大禹。則有類後來的「懷古」，因地思及古人古事也。

　　第三種「思古」之「實獲我心」，則是眞正「用典」之原型。其
目的不在追思而及之，而是眞正以古人比今人。如〈魯頌・泮水〉：

> 明明魯侯，克明其德。既作泮宮，淮夷攸服，矯矯虎臣，
> 在泮獻馘。淑問如皋陶，在泮獻囚。〔註115〕

其〈箋〉云：僖公既伐淮夷而反，在泮宮使武臣獻馘。又使善聽獄如
皋陶者獻囚，言伐有功所任得其人。其中「淑問如皋陶」句，著一
「如」字，便是最原始的以古人類比今人的「用典」方式。此類在《詩
經》中尙有因某事件而思及古代神祇者，如〈雲漢〉：「旱既太甚，滌
滌山川，旱魃爲虐」〔註116〕。注曰：「魃，旱神也」。因旱太甚而思

〔註112〕見馮浩《玉谿生詩集箋注》，卷1，96頁。
〔註113〕見《毛詩正義》卷16～5，582頁。
〔註114〕見《毛詩正義》卷18～4，679頁。
〔註115〕見《毛詩正義》卷21～1，769頁。
〔註116〕見《毛詩正義》卷18～2，660頁。

及「旱魃」，雖未必是因爲「實獲我心」之因素，但是因某事而思某神，一如義山常用神仙典故，則亦是中國文化的集體潛意識無誤。〔註117〕此如屈原寫〈離騷〉，觸眼便是「昔三后（禹、湯、文王）之純粹兮，固眾芳之所在。」〔註118〕、「彼堯舜之耿介兮，既遵道而得路」〔註119〕「雖不周於今之人兮，願依彭咸之遺則」〔註120〕、「女嬃之嬋媛兮，申申其詈予。曰鯀婞直以亡身兮，終然夭乎羽之野。」〔註121〕等等，實不勝枚舉。相沿之後，至東漢被認爲最通俗的〈古詩十九首〉，亦不免要來一段：

> 生年不滿百，常懷千歲憂。晝短苦夜長，何不秉燭遊？爲
> 樂當及時，何能待來茲？愚者愛惜費，但爲後世嗤。仙人
> 王子喬，難可與等期。

此詩中的王子喬，《列仙傳》說是周靈王的太子名晉。好吹笙，能作鳳凰鳴。游伊洛之間。有道士浮丘公接他上嵩山三十餘年。後來遇見桓良，請他轉告家人曰：

> 「告我家，七月七日待我于緱氏山巔」。至時，果乘白鶴山
> 頭，望之不得到。舉手謝時人，數日而去。〔註122〕

於是後人立祠緱山山下，及嵩高山上。於是「仙人王子喬」、「緱山仙鶴」，更有演化成「子晉吹笙」者，如李商隱〈送從翁從東川弘農尙書幕〉便有「甘心與陳、阮，揮手謝松、喬」〔註123〕〈鸞鳳〉：「王子調清管」〔註124〕〈題鄭大有隱居〉云：「近知西嶺上，玉管有時聞」。

〔註117〕見劉國彬、楊德友合譯《榮格自傳》，蔡榮裕〈讓榮格讀讀的樣子〉代序，臺北：張老師文化事業股份有限公司，1997年10月，6頁。

〔註118〕見《楚辭注六種》，臺北：世界書局，民國67年3月，4頁。

〔註119〕見《楚辭注六種》，5頁。

〔註120〕見《楚辭注六種》，8頁。

〔註121〕見《楚辭注六種》，11頁。

〔註122〕見滕修展、王奇等《列仙傳、神仙傳注釋》，天津百花文藝出版社，1996年11月，59頁。按騎鶴仙人又有《搜神後記》的丁令威，「有鳥鶴丁令威，去家千年今始歸」，化鶴歸遼，集城門華表柱事。

〔註123〕見《玉谿生詩集箋注》，卷1，72頁。

〔註124〕見《玉谿生詩集箋注》，卷1，195頁。

義山自註云：「君居近子晉憩鶴臺」，馮浩注引《水經》：「洛水東過偃師縣南」，下注曰：

> 昔王子晉好吹鳳笙，與道士浮邱同遊伊洛之浦。子晉控鶴於緱氏山，靈王望而不得近，舉手謝而去，其家得遺屐。
>
> 〔註125〕

類此是由事而憶及某神仙，亦是《詩經》、〈古詩十九首〉以來傳統。依以上資料，錢玄同說：「如《詩經》、《楚辭》及漢魏之歌詩、樂府等，從無用典者。」，洵是武斷之言。而「晝短苦夜長，何不秉燭遊」，我們也可以在李商隱的〈花下醉〉讀到：

> 尋芳不覺醉流霞，倚樹沉眠日已斜。客散酒醒深夜後，更持紅燭賞殘花。

末兩句便是從〈古詩〉蛻化而出。後來蘇軾更學李商隱，故馮浩在此注曰：「蘇東坡『更持高燭照紅粧』從此脫出。」〔註126〕按一般但知李商隱學樂府，學李賀、學杜甫、〈韓碑〉學韓愈，然少人知李商隱之〈無題〉初亦學漢詩：

> 八歲偷照鏡，長眉已能畫，十歲去踏青，芙蓉作裙衩。
>
> 十二學彈箏，銀甲不曾卸。十四藏六親，懸知猶未嫁，
>
> 十五泣春風，背面鞦韆下。〔註127〕

馮浩但知義山〈上崔華州書〉「五年讀經書，七年弄筆硯」，唯葉蔥奇之《疏解》曰：

> 這是截取古詩〈爲焦仲卿妻作〉中「十三能織素，十四學裁衣，十五彈箜篌，十六誦詩書，十七爲君婦，心中常苦悲」一節而創造的章法。〔註128〕

其只是將一進位變爲二進位，這是義山學古之痕也。按《詩經·綠衣》云：「我思古人，實獲我心」，實爲中國文化之集體潛意識所浮現的冰

〔註125〕見《玉谿生詩集箋注》，卷2，274頁。

〔註126〕見馮浩《玉谿生詩集箋注》，卷1，235頁。

〔註127〕見馮浩《玉谿生詩集箋注》，卷1，20頁。

〔註128〕見葉蔥奇《李商隱詩集疏注》，臺北：里仁書局，民國76年7月，151頁。

山一角。〔註129〕因而《雅》、《頌》多溯及祖先，以慎終追遠，再擴
而大之，則及先聖先賢。以是由「思古」而「詠史」，由「詠史」而
「用典」，章學誠〈易教上〉云：「六經皆史也」，則《六經》即史事，
而史事即典故之源頭，故「詠史」與「用典」實爲同源而異流。以是
「八不主義」思去用典而終不可得者，不知文化之集體潛意識，恰如
人身之基因，今之科技足以改易，然不可去也。

二、孔子「好古」與「博學」之教育

　　孔子是中國最受尊崇的聖人，他的教育思想在華人世界有莫大的
影響力。至今在台灣尚享受春秋二季以太牢和六佾舞的大祭。他的話
更受到歷朝歷代天子以至庶民的尊崇，因此有「半部《論語》治天下」
之說。而他的「好古」和「博學」兩個觀念，可以說是在原有的用典
「集體意識」下，更加助長威力，由潛而顯。當《論語·述而》載：

　　　子曰：述而不作，信而好古，竊比於我老彭。〔註130〕
　　　又云：我非生而知之者，好古敏以求之者。〔註131〕

因爲孔子一再提出「好古」之說，所以早就深入人心。同時他又竊比
老彭。此老彭，〈疏〉云是「殷朝的賢大夫彭祖」。此正是前云「我思
古人，實獲我心」的具體表現。蓋彭祖亦是「述而不作」者，以是孔

〔註129〕所謂「集體潛意識」，除了參考前舉劉國彬、楊德友合譯之《榮格
　　　　自傳》。又可參看朱棟霖、王文英著《戲劇美學》。朱、王在分析美
　　　　國劇作家奧尼爾（Eugene Gladstion O'Neill）的《瓊斯皇帝》（The
　　　　Emperor Jones）時說：例如奧尼爾的作于二十年代的八場短劇《瓊
　　　　斯皇帝》，其表面情節是黑人瓊斯在森林亡命逃竄了一夜。但是《瓊
　　　　斯皇帝》的含義不在戲劇情節的表面，奧尼爾的《瓊斯皇帝》主要
　　　　是描寫人的恐怖，同時又寓有深邃的象徵意義，形象地體現了榮格
　　　　的「集體無意識」中傳來的念頭。「集體無意識」之產生只是由于
　　　　他是人類的一員，也包括他自己特定的種族，部族和家庭遺傳來的
　　　　念頭，這些就是「集體無意識」。見《戲劇美學》256 至 257 頁。江
　　　　蘇文藝出版社，1991 年 8 月。至於《瓊斯皇帝》一劇可閱讀許國衡
　　　　翻譯的《現代獨幕劇選》，台南新風出版社，民國 61 年 1 月，23 頁。
〔註130〕見《論語·述而》第7，十三經注疏本，60 頁。
〔註131〕見《論語·述而》第7，十三經注疏本，63 頁。

子引為同調。另外一個孔子崇拜的偶像，是周朝開國的名臣周公旦，孔子崇拜他連作夢都渴望夢到，故《論語》有云：

子曰：甚矣！吾衰也。久矣，吾不復夢見周公。〔註132〕

當然對於前舉《詩經》中的大禹，更是「無閒然」。〔註133〕另外對堯舜與禹更云：

子曰：巍巍乎！舜禹之有天下也，而不與焉。

子曰：大哉堯之為君也，巍巍乎，唯天為大，唯堯則之。

蕩蕩乎！民無能名焉。巍巍乎！其有成功也，煥乎，其有

文章。〔註134〕

又云「舜有臣五人而天下治」，〔註135〕聖人對思「古人」都這樣傾心，一般讀書人何能免？以是造成「思古」「好古」的「集體意識」。因為它不只是個人的，也是族群的。

　　如果說「思古」、「好古」已成中國的「集體意識」，那麼中國人二十五史為什麼編得那麼完整，就不是沒有原因的。但是若再加上孔子又鼓勵「博學」，如《論語・雍也》曰：

君子博學於文，約之以禮，亦可弗畔矣夫。〔註136〕

致使這個「博學」的觀念也顯得很重要，而他人亦以「博學」來稱揚孔子，如〈子罕〉篇曰：

達巷黨人曰：大哉孔子，博學而無所成名。〔註137〕

而顏回亦曾讚美孔子曰：

仰之彌高，鑽之彌堅，瞻之在前，忽焉在後；夫子循循然

善誘人！博我以文，約我以禮，欲罷不能。〔註138〕

〈疏〉雖指為孔子之「道」，但實由博學方可見其具體。而《禮記・

〔註132〕見《論語・述而》第7，十三經注疏本，63頁。

〔註133〕見《論語・泰伯》第8，十三經注疏本，73頁。

〔註134〕以上資料見《論語・泰伯》第8，十三經注疏本，72頁。

〔註135〕同上註。

〔註136〕見《論語・雍也》第6，十三經注疏本，55頁。

〔註137〕見《論語・子罕》第9，十三經注疏本，77頁。

〔註138〕見《論語・子罕》第9，十三經注疏本，79頁。

中庸》又云:「博學之,審問之,慎思之,明辨之,篤行之」〔註139〕,亦以「博學」爲先,否則以下審問、慎思、明辨、篤行皆是空談。而孔子又於《禮記・學記》中云:

「玉不琢,不成器。人不學,不知道」〔註140〕

其他,孔子又常說「德之不修,學之不講,聞義不能徙,不善不能改,是吾憂也。」、「加我數年,五十以學易,可以無大過矣。」「學而不厭」〔註141〕以是由思古的原始形態,轉化爲「好古」的積極動能。既「好古」矣,能不「博學」乎?

而「博學」的第一個目的,當然是爲了當一個彬彬君子,故〈論語・雍也〉云:「質勝文則野,文勝質則史,文質彬彬,然後君子。」〔註142〕這個文質之辨,在〈顏淵〉篇中有辯論:

棘子成曰:「君子質而已矣,何以文爲?」子貢曰:「惜乎,夫子之說君子也,駟不及舌!文猶質也,質猶文也。虎豹之鞹,猶犬羊之鞹!」〔註143〕

棘子成認爲君子只要有善良的本質就夠了,何以要文彩?而子貢駁斥他,說虎豹的皮,如果把毛彩去掉,就看起來跟犬羊的皮沒有多大的差別。若是虎豹之皮的毛彩在,則犬羊之皮就大爲遜色而不值錢了。不是嗎?以是在孔子的弟子中,如子夏亦曰:

博學而篤志,切問而近思,仁在其中矣。〔註144〕

經過孔子師徒這一翻立論和教化,中國的讀書人,不想「好古」與「博學」也難矣。就是《莊子・秋水》亦云:「且夫我嘗聞少仲尼之聞而

〔註139〕見《論語・中庸》第53,十三經注疏本,894頁。
〔註140〕見《論語・學記》第36,十三經注疏本,648頁。
〔註141〕以上資料皆見〈述而〉,參看邱燮友《新譯四書讀本》,臺北:三民書局,民國62年4月修訂五版,108頁、112頁。
〔註142〕見《論語・雍也》第6,103頁,臺北:三民書局,民國62年4月修訂五版。
〔註143〕見《論語・顏淵》第12,161頁,臺北:三民書局,民國62年4月修訂五版。
〔註144〕見《論語・子張》第,臺北:三民書局,民國62年4月修訂五版,234頁。

輕伯夷之義者，始吾弗信；今我睹子之難窮也，吾非至於子之門則殆矣，吾長見笑於大方之家」〔註145〕。此文所謂「仲尼之聞」，即指其「博學也」，而博學又好古之人，若出口沒有幾則古人古事可舉，如何算數？詩人之受其教者，自然趨向用典矣。

三、文學批評理論之助長

如果說《詩經》的「思古」情懷，是中國的「集體潛意識」，再經過孔子的「好古」與「博學」的教化推闡，於是由潛而顯，變為一種「集體意識」，那麼文學理論又以之作為立論基礎，也就是順理成章之事，故張表臣《珊瑚鉤詩話》云：

> 古之聖賢，或相祖述，或相師友，生乎同時，則見而師之，
> 生乎異世，則聞而師之。〔註146〕

其所謂「古之聖賢，或相祖述」，正是〈中庸〉所謂「仲尼祖述堯舜，憲章文武」之意〔註147〕。邱燮友說「祖述」為「遠宗其道而傳之」、「憲章」即「取法之意」，大體得之。以是劉勰《文心雕龍》〈原道〉第一便曰：

> 夫子繼聖，獨秀前哲，鎔鈞六經，必金聲而玉振。雕琢情
> 性，組織辭令。木鐸起而千里應，席珍流而萬世響。〔註148〕

從劉勰開宗明義首章，已指出孔子乃是「萬世響」之集大成者也。其所謂夫子「鎔鈞六經」，則即是「好古」、也是「博學」。而孔子之影響則「木鐸起而千里應，席珍流而萬世響」，正呈現孔子教育影響之遠大。以是劉勰在〈原道〉之下，便立〈徵聖〉、〈宗經〉、〈正緯〉、〈辯騷〉，一望而知其必本「思古」、「好古」、「博學」之教。其〈徵聖〉曰：

〔註145〕見郭慶藩輯《莊子集釋》卷6下，臺北：華正書局，民國69年10月，561頁。

〔註146〕見張表臣《珊瑚鉤詩話》，何文煥編《歷代詩話》上冊，臺北：漢京文化事業有限公司，民國72年1月，450頁。

〔註147〕見邱燮友《新譯四書讀本》，臺北：三民書局，民國62年4月，43頁。

〔註148〕見劉勰《文心雕龍·原道》第1，1頁。

先王聖化，布在方冊。夫子風采，溢於格言，是以遠稱唐
世，則煥爲盛。近褒周代，則郁哉可從。〔註149〕

此文雖言「遠」、「近」，實即「古」、「今」。所謂先王方冊，即「遠」
與「古」之典也。正是本文談用典故之依據。其所謂「近褒周代」，
即孔子當朝事也。即「近」即「今」，可以爲近代史，雖可入詩以爲
近代史之詠，但不得稱爲「用典」也。以是「先王聖化」，如堯舜禹
等，方是孔子感到「巍巍然」、「莫能名」、「無間然」之對象，也正是
他所好之古。孔子如此，劉勰亦不例外，不然不必〈徵聖〉矣。至於
劉勰述〈宗經〉之由曰：

若稟經以製式，酌雅以富言，是仰山而鑄銅，煮海而爲鹽
也。〔註150〕

其意以爲六經乃一切文學之淵藪，如山可以採礦製銅，如海可以取水
煮鹽，且取之不盡，用之不竭。又在〈通變〉篇亦云：「故練青濯絳，
必歸藍倩，矯訛翻淺，還宗經誥。」〔註151〕其意是說「文體有常，
變文之數無方」，如古之詩、賦、書、記；今之小說、散文、戲劇，
皆有常體，一望而知何體式。但作家巧妙各有不同，故曰「變文之數
無方」。而「文辭氣力、通變則久」，雖今之文體種類，或有異於古，
然「通變則久」，仍是不刊之論。但看西方「古典主義」、「浪漫主義」、
「現代主義」、「後現代主義」等等，亦莫非「通變」之方也。唯人能
「通變」，必亦先知「故實」，而後始知何者爲「新聲」，故劉氏又曰：

名理有常，必資於故實，通變無方，數必酌於新聲。

其於〈風骨〉又云：

若夫鎔鑄經典之範，翔集子史之術，洞曉情變，曲昭文體，
然後能孚甲新意，雕畫奇辭。〔註152〕

可見劉氏認爲「新聲」、「新意」、「奇辭」皆須從「鎔鑄經典」與「翔

〔註149〕見劉勰《文心雕龍‧徵聖》第3，3頁。
〔註150〕見劉勰《文心雕龍‧宗經》第3，5頁。
〔註151〕見劉勰《文心雕龍‧通變》第29，5頁。
〔註152〕見劉勰《文心雕龍‧風骨》第28，5頁。

集子史」出。且此由「經典」而及「子史」，正由孔子「好古」而又及「博學」之思想脈絡出之。其〈史傳〉篇云：「開闢草昧，歲紀綿邈，居今識古，其載籍乎。」〔註153〕是〈史〉足以「居今識古」，其於〈諸子〉篇云：「博明萬事爲子」〔註154〕以是爲文，除了「鎔鑄經典」之外，又須子、史以爲助。此正是他〈神思〉所謂：「博見爲饋貧之糧」〔註155〕，又云：

> 積學以儲寶，酌理以富才，研閱以窮照，馴致以懌辭。然後使元解之宰，尋聲律而定墨，獨立之匠，闚意象而運斤。
> 〔註156〕

此中「積學以儲寶」，正是「博學」之效果。故當其談〈麗辭〉，論及「四對」，則曰：「言對爲易，事對爲難」。其解釋「言對」，云是「雙比空辭者」，如「修容乎禮園，翱翔乎書圃」。「禮園」、「書圃」，泛稱可也，不必有典。一如李商隱詩用「彈棋」、「藏鈎」，雖若有典，然與「鞦韆」何異？今之各幼稚園皆有其物，幼童皆隨時可以玩，知其物而能玩既可，何必知典。

　　然至於「事對」，劉勰云是「並舉人驗」。此稱「人驗」自是過去式，更應該是古事，故其舉宋玉〈神女賦〉云：「毛嬙、西施，皆古之美女。再看他說「正對」與「反對」之例，一舉仲宣〈登樓賦〉：「鍾儀幽而楚奏，莊舄顯而越吟」。一舉孟陽〈七哀〉：「漢祖想枌榆，光武思白水」。〔註157〕皆「人驗」，亦皆前朝「古事」，此亦正是本文中設定的用典時限。

　　尤其劉勰在卷八有〈事類〉之專章，一則云「事類者，蓋文章之外，據事以類事，援古以證今者也」。〔註158〕在此所謂「援古」與「據

〔註153〕見劉勰《文心雕龍·史傳》第16，1頁。
〔註154〕見劉勰《文心雕龍·諸子》第17，6頁。
〔註155〕見劉勰《文心雕龍·神思》第16，1頁。
〔註156〕見劉勰《文心雕龍·神思》第16，1頁。
〔註157〕見劉勰《文心雕龍·麗辭》第35，7頁。
〔註158〕見劉勰《文心雕龍·事類》第38，4頁。

事」，此事亦正是〈麗辭〉篇「事對」與「人驗」者，故本篇有「略舉人事以徵義」和「全引成辭以明理」之別。唯高明者為文，如「屈宋屬篇，號依詩人，雖引古事，而莫取舊辭」。以下他舉例云：

> 唯賈誼鵬賦，始用鶡冠之說，相如上林，撮引李斯之書，此萬分之一會也。及揚雄百官箴，頗酌於詩書；劉歆遂初賦，歷敘於紀傳，漸漸綜採矣。至於崔班張蔡，遂揲摭經史，華實布濩，因書立功，皆後人之範式也。〔註159〕

劉勰認為賈誼、相如、劉歆、崔、班、張、蔡等用「事類」之方式，堪為後代之「範式」。這是後世〈用典〉理論最原始的論據。故他說：「文章由學，能在天資。才自內發，學以外成，有飽學而才餒，有才富而學貧，學貧者迍邅於事義，才餒者劬勞於辭情」。其認為為文固須有才，然「才富而學貧」，將「迍邅於事義」，故「飽學」是必要的。於是他的結論，又將可歸到孔子的「博學」之教，故云：

> 夫經典沉深，載籍浩瀚，實群言之奧區，而才思之神皋也。揚班以下，莫不取資，任力耕耨，縱意漁獵。操刀能割，必列膏腴。是將贍才力，務在博見，狐腋非一皮能溫，雞蹠必數千而飽矣。是以綜學在博，取事貴約，校練務精，捃理須覈，眾美輻輳，表裏發揮。〔註160〕

文中曰「經典沉深，載籍浩瀚」，曰「是以綜學在博」，非「博學」之教乎！然依此文學理論背景，終難免有「物極必反」之見，如鍾嶸《詩品》云：

> 至乎吟詠情性，亦何貴於用事？「思君如流水」，即是即目。「高臺多悲風」，亦惟所見。「清晨登隴首」，羌無故事。「明月照積雪」，詎出經史。觀古今勝語，多非補假，皆由直尋。顏延謝莊，尤為繁密，於時化之。故大明、泰始中，文章殆同書抄。近任昉、王元長等，詞不貴奇，競須新事，爾來作者，寖以成俗。〔註161〕

〔註159〕見劉勰《文心雕龍‧事類》第38，4頁。
〔註160〕見劉勰《文心雕龍‧事類》第38，5頁。
〔註161〕見鍾嶸《詩品》，4頁。何文煥《歷代詩話》第一冊，臺北：漢京文

鍾嶸對大明、泰始時代之文風，提出大力之剖擊。認爲任昉、王元長輩爲文，「詞不貴奇、競須新事」，以至「殆同書抄」，是不對的，因此反對詩用「故事」、用「經史」，認爲此皆是「補假」之作，而主張「直尋」。其更在「中品」中評任昉云：「但昉既博物，動則用事，所以詩不得奇。」〔註162〕一首詩「動輒用事」，寫到「殆同書抄」，任何人讀來亦知其不好，即是李商隱亦不免有此病，如宋·黃徹《碧溪詩話》卷十云：

> 李商隱詩好積故實，如〈喜雪〉云：「班扇慵裁素，曹衣詎比麻。鵝歸逸少宅，鶴滿令威家」。又「洛水妃虛妒，姑山客謾夸」；「聯辭雖許謝，和曲本慚巴」。一篇中用事者十七八。〔註163〕

一篇詩中用事十之七八，的確「殆同書抄」，義山此病，亦非僅一首，如〈人日即事〉：

> 文王喻復今朝是，子晉吹笙此日同，舜格有苗旬太遠，周稱流火日難窮。鏤金作勝傳荊俗，翦綵爲人起晉風。獨想道衡詩思苦，離家恨得二年中。〔註164〕

此詩范晞文曰：前輩云：「詩家病使事太多，蓋皆取其與題合者類之。如是乃是編事，雖多何益。」〔註165〕唯馮浩、張爾田皆疑此詩非義山作，其曰：「詩亦不惡，然非玉溪手筆，馮氏疑之是也。」〔註166〕是不是義山作，今無明證。唯其傳世六百餘首詩中，要說全無瑕疵，洵亦不可能，即李杜亦不能免，唯瑕不掩瑜，亦無法否定義山之整體光芒也。

　　唯鍾嶸之抨擊，實不能搖撼當時用典之風氣，我們但看《隋書·

　　化事業有限公司，民國72年1月，4頁。

〔註162〕見鍾嶸《詩品》，4頁。何文煥《歷代詩話》第一冊，4頁。

〔註163〕見黃徹《苕溪詩話》卷10，丁福保《歷代詩話續編》上冊，臺北：木鐸出版社，民國72年9月，399頁。

〔註164〕見劉學鍇、余恕誠《李商隱詩歌集解》第二冊，698頁。

〔註165〕見劉學鍇、余恕誠《李商隱詩歌集解》第二冊，699頁。

〔註166〕見劉學鍇、余恕誠《李商隱詩歌集解》第二冊，701頁。

經籍》志中有《眾書事對》、《雜事抄》、《皇覽》、《類苑》、《圖書泉海》、《書鈔》、《內典博要》等〔註 167〕，一望便知是為摛文摛對而編，故有所謂的「事對」、「事抄」、「書鈔」等。此類皆被歸為「雜者」，其釋義曰：

> 然則雜者，蓋出史官之職也。仿者為之，不求其本，材少
> 而多學，言非而博，是以雜錯漫羨，而無所指歸。〔註 168〕

可見此類雜書之特色，在於「材少而多學，言非而博」，正是類書之特色。至《舊唐書·經籍志》、《子類》中有〈類書〉類，第一本便列何承天與徐爰《皇覽》，以下共二十一部如下（實只有二十部）：

1. 何承天《皇覽》，徐爰《皇覽》
2. 劉孝標《類苑》
3. 劉香《壽光書苑》
4. 徐勉《華林編略》
5. 祖孝徵《修文殿御覽》
6. 虞綽《長洲玉鏡》
7. 歐陽詢《藝文類聚》
8. 虞世南《北堂書抄》
9. 《要錄》
10. 《書圖泉海》
11. 《檢事書》
12. 《帝王要覽》
13. 孟利貞《玉藻瓊林》
14. 天后《玄覽》
15. 許敬宗《累璧》
16. 孟利貞《碧玉芳林》

〔註167〕見唐魏徵等撰《隋書·經籍志》第二冊卷34，雜家類，臺北：鼎文書局，1006 至 1009 頁。

〔註168〕同上註，1010 頁。

17. 張大素《策府》

18. 諸葛穎《玄門寶海》

19. 張大素《文思博要》〔註169〕

20. 張昌宗《三教珠英》

到了《新唐書・藝文志・類書類》，共有類書十七家，二十四部，失名者三家，不著錄者三十二家。筆者去其與《舊唐書・經籍志》重出者，尚有二十五家，如下：

1. 許敬宗《搖山玉彩》

2. 許敬宗《東殿新書》

3. 王義方《筆海》

4. 《玄宗事類》

5. 徐堅等《初學記》

6. 是光乂《十九部書語類》

7. 張仲素《詞圃》

8. 《元氏類集》

9. 《白氏經史事類》一名《六帖》

10. 王洛賓《王氏千門》

11. 于立政《類林》

12. 郭道規《事鑑》

13. 馬幼昌《穿楊集》

14. 盛均《十三家貼》

15. 竇蒙《青囊書》

16. 韋稔《瀛類》

17. 《應用類對》

18. 溫庭筠《學海》

19. 王博古《脩文海》

〔註169〕見後晉劉昫等撰《舊唐書・經籍志》第三冊，47卷，臺北：鼎文書局，2045頁至2046頁。

20. 李途《記室新書》

21. 孫翰《錦繡谷》

22. 張楚金《翰苑》

23. 皮氏《鹿門家鈔》

24. 劉揚名《戚苑纂要》

25. 袁說《戚苑英華》

到了元朝托托選《宋史‧藝文志》,〈類事類〉增加到三百七部,
一萬一千三百九十三卷。今去其與《舊唐書》《新唐書》重複者,而
取去至義山之《金鑰》止,尚有九本。

1. 陸機《會要》

2. 朱澹遠《語麗》

3. 杜公瞻《編珠》

4. 《燕公事對》

5. 張鷟《龍筋鳳髓判》

6. 杜佑《通典》

7. 陸贄《備舉文言》

8. 李翰《蒙求》

9. 白廷翰《唐蒙求》

10. 劉綺莊《集類》

11. 李商隱《金鑰》〔註170〕

此中唯張鷟《龍筋鳳髓判》與杜佑《通典》有爭議。李翰《唐
蒙求》也有問題。或可刪除。〔註171〕王三慶先生檢《文淵閣四庫全
書總目》云〈類書〉凡六十五部,七千零四十五卷,存目二百一七
部,二萬七千五百零四卷。鄧嗣禹編《燕京大學圖書館目錄初稿、

〔註170〕見元托托撰《宋史‧藝文志》第六冊,卷270,5293頁。

〔註171〕見楊家駱〈鼎文版古今圖書集成序〉1977年〈識語〉云:《龍筋鳳
髓判》是屬科舉程式之書,而李翰《蒙求》是《讀本》。鼎文書局,
1985年4月,4～5頁。

類書部》則有三一六種，附錄三七種。〔註172〕《四庫全書總目》於杜公瞻《編珠》則云：「今觀其書，隸書爲對，略如徐堅《初學記》之體」。〔註173〕於唐歐陽詢《藝文類聚》曰：「是書比類相從，事居於前，文列於後，俾覽者易爲功，作者助其用。〔註174〕於宋吳淑《事類賦》云：「唐以來諸本，駢青妃白，排比對偶者，自徐堅《初學記》始，鎔鑄故實，諧以聲律者，自李嶠單題詩始。」〔註175〕從以上之論，知《類書》之編撰，其目的確是爲了「隸事爲對」、「鎔鑄故實」。方師鐸《傳統文學與類書之關係》更云：

> 從魏文帝曹丕敕編《皇覽》以來，《類書》在我國文壇上，已具有一千七百餘年的歷史……唐宋以後，不但官修之類書充塞密閣；即書坊私刻之《事文類聚》、《翰墨大全》、《翰苑新書》，亦復層出不窮。士子搖筆爲文，離開《兔園冊子》，就不能下一言。這種情形，到了明、清兩代，更復變本加屬。〔註176〕

由以上看來，可以確定鍾嶸不貴用事之主張，並未能憾動〈用典〉美學之風潮。至唐宋之後，反而更變本加屬焉。而義山在此風潮中，自不離「集體意識」之作用，雖亦有蹈人惡習者，如《四庫全書總目》所引李匡義《資假集》云：

> 《初學記‧月門》，吳牛對魏鵲。魏鵲者，引曹公歌行，「月明星稀，烏鵲南飛」爲據。斯甚疏闊。漢武《秋風辭》云：「草木黃落兮雁南歸」，今〈月門〉既云「魏鵲，則風事亦可用漢風矣。若是採掇文字，何所不可。東海徐公碩儒也，何乖甚云云」。四庫館臣云：其說甚是，後李商隱詩，因鮑

〔註172〕以上見王三慶《敦煌類書》，高雄麗文文化事業有限公司，1993 年 6 月，2 頁。

〔註173〕見《四庫全書總目》，卷 135，臺北：漢京文化事業有限公司，715 頁上。

〔註174〕見《四庫全書總目》，卷 135，715 頁。

〔註175〕見《四庫全書總目》，卷 135，717 頁。

〔註176〕見方師鐸《傳統文學與類書之關係》，台中私立東海大學，民國 60 年 8 月，1、2 頁。

照代白頭吟，有清如玉壺冰句，遂以鮑壺對玉佩，實治堅
之失，然不以一眚掩其全書也。〔註177〕

按徐堅之《初學記》享盛名於古今，是由唐至今尚可見者之一，李商
隱以「鮑壺」對「玉佩」，雖或疏闊，然亦可見〈用事〉有前承，非
徒空造也。而用典風氣入人之深，於此可見。然人或揭一不善，便撻
伐之不住口，其必也如四庫館臣引左傳言：「不以一眚掩大德」為是。

四、義山個人學養與「獺祭魚」之疑

（一）「獺祭魚」說之可疑

在義山個人學養與其用典傳說中，有一個很大的矛盾，須要提出
來做一個深刻的討論。首先是《舊唐書・文苑傳》中在〈李商隱傳〉
云：「商隱幼能為文」。又云：

商隱能為古文，不喜偶對，從令狐楚幕，楚能章奏，遂以
其道授商隱，自是始為今體章奏。博學強記，下筆不能自
休，尤善為誄奠之辭。〔註178〕

此《舊唐書》之文，可注意則有三：第一李商隱「幼能為文」，是古
文，且「不喜偶對」，此是駢、散風格之別。第二是李商隱入令狐楚
幕始學「今體章奏」。成果最具代表的自是他的《樊南甲乙集》。亦
是與溫庭筠、段成式並稱的「三十六體」者。第三是李商隱「博學
強記，下筆不能自休」。這從李商隱〈安平公詩〉云：「公時受詔鎮
東魯，遣我草奏隨車牙。顧我下筆則千字，疑我讀書傾五車。」〔註
179〕可以得到印證。

唯四庫珍本別輯辛文房《唐才子傳》，有一段與《舊唐書》記載
頗為齟齬之說：

商隱工詩，為文瑰邁奇古，辭難事隱，及從楚學，儷偶長

〔註177〕見《四庫全書總目》，卷135，717頁。
〔註178〕見劉昫等撰《舊唐書・文苑傳・李商隱傳》第六冊，卷190下，5078
頁。
〔註179〕見馮浩《玉谿生詩集箋注》，卷1，30頁。

> 短，而繁縟過之。每屬綴多檢閱書冊，左右鱗次，號「獺
> 祭魚」。而旨能感人，謂其橫絕前後。時溫庭筠、段成式各
> 以穠緻相夸，號「三十六體」。

按此文之版本，與張爾田《玉谿生年譜會箋》卷首所附錄者出入甚大，
而與蔣秋華之校刊相同，或許較爲可信，但亦不妨把張爾田之注本引
出一起討論：

> 商隱工詩，高邁奇古，言深旨遠，及從楚學，則華實並茂，
> 青出於藍。每喜用典，於寫景言情之外，必旁徵遠引，精
> 切不移，人人謂其橫絕前後。時溫庭筠、段成式各以濃艷
> 相勝，號三十六體。〔註180〕

在這兩個版本中，其差異如下：

四庫珍本	張爾田注文
1. 「辭難事隱」	「言深旨遠」
2. 「儷偶短長，而繁縟過之」	「則華實並茂，青出於藍」
3. 「每屬綴多檢閱書冊，左右鱗次，號『獺祭魚』。」	「每喜用典，於寫景言情之外，必旁徵遠引，精切不移。」

　　從 1.看，「辭難事隱」與「言深旨遠」，用辭不同，意義則前者似
貶，後者似褒。而第 2.「儷偶短長」與「華實並茂」，則前者重在形
式，後者則形式與內容並重。至於「青出於藍」與「繁縟過之」則可
以相抵。唯「獺祭魚」之說與「每喜用典」，意義雖相同，但在義山
的學養問題與創作才能上，則產生截然不同的判斷。

　　因爲如果按照張爾田注本，則義山「每喜用典」，則是其創作風
格與習慣問題，「必旁徵遠引，精切不移」，則是對其「用典」的藝術
效果之正面評價。此與《舊唐書·文苑傳》所謂商隱：「博學強記，
下筆不能自休」，亦與商隱〈安平公詩〉：「顧我下筆則千字，疑我讀
書傾五車」，皆相契合。但是若如四庫珍本云：「每屬綴多檢閱書冊，
左右鱗次，號『獺祭魚』。」這實在是貶而不是褒。而且也與《舊唐

〔註180〕見張爾田《玉谿生年譜會箋》之卷首附錄，14 頁。

書》和義山〈安平公詩〉之言皆相悖。

　　細思之：如果一個唐宋人物，要寫一首詩，或作一篇駢文，他必須「多檢閱書冊，左右鱗次」，才能寫出一首詩，作一篇文章，這是幾流人物？義山伎倆若僅如此，豈能見賞於令狐楚、盧弘止、鄭亞、柳仲郢乎？但看〈令狐楚傳〉：

> 楚才思俊麗，德宗好文，每太原奏至，能楚之所爲，頗稱之。鄭儋在鎮暴卒，不及處分後事，軍中喧譁，將有急變。中夜十數騎持刃迫楚至軍門，諸將環之，令草遺表。楚在白刃之中，搦管即成，讀示三軍，無不感泣，軍情乃安，自是聲名益重。〔註181〕

可見令狐楚是一個「才思俊麗」，而爲文是「搦管即成」的人，而其效果是能令好文的德宗「頗稱之」，或令三軍感泣，不是「才疏而徒速」之徒也〔註182〕。至於柳仲郢讀書狀況是：

> 退公布卷，不捨晝夜。《九經》、《三史》一鈔，魏晉已來《南北史》再鈔，手鈔分門三十卷，號《柳氏自備》。又精釋典《瑜伽》、《智度大論》皆再鈔，自錄佛書，多手記其要義。小楷精謹，無一字肆筆。撰《尚書二十四司箴》，韓愈、柳宗元深賞之，有文二十卷。〔註183〕

要當這樣即苦學又實學之人的幕僚，又豈是靠著臨時找幾本書，獺祭一番，然後湊幾句沒有經過醞釀發酵的文詞就可混過？

　　另外盧弘止亦非泛泛之輩，《新、舊唐書本傳》雖未見載其文章，而王定保《唐摭言》卷二，有〈爭解元〉條云：

> 元和中，令狐文公鎮三峰，時及秋試，榜云：「特加置五場。」蓋詩、歌、文、賦、帖經，爲五場。常年以清要書題求薦者，率不減十人，其年莫有至者，雖不遠千里而來，聞是皆寢去；唯盧弘止尚書獨詣革請試。……公自謂獨步文場。
>
> 〔註184〕

〔註181〕見後晉劉昫《舊唐書·令狐楚傳》第五冊，卷172，4460頁。
〔註182〕見劉勰《文心雕龍·神思》第26，1頁。
〔註183〕見劉昫《舊唐書·柳仲郢傳》第五冊，卷165，4306頁。
〔註184〕見王定保《唐摭言》卷2，17頁，臺北：世界書局。

此試解元雖終爲馬植奪魁，但在無人敢赴令狐楚之試時，盧弘止敢獨
應試，就已代表他有相當的自信與實力。而此由盧氏「自謂獨步文
場」一句，便知此人自負甚高，然當他出鎮徐州時，竟然會「高車大
馬來煌煌」去招李商隱爲幕僚，則李氏會是「每屬綴多檢閱書冊」之
輩？至於鄭亞，《舊唐書·鄭畋傳》云：

> 亞字子佐，元和十五擢進士第，……數歲之內，連中三科。
> 聰悟絕倫，文章秀發。〔註185〕

且《樊南文集》卷七，有〈太尉衛國公李德裕會昌一品制集序〉兩篇，
一篇是李商隱代筆原稿，另一篇則是鄭亞所修正者，錢振倫、錢振常
箋注曰：「原稿非不華瞻莊重，然大有矜持之態，且未得全體，一經
點竄，氣象迥殊矣。文章之工拙，匪徒學問所爲，亦有氣局福分主之。」
〔註186〕錢氏兄弟之意，乃云鄭亞修改點竄後之文章較有氣象，但是
他認爲這「匪徒學問所爲」，而是另外個人的「氣局福分」所至。而
注引徐氏曰：「典嚴正大，較原作更得體。」則普遍認爲鄭亞斧正商
隱之文，有過之而無不及，則鄭亞亦非省油之燈。以是義山所從事之
幕主，皆非泛泛之輩，諺云「英雄才會惜英雄」，商隱若只有「獺祭
魚」之技，則其技何異黔驢，能入以上諸家之目乎？

（二）楊文公《談苑》考

　　從前面之討論，便知「獺祭魚」說之可疑，唯此可疑，更有另外
一個問題，即此說一般皆言楊文公《談苑》之言。如華正書局出版之
馮浩《玉谿生詩集詳註》載《楊文公談苑》一則，即云：「義山爲文，
多簡閱書冊，左右鱗次，號獺祭魚。」〔註187〕屈復《玉溪生詩意》之
〈附錄諸家詩評〉則附〈楊文公談苑二則〉，其第一則與馮氏同。〔註

〔註185〕見劉昫《舊唐書·鄭畋傳》第六冊，卷178，4637頁。
〔註186〕見李商隱《樊南文集》卷7，416頁，〈太尉衛公李德裕會昌一品制
　　　　集序〉之題下，錢振倫、錢振常之箋注。
〔註187〕見馮浩《玉谿生詩詳注》詩話附錄，臺北：華正書局，民國66年8
　　　　月，729頁。
〔註188〕見屈復《玉溪生詩意》，臺北：正大印書館，民國63年6月，25頁。

188〕程夢星刪補朱鶴齡注《李義山詩集箋注》則附錄《談苑》三則，其第三則即如上舉。〔註189〕而朱鶴齡注，沈厚塽輯評《李義山詩集》則同屈復本〔註190〕。若單從以上各本所附錄來看，似乎鐵證如山！

而筆者近來購得北京圖書館出版之（明）佚名輯《中國古代百家短篇小說叢書》四冊，其中《宋人百家短篇小說》中錄《楊文公談苑》，卻不見前引一條。唯該書附有宋庠之序曰：

> 故翰林楊文公大年，在眞宗朝，掌內外制，有重名。爲天
> 下學者所仗。文辭之外，其博物彈見，又過人遠甚。故當
> 時與其游者，輒獲異奇說，門生故人，往往削藏去，以爲
> 談助。江夏黃鑑唐卿者，文公之里人，有俊才，爲公獎重，
> 幼在外舍，建兄成立。故唐卿所纂，比諸公爲多。但雜抄
> 旁記，雜錯無次序，好事者相與名曰談藪。余因而掇去重
> 複，分爲二十一目，勒成一十五卷，輒改題爲楊文公談苑。
>
> 〔註191〕

以是知楊文公之《談苑》，乃門生故人收集楊億之「奇說」，然皆「雜抄旁記，雜錯無次序」者，但看此言，便知學術性不高，而筆者翻檢《宋史・藝文志》已不見其目。翻《四庫全書總目》亦無，再看近代學者有關「西崑」之研究者，如曾棗莊之《論西崑體》、與周益忠之《西崑研究論集》亦但引用楊億之《西崑酬唱集》與《武夷新集》。全無《談苑》資料。〔註192〕再檢索江蘇古籍出版的《宋詩話全編》第一冊〈楊億詩話〉，除了前舉二書之外，再加《說郛》本〈楊文公談苑〉，唯摘詩話四則，亦不見「獺祭魚」之說。可見《楊文公談苑》自明代便不見其語，而今可見者，首見於文同《丹淵集》卷十六〈李

〔註189〕見朱鶴齡注、程夢星刪補《李義山詩集箋注》，44 頁。
〔註190〕見朱鶴齡注、沈厚塽輯評《李義山詩集》，臺北：台灣學生書局，民國 62 年 10 月，25 頁。
〔註191〕見《楊文公談苑》《宋人百篇短篇小說》，北京圖書館出版，1998 年 1 月，489 頁。
〔註192〕見曾棗莊《論西崑體》，高雄麗文文化公司，1993 年。見周益忠《西崑研究論集》，臺北：台灣學生書局，1999 年。

堅甫淨居雜題〉：

> 縑細羅几格，無限有奇書。想在中間坐，渾如獺祭魚。〔註
> 193〕

則「獺祭魚」乃文同形容李堅甫讀書之情形。至吳坰《五總志》曰：
「唐李商隱爲文，多檢閱書史，鱗次堆積左右，時謂爲獺祭魚。」〔註
194〕未指名是何人所說。其次爲元朝辛文房《唐才子傳》。而辛文房
之〈李商隱〉傳，誤謬尤甚，如《傳》中云：

> 商隱廉介可畏，出爲廣州都督，人或袖金以贈，商隱曰：「吾
> 自性分不可易，非畏人知也。」未幾，入拜檢校吏部員外
> 郎，……〔註195〕

此中云義山曾爲「廣州都督」固無人相信。筆者查此文見《舊唐書》
卷一百八十五下〈李尚隱傳〉。〔註196〕顯係將「李尚隱」誤作「李商
隱」，看似同名，實是「尚」與「商」之誤。以是「獺祭魚」之說，
倒底是出於何人之口，實頗有疑問。然筆者當下認爲應出於吳坰氏而
非楊億。但看《宋史・楊億傳》云：

> 楊億字大年……七歲能屬文，對客談論，有老成風。雍熙
> 初，年十一，太宗聞其名，詔江南轉運使張去華就試詞藝，
> 送闕下。連三日得對，試詩賦五篇，下筆立成。太宗深加
> 賞異，命內侍都知王仁睿送至中書，又賦詩一章，宰相驚
> 其俊異，削章爲賀。翌日，下制曰：「汝方齠齔，不由師訓，
> 精爽神助，文字生知。越景絕塵，一日千里，予有望於汝
> 也。」即授祕書省正字，特賜袍笏。〔註197〕

從〈傳〉中知楊億乃「文字生知」之神童，十一歲能詩賦，聲名已經

〔註193〕見文同《丹淵集》，《全宋詩》第八冊，卷16，（《李商隱資料彙編》
　　　　作，卷17），北京大學出版社，1992年6月，5436頁。
〔註194〕見劉學鍇等編《李商隱資料彙編》上冊，北京中華書局，2001年11
　　　　月，27頁。
〔註195〕見辛文房《唐才子傳》卷7，臺北：金楓出版社，158頁，又見劉
　　　　學鍇、余恕誠《李商隱詩歌集解》第五冊，2016頁之附錄。
〔註196〕見劉昫《舊唐書》第六冊，卷185，4823頁。
〔註197〕見元托托《宋史》第十二冊，卷305，臺北：鼎文書局，10079頁。

傳到宋太宗耳中，所賦詩賦之捷才達到「越景絕塵」、「下筆立就」的地步，不但驚動宰相，更令皇帝馬上授秘書省正字，且特賜袍笏。這個「秘書省正字」，李商隱要到會昌二年，依張爾田的《會箋》是三十一歲才獲得，而楊億早了二十年。像楊億這樣的神童與才子，會去看重一個「每屬綴多檢閱書冊」的雜抄公？

因為「每屬綴」三個字，所代表的意義是李商隱每作一首詩或文皆如此。唯試翻檢一下《玉谿生詩集》，便到處可以看到反證，如〈天平公座中呈令狐令公〉：

> 罷執霓旌上醮壇，慢粧嬌樹水晶盤。更深欲訴蛾眉斂，衣薄臨醒玉艷寒。白足禪僧思敗道，青袍御史擬休官。雖然同是將軍客，不敢公然仔細看。〔註198〕

此詩作於令狐楚為天平軍節度使之任上，義山不過十七歲，而題目即云「座中呈令狐令公」，即是當場作詩，若還要再去檢閱書冊，獺祭魚一翻，何至如其〈奠相國令狐公文〉云：

> 天平之年，大刀長戟，將軍樽旁，一人衣白。……人譽公憐，人譖公罵。〔註199〕

其他如〈初食筍呈座中〉、〈行次西郊作一百韻〉、〈撰彭陽公誌文畢有成〉、〈七月二十八日夜與王鄭秀才聽雨後作〉、〈評事翁寄賜餳粥走筆為答〉、〈謝往桂林至彤庭竊詠〉、〈戊辰會靜出貽同志〉、〈杜工新蜀中離席〉、〈木蘭花〉等等，不勝枚舉。尤其〈木蘭花〉一首：

> 洞庭波冷曉侵雲，日日征帆送遠人。幾度木蘭舟上望，不知元是此花身。〔註200〕

馮浩注云：

> 《古今詩話》：義山遊長安，宿旅舍，客賦〈木蘭花詩〉，眾皆誇示，義山後成，客盡驚，間之，始知義山。一云陸

〔註198〕見馮浩《玉谿生詩集箋注》，卷1，21頁。
〔註199〕]見馮浩詳注，錢振倫、錢振常箋注《樊南文集》卷6，〈奠相國令狐公文〉，309頁。
〔註200〕見馮浩《玉谿生詩集箋注》，卷2，373頁。

龜蒙，誤。按《唐詩紀事》與《詩話》同。《西溪叢話》則
云：唐末，館閣諸公泛舟，以木蘭爲題，忽一貧士登舟作
詩云云，諸公大驚，物色之，乃義山之魄，時義山下世久
矣。又李躍《嵐齊集》云：是陸龜蒙於蘇守張搏坐中賦〈木
蘭堂詩〉，故諸本附入集外詩。今細玩詩趣，必是義山，且
《萬首絕句》入《義山集》，並不重見《魯望集》。因皮、
陸有〈宿木蘭院詩〉，至生歧說耳。〔註201〕

因此詩有爭議，故將馮浩注錄出，以見歧說之眞相，按皮、陸〈宿木
蘭院〉或〈木蘭堂〉，皆與「洞庭波冷、木蘭舟上望」不合，以是馮
浩之說可信。然此亦正代表其時代人對義山作詩之敏捷有所傳說，方
有是話。若再參看其〈無題〉云：「夢爲遠別啼難喚，書被催成墨未
濃」，可見其成詩之快。〔註202〕縱《古今詩話》云有「客賦〈木蘭詩〉
眾皆誇示」。意是有人賦了一首〈木蘭詩〉正在眾客人間傳觀，客人
也禮貌性的讚美，作者也應頗有自得之意，於是義山始手癢亦藉同題
賦一首，因在客人傳閱他人詩之後始賦，故曰「義山後成」，因比前
者好太多，引起「客盡驚」。所以「後成」兩個字，並不是代表他慢，
而是代表他快，而且不只是快，還很好。以是薛雪《一瓢詩話》云：

「有唐一代詩人，惟李玉溪直入浣花之室。溫飛卿、段柯
古諸君，雖與並名，不能歷其藩翰，後人以獺祭毀之，何
其愚也！試觀獺祭者，能作得半句玉溪詩否？」〔註203〕

此問最消余疑，亦足證獺祭之說洵是多烘之言。不但誣玉溪，亦貶楊
億也。葉燮《原詩》亦云：

作詩文有意逞博，便非佳處。猶主人勉強遍請生客，客雖
滿坐，主人無自在受用處。多讀古人書，多見古人，猶主
人啓戶，客自到門，自然賓主水乳，究不知誰主誰賓，此

〔註201〕見馮浩《玉谿生詩集箋注》，卷2，374頁。
〔註202〕見馮浩《玉谿生詩集箋注》，卷2，386頁。按在義山詩中之「書」，
　　　　實即是「詩」字，如其〈謝書〉、〈漢南書事〉、〈因書〉，題曰「書」
　　　　皆實是「詩」也。
〔註203〕見丁福保《清詩話》，臺北：木鐸出版社，民國77年9月，684頁。

是眞讀書人。求新事新字句，以此炫長，此貧兒稱貸營生，
終非己物，徒見蹭蹬耳。〔註204〕

葉氏此說，雖不明指爲誰而發，但引以駁斥「獺祭魚」之說，正見「獺
祭魚」者如「貧兒稱貸營生」之窮窘，此豈是義山本色，不知諸方家
以爲然否？

（三）義山之學養

或許有人以爲，才之遲速與詩之好壞無關，義山之能被西崑諸子
傾倒，未必是因其之才捷，乃因其詩之「沉博絕艷」。此疑固然有理，
即《文心雕龍》神思亦曰：

> 人之稟才、遲速異分。文之制體，大小殊功，相如含筆而腐
> 毫，揚雄輟翰而驚夢。桓譚疾感而苦思，王充氣竭於思慮，
> 張衡研京以十年，左思練都以一紀。雖有巨文，亦思之緩也。
> 淮南崇朝而賦騷，枚皋應詔而成賦，子建援牘如口誦，仲宣
> 舉筆似宿搆，阮禹據案（鞍）而製書，禰衡當食而草奏，雖
> 有短篇，亦思之速也……難易雖殊，並資博練。若學淺而空
> 遲，才疏而徒速，以斯成器，未之前聞。〔註205〕

劉勰在此已把文思「遲速異分」的例子，舉得非常詳盡。而其關鍵主
要在「博練」二字，王禮卿云是「博學與練達」之意〔註206〕，若不
「博練」，則「學淺而空遲，才疏而徒速」，亦是徒然。故王禮卿又云：
「案：平素博學之要，本篇前後三言之，足見爲彥和所重。」並引袁
守定《佔畢叢談》云：「文章之道，遭際興會，攄發性靈，生於臨文
之頃者也。然須平日餐經饋史，霍然有懷；對景感物，曠然有會；嘗
有欲吐之言，難遇之意。」王曰：「袁說鞭辟入裏，深合其旨。」〔註
207〕足見古人認爲才速者，皆需助之以學，故劉勰之文思一云「積學

〔註204〕見丁福保《清詩話》，606頁。
〔註205〕見劉勰《文心雕龍神思》第26，1頁。
〔註206〕見王禮卿《文心雕龍通解》下冊，臺北：黎明文化事業股份有限公
　　　　司，民國75年10月，524頁。
〔註207〕見王禮卿《文心雕龍通解》下冊，520頁。

以儲寶，酌理以富才」，又云「難易雖殊，並資博練」，三云：「然則
博見爲饋貧之糧，貫一爲拯亂之藥，博而能一，亦有助乎心力矣。」
〔註208〕

　　以下將就商隱之學養作爲觀察要點。在其寫給崔龜從的〈上崔華
州書〉云：

> 中丞閣下，愚生二十五年矣，五年誦經書，七年弄筆硯。
> 始聞長老言：學道必求古，爲文必有師法。常悒悒不快，
> 退自思曰：夫所謂道，豈古所謂周公孔子者獨能邪？蓋愚
> 與周公俱身耳。以是有行道不繫今古，直揮筆爲文，不愛
> 攘取經史，諱忌時世。百經萬書，異品殊流，又豈能意分
> 出其下哉！〔註209〕

在義山此段文中，約可看出幾點端倪：一是「五年誦經書，七年弄筆
硯」，此是傳統教育之必然。而云「七年弄筆硯」則與〈楊億傳〉云：
「七歲能屬文」相同。可見兩人之早慧。其二云：「始聞長老言，學
道必求古」，則所受教育，亦籠罩在「思古」、「好古」，以致「博古」
之理路中。唯其特出者，在於能反省而思突破，因云「退之思曰：夫
所謂道，豈古所謂周公孔子者獨能邪？蓋愚與周公俱身耳。」此句頗
有孟子「舜何人也？禹何人也？有爲者亦若是」之氣概，然對普遍拘
泥保守之讀書人來說，不視爲狂傲者幾稀？故《舊唐書》云其「恃才
詭激，爲當塗者所薄。」〔註210〕此亦必然之事。第三是其云：「以是
有行道不繫今古，直揮筆爲文，不愛攘取經史，諱忌時世。」義山在
此所謂「行道」，與「直揮筆爲文」連說，知是「文道」而已。然其
所謂「不愛攘取經史」，則其意並非云其無經史可攘，而實是想將俗
言俗見去之，而冀有新創。此實亦秉其年輕時學古文，受韓愈「成言
務去」之教。但見韓、柳兩家古文在唐朝之不得志，義山之命運可知
矣。

〔註208〕見劉勰《文心雕龍神思》第26，1頁。
〔註209〕見馮浩注，錢振倫、錢振常箋注《樊南文集》上冊，卷7，426頁。
〔註210〕見劉昫《舊唐書・李商隱傳》第六冊，卷190下，5078頁。

　　故二十五歲時的李商隱，雖不能說他「百經萬書」皆備，然其能「直揮筆爲文」，不用依賴「獺祭魚」之法以「攘取經史」殆可確定，尤其是其〈安平公詩〉云：

> 公時受詔鎮東魯，遣我草奏隨車牙。顧我下筆則千字，疑
> 我讀書傾五車。〔註211〕

這是李商隱回憶他在太和八年隨崔戎至兗海掌章奏之事，云崔戎對其捷才與讀書多之賞識。此可與其〈獻河東公啓〉參看：

> 商隱啓：伏奉手筆，猥賜奏署。某少而孱弱，長則艱屯，
> 有志爲文，無資就學。雖雜賦八首，或庶於馬遷；而詩書
> 五車，遠慚於惠子。〔註212〕

此是大中六年呈柳仲郢之啓，其言下筆若謙，如云「而讀書五車，遠慚於惠子」，實則頗自負，故云：「雖雜賦八首，或庶幾於馬遷」，乃云其文筆約略於司馬遷也，若非相當有自信，何敢此言。唯義山不知中國人習性重「謙」，故不能受益，其「滿招損」亦必然也！唯矛盾者，藝術又特別講究個人與獨特，沒有獨特個性與見識之人，也絕難開拓新境界，但是能開拓新境界之人，又難免「才命兩相妨」。這就是古今藝人，每每如杜甫所云：「但看古來盛名下，終日坎壈纏其身」之主因。〔註213〕再看其〈樊南甲集序〉云：

> 樊南生十六能著〈才論〉、〈聖論〉，以古文出諸公間。後聯
> 爲鄆相國、華太守所憐，居門下時，敕定奏記，始通今體。
> 後又兩爲秘省房中官，恣展古集，往往咽嚛任（昉）、范
> （雲）、徐（陵）、庾（信）之間。有請作文，或時得好對
> 切事，聲勢物景，哀上浮壯，能感動人。〔註214〕

此與前引〈獻河東公啓〉相互參看，前引所謂「有志爲文，無資就學」，

〔註211〕見馮浩《玉谿生詩集箋注》，卷1，30頁。
〔註212〕見馮浩詳注，錢振倫、錢振常箋注《樊南文集》，卷4，219頁。
〔註213〕見仇兆鰲《杜詩詳註》卷13，《丹青引》，臺北：漢京文化事業有限
　　　　公司，民國73年3月，1150頁。
〔註214〕見馮浩詳注，錢振倫、錢振常箋注《樊南文集》上冊，卷7，426
　　　　頁。

乃云其就傅之年，父親遽逝，家難旋臻，於是歸鄭州，移洛陽，所謂
「占數東甸，佣書販舂」之時。〔註215〕唯此時幸得一位「處士姑臧
李某」為師，在其所作〈請盧尚書撰處士姑臧李某誌文狀〉云：

> 商隱與仲弟義叟，再從弟宣岳等，親授經典，教為文章，
> 生徒之中，叨稱達者，胡寧忘諸？〔註216〕

在〈誌文狀〉中這位諱名的李處士，是他們兄弟的老師，此人「年十
八」能通五經，且「咸著別疏，遺略章句，總會指歸。」〔註217〕此
人即能為《五經》「咸著別疏」，也就是一個不遵從當時考試教科書孔
穎達正義的人。這種人當然不適合作官，故自丁家禍，便「遂誓終身，
不從祿仕。」至徐帥王侍中（智興）擬聘入幕，乃曰：「從公非難，
但事人匪易」，於是「長揖不拜，拂衣而歸。」〔註218〕商隱有這樣的
老師，今不知其所著〈才論〉為何，然其所謂〈聖論〉，莫非與〈上
崔華州書〉所謂「夫所謂道，豈古所謂周公孔子者獨能邪」相關乎？
因其前面有「五年誦經書，七年弄筆硯」，承之便云：「始聞長老言，
學道必求古，為文必有師法」，便「常悒悒不樂」，則師徒本就臭味相
投，實亦是另一種「咸著別疏」之精神教育。

義山在這個李處士的調教之下，曾自云：「叨稱達者」，洵是李處
士的得意弟子，然「叨稱達者」，並非僥倖或自我吹噓，其〈上漢南
盧尚書狀〉云：「某材誠漏薄，志實辛勤，九考匪遷，三冬益苦。引
錐刺股，雖謝於昔時，用瓜鎮心，不慚於前輩。」〔註219〕此文是他
在宣宗大中元年與鄭亞赴桂管途中所寫者，文中有「今幸假奧壤，赴

〔註215〕見馮浩詳注，錢振倫、錢振常箋注《樊南文集》上冊，卷6，341
頁。
〔註216〕見馮浩詳注，錢振倫、錢振常箋注《樊南文集》下冊，卷11，858
頁。
〔註217〕見馮浩詳注，錢振倫、錢振常箋注《樊南文集》下冊，卷11，855
至856頁。
〔註218〕見馮浩詳注，錢振倫、錢振常箋注《樊南文集》下冊，卷11，857
頁。
〔註219〕見錢振倫、錢振常箋注《樊南文集補編》下冊，卷6，681頁。

召遐藩，越賈生賦鵬之鄉，過王子登樓之地」可證。時年已三十五歲矣。回憶少年讀書「九考匪遷，三多益苦」之情境。其於〈陶進士書〉亦云：

> 始僕小時，得劉氏《六說》讀之，嘗得其語曰：「是非繫於褒貶，不繫於賞罰；禮樂繫於有道，不繫於有司。」密記之。蓋嘗於春秋法度，聖人綱紀，久羨懷藏，不敢薄賤。聯綴比次，手書口詠。非惟求以爲己而已，亦祈以爲後來隨行者之所師稟。〔註220〕

陶進士爲何人，今不可考，然由《書》前云：「去一月多故，不常在，故屢辱吾子之至，皆不覿。昨又垂示〈東崗記〉等數篇」云云，應是義山晚輩。給晚輩之書，猶強調其讀劉知幾《六記》之重點則「密記之」，而對《春秋》法度，則「聯綴比次，手書口詠」，則其讀書之勤奮已見一斑，若再讀義山之〈韓碑〉：

> 公之斯文不示後，曷與三五相攀追？願書萬本誦萬過，口角流沫右手胝。〔註221〕

則義山之才固不容置疑，而其「願書萬本誦萬過，口角流沫右手胝」之心情，與讀《春秋》「聯綴比次，手書口詠」之境皆相同。其他尚有〈鄠杜馬上念漢書〉，〔註222〕又於〈謝河東公和詩啓〉云：「某曾讀《隋書》」，〔註223〕而於〈詠懷寄秘閣舊僚二十六韻〉屢云：「縣頭曾苦讀，折臂反成醫」、「曲藝垂麟角，浮名狀虎皮」。〔註224〕以是知義山非「才疏而空速」之人，若有「獺祭魚」，亦是在其平常用功「聯綴比次，手書口詠」之時，非爲文作詩之際。而《金鑰》與《雜纂》〔註225〕或是即其日常手書之備忘筆記，一如柳仲郢之《柳氏自備》乎？

〔註220〕見馮浩詳注，錢振倫、錢振常箋注《樊南文集》上冊，卷8，442頁。
〔註221〕見馮浩《玉谿生詩集箋注》卷1，2頁。
〔註222〕見馮浩《玉谿生詩集箋注》卷2，532頁。
〔註223〕見《樊南文集》卷4，236頁。
〔註224〕見馮浩《玉谿生詩集箋注》卷2，444頁。
〔註225〕有關《雜纂》之研究，可參閱鄭阿財〈義山雜纂研究〉，第一屆國際唐代學術會議論文集，民國78年2月，371至386頁。

五、馮浩注徵引典故統計

　　從上目可見李商隱從「五歲誦經書」起，經「九考匪遷、三冬益苦」，終至諸生稱達，人請作文，「時得好對切事」，又能感動人。到底他讀了那些書，今不可考，今僅依馮浩之注，就四部分類，以見其約略，又因仙典、佛藏，又是一般特別關心者，因別立二目，以見其大端。唯本統計表以里仁出版社之馮浩《玉谿生詩集箋注》爲主要依據。其理由如下：

　　（一）其出版前言，云書據馮浩聚德堂乾隆庚子重刻本爲底本，並參照嘉靖本、汲古閣本、影印錢謙益手抄宋本、朱鶴齡本及馮氏聚德堂初刻本加以校改整理，在板本學上站得住腳。

　　（二）馮浩之箋注較晚出，能參考及吸收道源、朱鶴齡、徐樹穀、程夢星、姚培謙、屈復等前輩著作，故在其〈玉谿生詩箋註發凡〉第二條云：「自明以前，箋斯集者逸而無存。釋道林創之，朱長孺成之，行世百年矣。近則程午橋、姚平山各有箋本，余合取存其是，補其闕，正其誤焉」。第六條又云：「朱氏已采錢（龍惕）、陳（帆）、潘（畊）之說，余所見有馮巳蒼（舒）、定遠（班）、田簣山（蘭芳）、何義門（焯）、錢木菴（良擇）、楊智軒（守智）、袁虎文（虎）諸家評本，又陸圃玉（崑曾）有專解七律刊本，皆爲節採附入」。如此，則馮氏之箋注，徵史引典，已大體完備，足可探計。

　　（三）唯就前節論〈用典與詠史〉之別，執以檢驗馮浩之注，有些註與引書刪除，不列入統計者如下：

1. 註中作爲校刊者：如「某一作某」、「某與某同」者，（「一作遍」（7 頁）、「一作三」（7 頁）、「一作斗」（6 頁）、「一作莫」（9 頁）、「一作是」（9 頁）、「一作嫦姮同」）等等，不勝其舉，翻檢便得。

2. 互詳者，如「見前」、「見詠史」、「見深宮」者。

3. 註中當作批評語者：如「艷情耳，前人已題」（726 頁）、「偷桃是男，竊藥是女，昔同賞月，今則別離」（729 頁）。

4. 徵引唐以後典籍者，如下列書名：

《新唐書・藩鎭傳》（3 頁）

《新唐書・藝文志》（755 頁）

《舊唐書・裴度傳》（3 頁）

《舊書傳》（4 頁）

《舊書紀》（29 頁）

《唐會要》（733 頁）

《東觀奏記》（737 頁）

《摭言》（755 頁）

《樂府詩集》（13 頁）

《許彥周詩話》（749 頁）

　洪覺範《冷齋夜話》（749 頁）

《通鑑》（217 頁）

　陳翥《桐譜》（247 頁）

　范成大《桂海虞衡志》（281 頁）

《墨客揮犀》（282 頁）

《杜牧外集》（771 頁）

《西溪叢語》（771 頁）

《明皇雜錄》（772 頁）

　封演《聞見錄》（31 頁）

《戊籤》（36 頁、215 頁、774 頁）

《元豐九域志》（777 頁）

　曹學佺《名勝志》（282 頁）

《一統志》（282 頁）。

5. 書中自註無關典故者：

（1）自註：愚與趙俱出於吏部相公門下，又同爲故尙書。

　　　　（28 頁）

（2）自註：安平公所知，復皆是安平公表姪。在滎陽（39

頁）

（3）自註：乙卯年有感，丙辰年詩成。（40 頁）

6. 小學類，如《爾雅》、《說文解字》、《廣韻》等。

（四）本統計表之順序，首先依經、史、子、集分類，再道藏、佛藏。並依各類出現次數最多者，依序排列。

（五）按馮浩《玉谿生詩集箋注》共分 4407 條，依以上刪除之觀念，共刪除 1439 條。以條數爲次數，則義山大約用 2968 次之典。依經、史、子、集分之：經部 356 次、史部 1220 次、子部 521 次、集部 680 次。道教 121 次，佛教 70 次。其中以史部爲最多，第二爲集部，第三爲子部，第四爲經部，而佛、道皆少。其詳請參閱附錄之統計表。

第三章　從用典穴位刺探幾首〈無題〉
　　　　與〈聖女祠〉

第一節　從古無題到義山〈無題〉

　　〈無題〉本是中國最古老之詩學傳統，卻成爲李商隱最獨擅之標幟。蓋自《詩經》至古詩十九首，可謂是最具代表性之無題時代。後人了解也好，不了解也好，其永遠綻放著不可思議的光芒，其客觀存在價值，亦永難以搖撼。雖然偶有主觀性刪鄭、刪淫之說，唯歷史亦證明祇有王柏輩之不自量力耳〔註1〕。洎自東漢班固有〈詠史〉之題，然不讀其詩不知何詠。此後有王仲宣、曹子建之詠三良，其他如左太沖、張景陽、盧子諒、鮑明遠等，亦各有〈詠史〉〔註2〕，然內容皆不相同，足見其題之寬泛。翻檢《先秦漢魏晉南北朝詩》，除了少數酬贈、應詔、悼亡之外，其他如〈幽憤〉、〈遊仙〉、〈詠懷〉、〈雜詩〉等，亦皆似有題而實無題。故顧炎武曰：

　　　　三百篇之詩人，大率詩成取其中一字二字三字四字以名
　　　　篇，故十五國並無一題。雅頌中間一有之，若常武，美宣
　　　　王也；若芍、若賚、若般，皆廟之樂也。其後人取以名之

〔註1〕參看皮錫瑞《經學歷史》言王柏作《詩疑》刪鄭衛，臺北：藝文印
　　　　書館，民國72年10月，288頁。
〔註2〕見梁昭明太子《文選》卷21，台南北一出版社，民國63年8月，281
　　　　～291頁。

> 者一篇，曰巷伯，自此而外無有也。五言之興，始自漢魏，
> 而十九首並無題。郊祀歌鐃歌曲，各以篇首字爲題。又如
> 王、曹皆有七哀，而不必同其情。六子皆有雜詩，而不必
> 同其義，則亦猶之十九首也，唐人以詩取士，始有命題分
> 韻之法，而詩學衰矣。〔註3〕

顧氏謂「唐人以詩取士，始有命題分韻之法，而詩學衰矣。」是就「命
題分韻」一端而指其弊，然唐代詩學是否因之而衰，就唐詩之整體成
就看來，其論斷實有待商榷。然其言「十五國並無一題」、〈巷伯〉亦
是「後人取以名之者」，「自此而外無有也」。又云「自漢魏、而十九
首並無題」，與夫王、曹之〈七哀〉、六子之〈雜詩〉，亦與十九首不
異，皆是確論。

　　唯自周初至唐，詩之實質雖爲無題，然並不以〈無題〉正式命
名，蓋處於無意識之狀態也。詩人作詩，有自覺意識而直以〈無題〉
標示，且能成就千古之大名者，除李商隱之外，實難做第二人想。
蓋李商隱之〈無題〉，不只是標題奇特，而且形式多樣、內容豐富、
辭彩精美、詩境更引人入勝。如《四庫全書總目》序內府藏本《李
義山詩集》曰：

> 然無題之中，有確有寄託者，「來是空言去絕蹤」之類是也。
> 有戲爲豔體者，「近知名阿侯」之類是也。有實屬狎邪者，
> 「昨夜星辰昨夜風」之類是也。有失去本題者，「萬里風波
> 一葉舟」之類是也。有與無題相連誤合爲一者，「幽人不倦
> 賞」之類是也。其摘首二字爲題，如〈碧城〉〈錦瑟〉諸篇，
> 亦同此例。一概以美人香草解之，殊乖本旨。〔註4〕

此就義山〈無題〉之內容分析其種類，抛開其所謂失題與誤合者，尚
有確有寄託與戲爲豔體、狎邪、摘首二字爲題等四類。而摘首二字爲

〔註3〕見顧炎武《日知錄》卷21，第四冊，臺北：臺灣商務印書館，《國學
　　　基本叢書》第一輯，民國45年4月，54頁〈詩題〉。
〔註4〕見《四庫全書總目》集部、別集類，臺北：漢京文化事業有限公司，
　　　民國70年12月，811頁。

題之類，正是顧炎武所論之傳統模式，其他三類自是紀氏認為義山自己別出之新裁。然其詩之特色，卻又能使知與不知者皆愛之，而同時亦使詩學深與淺者皆感茫然。故馮浩引錢龍惕語曰：

> 語艷意深，人所曉也，以句求之，十得八九，以篇求之，終難了了。〔註5〕

雖然古人論詩，常指一端而言。唯錢氏此說，實已說出一般人普遍之感受。故胡以梅亦曰：「義山運之以典墳之富，使人誠不可方物。」〔註6〕考其原因，學者或以為是義山多香草美人之比興、或以為喜用僻典、或以為依違黨局，凡事不便明說，故「紆曲其指，誕謾其辭。」〔註7〕或以為畸戀不論、或以為向令狐求情，皆不便明言，以是義山詩處處成了「廋詞讔語」。如吳喬《西崑發微序》云：

> 無題詩於六義為比，自有次第。阿侯望絢之速化也；紫府仙人羨之也；老女自傷也；心有靈犀，謂絢必相引也；聞道閶門，幸絢之不念舊隙也；白道縈迴，訝絢舍我而擢人也，然猶未怨；相見時難、來是空言，怨矣而未絕望；鳳尾香羅、重幃深下，絕望矣，而猶未怒；至九日而怒焉，無題自此絕矣。〔註8〕

吳喬此說，可謂是依事編詩之法。馮浩、張爾田等固一脈相承；而蘇雪林一類之論，只是奪令狐絢之魂魄，而轉化為女冠與宮嬪之虛影也（參看本文第五章）。

　　除「廋詞讔語」之外，更普遍認為義山詩「用典好僻澀」，乃是文章一厄，因而有指斥其獺祭魚者、或譏為錄鬼簿者、或訕為編事者，皆認為是導至義山詩難解之主因。尤其元遺山曾嘆曰：「望帝春心託杜鵑，佳人錦瑟怨華年。詩家總愛西崑好，獨恨無人作鄭箋」

〔註5〕見馮浩《玉谿詩集箋注》卷3，639頁。
〔註6〕參看《眉庵集》卷9，〈無題和李義山商隱序〉。《明詩話全編》第一冊，《楊基詩話》，210頁。
〔註7〕見朱鶴齡注，程夢星刪補《李義山詩集箋注》〈唐建中序〉引石林語，2頁。
〔註8〕見吳喬《西崑發微‧序》，《古今詩話續編本》，524、525頁。

〔註9〕與王漁洋「獺祭曾驚博奧憚」之語，〔註10〕更悚動人心。總而言之，對義山詩之難解，都怪其用典之深奧與僻澀。但是筆者認爲未必然，且慶幸因其善用典，反讓筆者有穴位可辨，有經絡可尋，不至於下鍼無處。今先就幾首眾說紛紜之〈無題〉，從用典之角度切入予以剖析，按穴循經，冀千年痲痺不暢之症，能有動彈之可能。亦冀望能破吳喬所謂七百年之長夜。惟立論然否，尚祈諸大方之家賜正以匡其失。

第二節　閶門蕚綠華與吳王苑內花

在李商隱之詩集中，有二首〈無題〉：

昨夜星辰昨夜風，畫樓西畔桂堂東。身無彩鳳雙飛翼，心有靈犀一點通。隔座送鈎春酒暖，分曹射覆蠟燈紅。嗟余聽鼓應官去，走馬蘭臺類轉蓬。

聞道閶門蕚綠華，昔年相望抵天涯。豈知一夜秦樓客，偷看吳王苑內花。

此二首〈無題〉，綜合眾說，約可分爲比興、豔情、愛情三大類。然在三大類說中，各家又有各自的是非。茲以簡御繁分爲三類十一派以呈現其問題。

一、比興派

此派又分爲五小類：（一）君臣寓言說。（二）羈宦不得志說。（三）從秘書省外調弘農尉之感慨。（四）爲令狐綯而作。（五）以蕚綠華比衛公。而各小類中，看法又各自有互異處，茲臚列簡述如下。

（一）君臣寓言說。（楊基、朱鶴齡、馮班）

自明初楊基（孟載）云：「嘗讀李義山無題詩，愛其音調清婉，

〔註 9〕見元好問《遺山集》卷 11，525 頁。《元好問研究資料彙編》上冊。紀念元好問八百年誕辰學術研討會籌備會編印。

〔註10〕見王士禎《漁洋精華錄集注》，濟南齊魯書社，1992 年 1 月，244 頁。

雖極其濃麗，然皆託於臣不忘君之意，而深惜乎才之不遇也」。〔註11〕
其說影響清代學者甚大，如馮班亦曰：「義山無題諸作，眞有美人香
草之遺，正當以不解解之。」〔註12〕蓋馮班之意，義山詩即師「美人
香草」之風騷比法，自是以比興爲主，自然無達詁可言，因此在解讀
之策略上，乃採取「以不解解之」方式。此說頗似禪家，所謂一說即
不著。然此策略，對一般純美感享受之讀者自無不可，但是對一個凡
事必須追根究底之學者，就很難就此打住。於是自清朝以來，立說紛
紜。如朱鶴齡《李商隱詩集箋注序》便曰：

> 或曰：義山之詩半及閨闥，讀者與《玉臺》《香奩》例稱，
> 荊公以爲善學老杜何居？予曰：男女之情通於君臣朋友，
> 〈國風〉之蝤首蛾眉，雲髮瓠齒，其辭甚褻，聖人顧有取
> 焉。〈離騷〉託芳草以怨王孫，借美人以喻君子……其〈梓
> 州吟〉云：「楚雨含情俱有託」。早已自下箋解矣！吾故曰：
> 義山之詩乃風人之緒音，屈宋之遺響。〔註13〕

朱氏既從〈國風〉與〈離騷〉推出「男女之情通於君臣朋友」，與夫
「託芳草以怨王孫」之義，因此認爲義山表面上似言閨闥之詩，內裡
實「乃風人之緒音、屈宋之遺響」。而此類視義山詩爲師承屈騷以來
傳統者，皆認爲於君臣之義若有所規諷，則出之以香草美人之意而婉
約陳之。即〈詩序〉所謂「主文而譎諫」者，目的在使「言之者無罪」
〔註14〕，然而此說最易流於臆測，因而亦最難證實其有無此心。是以
說義山〈無題〉者，套用此種比興寓言之方式者固易於自圓其說，然
其所取證則少能服人。惟相對而言，他人若非有絕對證據，亦甚難批
駁之也。

〔註11〕見〈楊基詩話〉第五條。《明詩話全編》第一冊，江蘇古籍出版社，
　　　　1997 年 12 月，210 頁。
〔註12〕見《輯評》中何焯所引。參看劉學鍇、余恕誠《李商隱詩歌集解》
　　　　第一冊，392 頁。
〔註13〕見朱鶴齡《李義山詩集箋注》，16 頁。
〔註14〕見《詩經》〈序〉十三經注疏本，臺北：藝文印書館，71 年 8 月，16
　　　　頁。

（二）**羈宦不得志之說**。（陸鳴皋、姚培謙、何焯）

此類以陸鳴皋、姚培謙、何焯等爲代表。陸鳴皋云：「此因羈宦而思樂境，亦不得志之詩也。」並斷其詩亦作於初爲秘書省校書郎時。〔註15〕而姚培謙則以爲：「此言得路與失路者之不同」，並指義山「雖走馬蘭臺之後，巧拙冷暖，其有咫尺千里之嘆也。」〔註16〕姚氏之言雖與陸氏略有不同，然既言義山有「巧拙冷暖，其有咫尺千里之嘆」，則亦偏於不得志之說殆可確定。而何焯雖曾認同楊孟載之說，曰「得其旨矣」，又更爲之詳解曰：

> 義山以畿赤高賢（資），失意蹉跎，出而從事諸侯幕府，
> 此詩託詞諷懷，以序其意。『身無綵鳳』，言同人之相隔。
> 〔註17〕

其意以爲此二首詩，乃是寓義山離開秘書省，將出任諸侯幕府，從此不能與諸同人並美，因而感到失意蹉跎之作。以上諸家已是從「不解解之」之態度，變爲詳而解之矣。而所謂「身無綵鳳，言同人之相隔」，則「綵鳳」只不過是其比興之對象而已，不知義山詩中之「綵鳳」是有特殊指涉者。

（三）**從秘書省外調弘農尉之感慨**。（程夢星、汪辟疆、葉蔥奇）

此說以程夢星肇其端，其曰：

> 星案義山無題諸作，世多以豔語目之。不知義山豔語轉接有題，凡無題者皆寄託也。楊孟載能知其爲寓言是矣。但皆以爲感歎君臣之遇合，未免郭郭，須分別觀之，各有所爲乃得耳。此詩第一首有蘭臺字，當是初成進士，釋褐秘書省校書郎，調補弘農尉時作，蓋歎不得立朝，將爲下吏也。〔註18〕

〔註15〕見《李商隱詩歌集解》第一冊，394 頁。
〔註16〕見《李商隱詩歌集解》第一冊，395 頁。
〔註17〕劉學鍇、余恕誠《李商隱詩歌集解》第一冊，392 頁。其中「高賢」一詞，程夢星引作「高資」。見朱鶴齡箋注、程夢星刪補《李義山詩集箋注》卷 1，310 頁。
〔註18〕見朱鶴齡《李義山詩集箋注》之《刪補》。

依程氏之言，其實不離寓言說，唯一差別者，乃楊孟載之寓言偏於君臣遇合，而程夢星認爲只是義山寄託其初成進士，旋即外調弘農尉，詩中所欲傳達者是不得立於朝之感慨。繼此看法者，如汪辟疆曰：

> 此當爲開成四年調尉弘農留別祕省同官之詩也。趙臣瑗謂
> 義山竊窺王茂元家姬大謬。〔註19〕

按汪氏此說是指首章而言，說是「調尉弘農留別祕省同官之詩」，則此詩變成了「留別」之感慨，與程夢星言被調之感慨又稍有不同，然詳析其詩八句中，實亦不見有「留別」之跡可尋。而葉蔥奇大略循此說：

> 所以商隱初釋褐入秘省時，實在是充滿了無限希望，而歷
> 時未久，忽然外調補尉，懊喪的心情可以想見。詩人因爲
> 不願明言，所以用無題託於豔詞來抒寫胸中的恨慨。〔註20〕

考程夢星、汪辟疆二氏之說，葉蔥奇但沿前人之見而已。

（四）爲令狐綯而作。（吳喬、杜詔）

主此說者，以爲義山此二首〈無題〉，乃是以比興之法，以寓言其與令狐綯之間難言之隱。持此說者，吳喬，杜詔可爲代表。吳喬在其《西崑發微》曰：

> （「昨夜」二句）述綯宴接之地。（「身無」二句）言綯與
> 己位已隔絕，不得同升，而兩心相照也。（「隔座」二句）
> 極言情禮之歡洽。（「嗟余」二句）結維自恨，未怨令狐也。
> 〔註21〕

類此說者，杜詔在其《中晚唐詩叩彈集》之案語曰：「吳修齡又專指令狐綯，說似爲近之」。〔註22〕唯吳喬又說第二首云：

> 義山就王茂元之辟，慮綯見疏，故酬別詩有「青萍肯見疑」

〔註19〕《李商隱詩歌集解》第一冊，398 頁。
〔註20〕見葉蔥奇《李義山詩集疏注》，137 頁。
〔註21〕見吳喬《西崑發微》卷上，527 頁。
〔註22〕見杜紫綸、杜治穀《中晚唐詩叩彈集》下冊，卷 7，14 頁，北京中國書店，1984 年 12 月。

之句，今因禮遇之隆，喜出望外。〔註23〕

然此二說全無論證，且其是否可以與〈酬別令狐補闕〉詩並聯同看，尚有待檢驗也。

（五）以萼綠華比衛公。（汪辟疆、張爾田）

此類說法，雖同主以萼綠華比衛公，然細論之又有兩種不同。汪辟疆認為此二首〈無題〉是「當為開成四年調尉宏農留別祕省同官之詩也。」而抨擊「趙臣瑗謂義山竊闚王茂元家姬大謬。」但是其說第二首絕句曰：

> 次章蓋竊幸王氏而自進於衛公之詩也。萼綠華比衛公，次
> 句言向於衛公而不可親，今何幸而有此機運也。〔註24〕

並認為「秦樓客」一詞，乃「謂豈意以論婚王氏之故，而得自附於李黨也？」以是可知汪辟疆不但主張此二首是調尉宏農之時所作，且以為第二首七絕是指「論婚王氏」，因此得以親近衛公之詩。而張爾田則有不同看法，他認為是在會昌二年，義山以書判拔萃任祕書省正字時之作，故云：

> 此初官正字，歆羨內省之寓言也。首句點其時、地。『身無』
> 二句，分隔情通。『隔座』二句，狀內省諸公聯翩並進得意
> 情態。結則豔妒之意，恐己不能身廁其間，喜極故反言之」。
> 又云：「次章意尤顯了。萼綠華比衛公。」〔註25〕

兩家雖然同以萼綠華比衛公，但因時間事件認知不同，又產生異說。一曰開成四年、一曰會昌二年；又一曰自喜，一曰暗妒。孫甄陶之〈李商隱詩探微〉則比較偏張爾田之說，然亦曰：「綜上幾個箋釋，自當以張采田的一個較為別開生面。我們雖仍嫌其比附過於曲折」。〔註26〕唯孫氏本人並未提出其他論點。近人徐朔方〈論李商隱的無

〔註23〕見吳喬《西崑發微》卷上，528 頁。
〔註24〕以上見《汪辟疆文集》中之〈玉谿詩箋舉例〉，上海古籍出版社，1988年 12 月，223 頁。
〔註25〕以上見張爾田《玉谿生年譜會箋》卷 2，92 頁。
〔註26〕見國立中山大學文學會主編《李商隱詩研究論文集》，臺北：天工出

題詩〉說：

　　《昨夜星辰昨夜風》張采田解"身無彩鳳雙飛翼，心有靈
　　犀一點通"說李商隱：「此初官正字，歆羨內省之寓言也」。
　　"歆羨"限于單方面，"一點通"則是兩下有情，顯然不
　　合。〔註27〕

徐氏從文本用字角度觀察，對張爾田之看法提出批判，然真相如何，
且留待後論。

二、艷情說

　　此類也可分爲五種說法：（一）泛指艷情。（二）泛指貴家妓席之
作。（三）指令狐綯家青衣（四）王茂元之姬妾。（五）宮女說。

（一）泛指艷情。（錢良擇、胡以梅、陸昆曾、屈復、方瑜）

　　此說如錢良擇曰：

　　義山無題詩直是艷語耳。楊眉庵謂託於君臣不忘君，亦是
　　故爲高論，未敢信其必然。〔註28〕

錢氏認爲義山〈無題〉，皆只是「艷語」，並否定楊眉庵君臣遇合之高
論。但並未明指此類「艷語」是爲誰而發。此與前舉《四庫提要》云：
「有實屬狎邪者，昨夜星辰昨夜風」同。類此說者，又如胡以梅曰：

　　此章本集內二首，其二……則席上本有萼綠華其人，於吳
　　王苑中偷看，而感情耳，已有注腳……故當一歸之艷情。

　　〔註29〕

胡氏雖云「席上本有萼綠華其人，於吳王苑中偷看」，但並未明指吳
王是，席是那家之席，故亦只是泛指而已。陸昆曾亦曰：

　　然本文皆託於帷房暱媟之詞，不得以正意闌入。〔註30〕

屈復亦云：「〈聞道〉甚自幸，然未得顯然明看。」亦主艷情，然對象

　　　　版社，民國73年9月，126頁。
〔註27〕見王蒙編《李商隱研究論集》，120頁。
〔註28〕見《李商隱詩歌集解》第一冊，395頁。
〔註29〕見《李商隱詩歌集解》第一冊，394頁。
〔註30〕見《李商隱詩歌集解》第一冊，395頁。

模糊。方瑜先生之〈李商隱七律豔體的結構與感覺性〉一文，則從文學批評角度說：

> 全詩雖然即事直抒，缺乏其餘諸篇的古典內涵，但值得注意的是詩人李商隱已掌握住從生命燃燒的豔情之夜，回歸白晝官僚的轉變舜間，詩中提出兩種不同價值，截然劃分的世界。〔註31〕

此中所言「燃燒的豔情之夜」，本指前六句而言。故其又釋首聯曰「以閃耀的星光，拂面的柔風映襯決定性相會的華堂樓閣」；頷聯曰「以彩鳳、靈犀明喻只能目成，無法親近的焦慮與陶醉，意象極美」；頸聯曰「紅燭柔輝下嬉戲的幸福，歷歷如繪」。而末兩句始指「回歸白晝官僚生活」。以是方氏之說，亦應可歸入此泛指豔情之類。

（二）泛指貴家妓席之作。（紀曉嵐、王鳴盛、劉學鍇、余恕誠、沈秋雄）

紀曉嵐《四庫提要》已云：「有實屬狎邪者，『昨夜星辰昨夜風』之類是也。」又於《瀛奎律髓刊誤》云：「二首直是狹邪之作，了無可取」。又云：觀此（指〈昨夜〉）末二句實是妓席之作，不得以寓言曲解。」〔註32〕王鳴盛亦云：「唐時風氣，宴客出家妓，常事耳，何必婦翁？」〔註33〕劉學鍇、余恕誠二氏綜合之曰：「諸說之中，實以趙、馮二家較優，唯其過泥「秦樓客」之典，必指實所懷者為王茂元之後房姬妾，則不免拘執。「秦樓客」固暗指己之愛婿身份，然此處特取義於文士之風流瀟灑，且貴家宴會多矣，何必定指婦翁之家？然視「吳王苑內花」之語，則所懷者為貴家姬妾，似大體可定。」〔註34〕而沈秋雄先生亦曰：

> 據詩中有「畫樓」、「桂堂」及「閭門」、「吳王」等語，則當時義山於宴會中邂逅有情之對象雖不必如馮浩之泥指王

〔註31〕見方瑜《沾衣花雨》，臺北：遠景出版社，民國71年3月，210頁。
〔註32〕見《李商隱詩歌集解》399頁。
〔註33〕所集馮氏初刊本王氏手批《李商隱詩歌集解》，397頁。
〔註34〕《李商隱詩歌集解》397～398頁。

茂元之後房姬妾，但必爲顯貴人家之女眷（眷），此點當可
確定。〔註35〕

此沈氏雖把「後房姬妾」，更爲「貴家女眷」，但就其整體立論，實只
是將前人之「泥指」，作較寬泛之解釋而已。惟但看幾個名詞，未加
以剖析，立論自然難穩。猶如人之全身到處有穴位，若不問病者痛在
何處？將醫何病？因加以細診病灶屬何經絡？須剌何處穴位？隨便
拿鍼便剌，皮肉將徒受其苦而無益於病也。

（三）指令狐綯家青衣。（不知名、張仁青）

馮浩引趙臣瑗《山滿樓唐詩七律箋注》云：「或云在令狐相公家
者，非也。」按趙氏其曰「或云」者，未明言何人所說。余查宋朝劉
攽《中山詩話》但云：「李商隱有《錦瑟詩》，人莫曉其意，或謂是令
狐楚家青衣也。」〔註36〕未知是否據此。而張仁青先生說：

> 而義山先後擔任八個節度使的秘書，參與宴會頻繁，和青衣
> 接觸機會甚多，加上節度使十分忙，當時有的節度仗管轄二
> 省，因此無法雨露均霑，照顧好每個青衣……義山開始當秘
> 書才二十二歲，二十幾歲的青年對愛情當然有期待，又加上
> 他心理不平衡，有點變態，且熱情，於是很自然地與青衣談
> 起戀愛，青衣大部分是節度使的黑市夫人，無須對其負責，
> 只要稍加留意，不被節度使發現即可。〔註37〕

依張氏之說，似每位重用義山之節度使，皆成戴綠帽者，然不知何據？
筆者但感義山受誣實甚也。

（四）王茂元之姬妾。（趙臣瑗、馮浩、陳貽焮、張爾田）

主此說者趙臣瑗《山滿樓唐詩七律箋注》：「此義山在王茂元家，
竊窺其閨人而爲之。」案趙臣瑗在此所謂「閨人」，所指爲何？語意
不明。而馮浩推之曰：

〔註35〕沈秋雄《詩學十論》，175 頁。引文中之「春」，當是「眷」字誤。
〔註36〕見何文煥輯《歷代詩話》第一冊，287 頁。
〔註37〕見張仁青〈李商隱的感情世界〉《中華詩學》，第 19 卷 3 期，民國 91
　　　年春季版，8 至 9 頁。

此二篇定屬艷情，因窺見後房姬妾而作，得毋其中有吳人耶？趙箋大意良是，他人苦將上首穿鑿，不知下首明道破矣。〔註38〕

張爾田繼之曰：「此二首疑在王茂元家觀其家妓而作，後篇已說明矣。『隔座』二句點明家妓。蓋因親串，故晦其題耳。」〔註39〕（唯張氏前後有兩種不同說法，見寓言類（五））

（五）宮女說。（蘇雪林）

蘇雪林先生在其《玉溪詩謎》論〈與宮嬪戀愛之返宮〉，舉〈深宮〉〈無題〉（昨夜）云：「文宗與楊貴妃返宮，宮嬪一概隨歸。」〔註40〕又云宮女「返宮後，則沒有機會了。但義山常在宮牆外巡視、徘徊，雖身無羽翼飛入宮庭中，但兩個情人心心相印，未嘗不有如靈犀文理之可通。」〔註41〕觀蘇教授在此對義山之描述，猶如其親眼所目睹。鍾來茵撰〈李商隱玉陽戀愛詩目四家匯編〉云：「就《玉溪詩謎》整體而言，前一部分義山與女冠戀愛，信從者頗多；而義山與宮嬪戀愛，信從者頗少。」〔註42〕當然，鍾氏是蘇雪林教授的信徒，其有如此之言論，自是意中事，其不同者，只是一偏宮女，一偏女冠，兩者之穿鑿洵不相上下。唯鍾氏對此詩後來亦甚謹慎，未列入其戀愛詩中。

三、愛情說。（湯翼海、楊柳）

此派之說主為王夫人作，首先提出之學者為湯翼海先生，然所獲之迴響不大。其次是楊柳先生之《李商隱評傳》，然兩者不相引用，未知楊柳是否受湯氏之影響？

〔註38〕見《玉谿生詩集箋注》卷1，137頁。

〔註39〕見《玉谿生年譜會箋》附《辨正》，331頁。

〔註40〕見蘇雪林《玉溪詩謎》，臺北：臺灣商務印書館，民國61年5月2版，59頁。

〔註41〕見蘇雪林《玉溪詩謎》，60頁。

〔註42〕見鍾來茵《李商隱愛情詩解》，462頁。

　　湯翼海撰〈李義山無題十五首考釋〉，對此二首之見解：（一）認為此兩首詩收在一齊是錯的。他說：遍檢玉谿生詩集此種上首七律下首七絕並為二首之體裁可謂絕無僅有。（二）認為這兩首詩之作成年月有出入。「昨夜星辰」一首詩境繁華燦爛，溫暖春光，留連不忍去。而「聞道閶門」一首狂妄輕佻，固不應相提並作也。〔註43〕據第二點其考據七律一首曰：

　　　　義山走馬蘭臺之年應在開成四年。又唐時內外官從調者，選人期集京師，始於孟冬，終於季春。則義山必於是年春為校書郎，於季春調補宏農尉。否則遲不能調矣。由此可以推出「昨夜星辰」無題七律乃成於開成四年初春。地點當在涇原。〔註44〕

又推七絕一首云：

　　　　逆其詩意，喜極忘形。當成於開成二年登進士第赴洛陽王茂元崇讓宅後，與開成三年在涇原娶王女後不久之間。若在二年之作，地點應在崇讓宅；若為三年之作，地點則在涇原矣。〔註45〕

又云：

　　　　此說若欠妥，則必開成三年涇原婚婚王氏後不久。作於洞房花燭夜，亦有可能。義山必先得觀王氏，始有「豈知一夜秦樓客，偷看吳王苑內花」喜出望外之語。〔註46〕

按湯氏之論，於外之歷史考據皆有卓見，唯於詩意之把握稍弱，必待三推之後尚感欠妥，而有「作於洞房花燭夜，亦有可能之語。」唯其

〔註43〕原刊於香港《民主評論》第 14 卷，6、7、9、11 期。參看國立中山大學中文學會主編《李商隱詩研究論文集》，896 頁。唯湯氏說義山詩一絕一律收在一齊者「絕無僅有」，此說失查，義山有〈馬嵬〉，自亦是一絕一律合在一起。見《玉谿生詩集箋注》卷3，604 頁。

〔註44〕國立中山大學中文學會主編《李商隱詩研究論文集》，896～897 頁。

〔註45〕國立中山大學中文學會主編張仁青編《李商隱詩研究論文集》，898 頁。

〔註46〕國立中山大學中文學會主編張仁青編《李商隱詩研究論文集》，899 頁。

可喜者，其對「萼綠華」與「吳王苑內花」之看法，有迥異他人之論，不再把兩者看成是在暗喻令狐綯、或貴人姬妾、或宮女之豔情對象，而看成是婚媾的戀愛主角——王小姐。唯其論點，有時但憑印象立論，尚未把握整首詩之意脈，以是疏漏猶多。如云：「萼綠華故事，義山屢以入詩。」按《全唐詩》，用到萼綠華故事之詩人也不過四個人五首詩，而李商隱一個人佔兩次，包括〈中元〉暗用一次，則是三次。〔註47〕

四、萼綠華與吳王苑內花之身份問題

（一）萼綠華之穴位

在李商隱詩中，明用兩次《真誥》中萼綠華之典故。一首是七律〈重過聖女祠〉（白石巖扉），一首是〈無題〉二首中之七絕（聞道閶門萼綠華）。此初看來似乎是個簡單問題，但若真要將其說個透澈明白，則就這個女仙萼綠華之穴位施鍼，其翻案之效果著實不小，恐將令許多學者很難置信。且先看朱鶴齡在〈重過聖女祠〉下注其出處，列《真誥》曰：

> 萼綠華者，自云是南山人，女子，年可二十許，上下青衣，顏色絕整。以晉穆帝昇平三年十一月夜降羊權家。自此往來，一月之中輒六過其家，授權尸解藥，亦隱景化形而去。
>
> 〔註48〕

而此典馮浩則別註於此〈無題〉二首七絕之下，曰：

> 萼綠華者，自云是南山人，不知是何山也。女子，年可二十上下，青衣，顏色絕整。以昇平三年十一月十日夜降於羊權家，自此往來，一月輒六過，來與權尸解藥。按、萼綠華曰：我本姓楊。又云是九嶷山中得道女羅郁也。而《南

〔註47〕按《全唐詩》中用到萼綠華故事者，除李商隱〈無題〉七絕一首外，又有〈重遇聖女祠〉一首。其他則韋應物有〈萼綠華歌〉、李賀〈答贈〉有「曾名萼綠華」句，白居易〈霓裳羽衣歌和微之〉三人。

〔註48〕見朱鶴齡《李義山詩集箋注》，卷1，211頁。

　　史》：羊欣，泰山南城人，祖權，晉黃門郎。皆不可言閨門。

　　此只取與下「吳王苑」相應。〔註49〕

由朱鶴齡與馮浩注，引文互有參差，但是皆非《眞誥》原文。唯與原典大體不差耳。〔註50〕唯義山用此典也如其他詩人之典一樣，一查便明，如翻開《眞誥》第一頁，便是萼綠華之典，洵何難之有？問題出在「萼綠華」此典，同一人而被李商隱寫在兩首詩中，他產生了何種意義與藝術效果？在此處討論之要點，在於義山如何用典才是關鍵之所在。因此本章先就萼綠華串聯看幾首〈無題〉，再並聯看三首〈聖女祠〉。

　　朱鶴齡箋注〈重過聖女祠〉，但注原典，並未加以論述。然程夢星之《刪補》則曰：

　　星按：聖女祠集中凡三見，皆刺當時女道士者。「白石巖扉碧蘚滋」，言其道院之清幽也。「上清淪謫得歸遲」，言天上之謫仙也。「一春夢雨」言其如巫山神女暮雨朝雲得所歡也。「盡日靈風」言如湘江帝子，北渚秋風，離其偶也。下緊接云「無定所」、「未移時」，言其暗期會合無常，比之萼綠華之降羊權不過私過其家；杜蘭香之語張碩亦苦小乖太歲。論其情慾有如溱洧之詩，責以倫彝未遂咸恒之卦。然則蕩閑踰檢，大媿金支；考派論宗，甚污玉牒，何不明請下嫁，竟向天階免嘲寄毭，共通仙籍爲得耳。〔註51〕

依程夢星此解，說〈聖女祠〉凡三見，「皆刺當時女道士者」，其意自是說李商隱寫聖女祠，目的都是在諷刺女道士之不守清規，故云「一春夢雨」句，是在諷刺女道士「如巫山神女暮雨朝雲得所歡」。而「無定時」、「未移時」，是在刺女道士「暗期會合無常」，比之萼綠華之私降羊權。再則又曰：「論其情慾有如溱洧之詩，責以倫彝未遂咸恒之

〔註49〕見馮浩《玉谿生詩集箋注》，卷1，135頁。

〔註50〕詳見陶宏景《眞誥・運象篇第一》，卷1，臺北：廣文書局，民國78年12月，1頁。

〔註51〕見朱鶴齡《李義山詩集箋注》，卷1，211頁。

卦」，似還在罵唐朝女道士之淫蕩。其結語曰：「蕩閑踰檢，大媿金支；考派論宗，甚污玉牒，何以不明請下嫁」云云，則程夢星在明示女道士之身分是金枝玉葉，暗指貴主身份。因此引起蘇雪林先生《玉溪詩謎》之考據曰：「因義山之與宮嬪認識，是由於先認識的女道士介紹而來。」又云：「義山所認識的宮嬪，乃敬宗所遺下的後宮人。」最後云：「春間又有〈重過聖女祠〉一首」，便以此詩為例。〔註52〕此似在呼應程夢星之金枝玉葉說。而鍾來茵雖為蘇先生的女冠戀愛說所傾倒，但他不贊成宮嬪說，故曰：「就《玉溪詩謎》整體而言，前一部分義山與女冠戀愛，信從者頗多，而義山與宮嬪戀愛，信從者頗少。」〔註53〕而於〈重過聖女祠〉注釋中曰：「這是上清教派中盛傳一個人神之戀故事。義山詩中常用此典故。如〈中元作〉中：『羊權雖得金條脫』，自比羊權，以萼綠華比宋華陽。」〔註54〕是鍾氏主萼綠華暗喻與義山戀愛之女冠。而至於〈無題〉二首，鍾氏全無一言提及，而蘇雪林先生則言〈無題〉之前一首中的「畫樓西畔桂堂東」是代表深宮，甚且說：

> 義山常在宮牆外巡視、徘徊，雖身無羽翼飛入宮庭中，但
> 兩個情人心心相印，未嘗不有如靈犀文理之可通。〔註55〕

唯未指萼綠華在此〈無題〉中何所指，以是本文先從此二首〈無題〉解析起。

（二）吳王苑內花之身份

要討論一個簡單人物典，其典雖易檢，唯問題卻不簡單，縱觀前輩解析義山詩，常常扼要說解，然其扼要常常等於「片面」斷章取義。故在斷章中似乎說得通，但一經代入全詩便齟齬百出，以是筆者以下之解析，不免較繁瑣。

〔註52〕見蘇雪林《玉溪詩謎》，26頁。
〔註53〕見鍾來茵《李商隱愛情詩解》附錄，462頁。
〔註54〕見鍾來茵《李商隱愛情詩解》，116頁。
〔註55〕見蘇雪林《玉溪詩謎》，60頁。

在這兩首詩中，且先從第二首絕句看起。在此絕句中，各家無爭議者有二個典故，一個是七律末句的「蘭臺」指秘書省。另一個七絕中之「秦樓客」指義山爲茂元婿（按：持異義者是認爲不必過于拘泥，因玉陽諸詩即多弄玉蕭史事。）但是到第三個典是「吳王苑內花」，趙臣瑗、馮浩、陳貽焮，都主張是義山艷情之自我招供，都認爲是在王茂元家觀其家妓而作。而陳貽焮更曰：「但不管是王家還是令狐家，總之是偷看後房姬妾。」〔註56〕

唯以上諸家因對於李商隱之用典法則不甚了解，所以但以普通之用典方式推敲，必然大謬。按義山用典，常出人意表之外，故其詩曾云「題時長不展，得處定應偏」。馮浩注曰：「偏」，爲「專」字、「獨」字之義，如「王恩偏、雨露偏之類。」〔註57〕所謂「專」，所謂「獨」，所謂「偏」，即是專門而獨到，不是一般人所能想像，一如大家知道穴位在經絡中，不知經外也有奇穴。但看「蘭臺」與「秦樓客」，一般所見皆不差，然至「偷看吳王苑內花」一句，馮浩斷曰：

> 余細讀全集，乃知實有寄託者多，直作艷情者少，夾雜不
> 分，令人迷亂耳。此二篇定屬艷情，因窺見後房姬妾而作，
> 得毋其中有吳人耶？……亦大傷輕薄矣。〔註58〕

馮浩云此二首「大傷輕薄」四字，可作爲本文「艷情詩」之定義。〔註59〕又曰：「得毋其中有吳人耶？」自是從「吳王苑內花」五字猜測而來。而筆者亦嘗多次與人討論此詩，問「吳王苑內花」到底是何所

〔註56〕見陳貽焮〈李商隱戀愛事跡考辨〉。王蒙《李商隱研究論集》，155 頁。
〔註57〕見馮浩《玉谿生詩集箋注》，卷 3，603 頁，〈謝先輩防記陰拙詩甚多異日偶有此寄〉。
〔註58〕見馮浩《玉谿生詩集箋注》，卷 1，135～136 頁。
〔註59〕本文此處所指之豔情，與方瑜教授〈李商隱七律豔體的結構與感覺性〉所云：「包含與妓女往來的戲作，與女道士的神秘戀情，暗喻男女關係的詠物詩、閨怨、宮怨，以及燃燒著濃烈純情的〈無題〉戀詩」之範疇略有不同。他是指包含一切純情與性暗者皆歸之豔情。而本文認爲純情者不算，只有如馮浩所指有「大傷輕薄」之嫌疑者始稱豔情。參看方瑜《沾衣花雨》，193 頁。

指？幾乎眾口同聲回答是吳國之美女「西施」。即使楊柳認爲此詩非
艷情，但是依然曰：這裏所說「吳王苑內花」暗用西施典，以西施喻
王女，美之也。」他在另一首詩中曾寫到：「莫將越客千絲網，網得
西施別贈人。」〔註60〕意即義山之「吳王苑內花」亦同指西施，是「暗
用典」之技巧，但是義山若只會暗用典，大家也一猜便著，則其詩還
有什麼「得處定應偏」之處？筆者不敏，提出幾個問題，以供思考：

　　1. 吳王苑內會只有一朵花？

　　2. 吳王若有女兒算不算花？

　　3. 吳王女兒不養在苑內？

　　就第一個問題，說吳王苑內只有一朵花，自是不可能。唯大家熟
悉西施典，故不做第二人想，因此依慣性直猜西施耳。按吳王之苑內
花有多少？雖沒有明確之答案，但看《左傳‧哀公元年》：楚國大將
子西曰：

> 今聞夫差，次內臺榭陂池焉，宿有妃嬙嬪御焉。〔註61〕

吳王夫差「宿」即有「妃嬙嬪御」，其苑內自非只有一朵花。再看任
昉《述異記》曰：

> 吳王夫差築姑蘇臺，三年乃成，周旋詰屈，橫恆五里，崇
> 飾土木，殫耗人力。宮妓數千人，上別立春宵宮，爲長夜
> 飲……日與西施爲水嬉。〔註62〕

此則云吳王宮妓有數千人之多。至於西施，本不預於吳越之戰，其說
乃趙曄《吳越春秋》所捏造者〔註63〕。然詩人用典，不同於後代之考
據，姑且不論西施之真實性如何，但《左傳》云吳王多宮妃應無可疑。
其難者在於吳王有沒有女兒之傳說，查魏晉小說便有〈吳女紫玉傳〉

〔註60〕見楊柳《李商隱評傳》，臺北：木鐸出版社，74 年 7 月，110 頁。

〔註61〕見杜預《春秋經傳集解》，臺北：龍泉出版社，民國 66 年 7 月，十
　　　　六經本第四冊，卷 29，哀公元年傳，412 頁。

〔註62〕見《魏晉百家短篇小說》，北京圖書館出版社，1998 年 1 月，122 頁。

〔註63〕參看《中央日報》民國 77 年 5 月 30 日星期一〈長河〉版有廖振富
　　　　〈西施故事的由來及演變〉，張慕白的〈西施復歸范蠡之說從何而
　　　　來〉。

曰：

> 吳王夫差小女，名紫玉，年十八，才貌俱美，童子韓重年
> 十九，有道術，女悦之，私交信問，許爲之妻。〔註64〕

文中既有「吳王夫差小女，名紫玉」，以是就用典之立場，「吳王苑內
花」之花，若與「秦樓客」合看，恐怕所指非西施，而是指紫玉。此
說如果可以成立，則義山之「偷看吳王苑內花」，也就不可以說成王
茂元家之姬妾，更不能說是泛指唐代富貴人家之姬妾，而是指真正義
山之妻——王氏（王茂元女兒之一）。

　　或許這樣說扭轉了太多人的看法，爲了怕自己也流於片面和斷
章，使自己剛從別人之窠臼跳出來，又掉落自挖之陷阱中。因此自我
檢驗與比對參數是否可信，就顯得很重要。以下這個參數不是一個典
故，而是義山特用之專詞，也就是第一首詩中第三句：「身無彩鳳雙
飛翼」中之「彩鳳」，查義山詩集中，用到鳳字共 61 次，其中「鳳城」
是指長安，「鳳翔」指地名等。但是他只有三首詩用到「綵鳳」這個
詞彙，除了本詩之外，尚有二首，一首寫在〈偶成轉韻七十二句贈四
同舍〉云：「廷評日下握靈蛇，書記眠時吞綵鳳。」依馮浩注引《晉
書》云：「羅含字君章，嘗晝臥，夢一鳥文彩異常，飛入口中，因驚
起，自此後藻思日新。」則此吞彩鳳之典與吐鳳不同。然皆喻才思精
進之典，在此不論。另一首是〈韓同年新居餞韓西迎家室戲贈〉：

> 籍籍征西萬戶侯，新緣貴婿起朱樓。一名我漫居先甲，千
> 騎君翻在上頭。雲路招邀回綵鳳，天河迢遞笑牽牛。南朝
> 禁臠無人近，瘦盡瓊枝詠四愁。

此詩中之韓同年，即指韓瞻，題中云「韓同年新居餞韓」，明示此詩
寫於韓瞻蓋完新家，雖有女主人，但還沒有住進去，因而韓瞻正要到
涇原去接家眷。義山因此作詩戲贈。而其新屋，原來是因爲得了良緣，
故曰「新緣貴婿起朱樓」。第三句言考進士時，義山名次尚在前，但
論前途官位，韓瞻顯然已超前而平步青雲。因此指其西迎家室則如「雲

〔註64〕見明、佚名《魏晉百家短篇小說》，39 頁。

路招邀回綵鳳」，此詩中之彩鳳，與〈偶成轉韻七十二句贈四同居〉之綵鳳意蘊不同。它不是在用羅含典，而是以「綵鳳」，直接比喻韓瞻之妻子——另一位王小姐，（王茂元女之一）〔註65〕。以是殆可以確定，「綵鳳」與羅含之典無涉，義山是用來專指王家小姐之統稱。而〈無題〉中這一朵吳王苑內花，所指乃是七隻「綵鳳」之一之「紫玉」小姐，而不是「西施」。故歷來錯指西施而認爲是豔情，且罵爲「大傷輕薄」者，洵是認穴不準，下鍼錯誤所致。

五、萼綠華與苑內花之串聯

將以上之看法，再代入此〈無題〉二首，以驗正全篇經脈是否可通？看看尚有無牽強之處？此如鍼灸家認穴位以下金鍼，其準確否，需驗證其經絡是否暢通。若經絡未通，則其鍼無效也。爲了說解方便，先從第二首詩驗證起。

第一句「聞道閶門萼綠華」，「聞道」即是聽說，或加強一點準確度就是曾聽說過。閶門原指天上宮闕，因爲接下來是《眞誥》中之女仙——萼綠華，所以「閶門」應用原義，而非指蘇州之閶門，故此句應解爲「曾聽說過天上有個仙女名叫萼綠華」，於是此「萼綠華」所代表者是仙女，在本詩中之用意即指美若天仙之——王小姐。

第二句「昔年相望抵天涯」，這個「昔年」，時間有多久，頗難確定，或許只是開成二年中進士曲江賜宴時，或許時間更久，如楊柳先生之推測：

> 遠在李義山登進士第前，長期居住東都洛陽，就遇見了王

〔註65〕按王茂元是濮州濮陽人，世代官宦，父親王栖曜，歷任廊、坊、丹、延等州節度觀察使，後加禮部尚書。王茂元有兄弟王正元、王仲元、王參元等多人。依李義山撰〈爲外姑隴西郡祭張氏女文〉云：「吾配汝先世二十餘年，七女五男，撫之如一」。則王茂元有五男七女。又有〈祭張書記文〉云：「維會昌元年歲次辛酉，四月辛丑朔二十日庚申，隴西公、滎陽鄭某、隴西李某、安定張某、昌黎韓某（韓瞻）、樊南李某，謹以清酌之奠致祭於故方書記張五審禮之靈…」，則七壻之姓在此可考。

氏女。王茂元原籍濮陽，但家眷卻住在洛陽，據韋氏《述
徵記》云：「洛陽崇讓坊，有河陽節度王茂元宅。」足可證
明。〔註66〕

原來楊柳先生之「證明」：是認為義山曾住洛陽，而王茂元也有家在
洛陽崇讓坊。所以就憑以斷定李義山年輕時住洛陽就見過王小姐，而
且就愛上了王小姐。故楊柳又曰：

其次，（新、舊唐詩）說茂元愛商隱才，以女妻之，雖然不
錯，但語焉不詳，而亦未全確。事實是，詩人在赴涇原幕
前，早已認識王氏女，而且進行了熱烈的追求；同時王氏
女亦對人表示好感。李商隱所以要在開成二年中進士後不
久馬上赴涇原幕，甚至冒著被牛黨人士罵為「放利偷合」、
「忘家恩」的風險也在所不惜，決不僅是在政治上希望得
王茂元的提拔，而主要還是為了達到和王氏女結合的願
望。有詩人自己寫的詩為證。〔註67〕

依楊柳之說，則李商隱追求王氏，是溯自少年居洛陽起，而直到二十
七歲在王茂元涇原幕府結婚，時間至少十年以上。

唯此說有兩個大漏洞，因為楊柳也有另一段考據說：李商隱在開
成三年與王氏結婚時，王氏年齡不會超過十七、八歲。又說「李商隱
結婚時年齡比妻子足足大了十歲。」〔註68〕如此說來，李商隱初見王
小姐，王小姐當時也不過是七、八歲的小女生或更早，只有五六歲。
而義山居洛陽之年齡是十三至十五、六歲。一個十五、六歲以下之少
年會去愛一個五、六歲或七、八歲的小女生，這個說法未免令人難以
苟同。

第二個漏洞是唐代風氣，雖比宋朝以後開放，但事實上也是很保
守，如李商隱〈別令狐拾遺書〉：

今人娶婦入門，母姑必祝之曰：善相宜。前祝曰蕃息。後

〔註66〕見楊柳《李商隱評傳》，110頁。
〔註67〕見楊柳《李商隱評傳》，108～109頁。
〔註68〕同楊柳《李商隱評傳》，108頁。

日，生女子貯之幽房密寢，四鄰不得識，兄弟以時見，欲
其好不顧性命，即一日可嫁去，是宜擇何如男子屬之邪？

〔註69〕

則唐代女子出生，便「貯之幽房密寢」，不但「四鄰不得識」，就是兄
弟也只能「以時見」。而義山居洛陽，「傭書販舂」之少年（13 歲至
16 歲左右），如何見到王家小姐？難道是因「傭書販舂」到王家？如
此說來，王茂元豈不是早就是義山之老闆，但又有何依據？故「昔年」
二字，筆者以爲應以中進士曲江宴是較有可能。〔註70〕據楊柳引《唐
摭言》〈進士榜出謝後條〉云：

曲江大會先牒教坊請奏，上御紫雲樓，垂簾觀焉。公卿家
率以是日擇婿，車馬塡塞。

然筆者查《唐摭言》之原文曰：

曲江亭子，安、史未亂前，諸司皆列於岸滸；幸蜀之後，
皆燼於兵火矣，所存在唯尚書省亭子而已。進士關宴，常
寄其間。既徹饌，則移樂泛舟，率爲常列。宴前數日，行
市駢闐於江頭。其日，公卿家傾城縱觀於此，有若中東床
之選者，十八九鈿車珠鞍，櫛比而至。〔註71〕

又按進士放榜之曲江大會，與中和、上巳之曲江大會是否相同？恐怕
未必。依康駢《劇談錄》〈曲江條〉云：

都人遊玩盛於中和上巳之節，綵幄翠幬，匝於堤岸，鮮車
健馬，比肩擊轂。上巳即賜宴臣僚，京兆府大陳筵席，長
安萬年兩縣，以雄盛相較，錦繡珍玩，無所不施，百辟會
於山亭，恩賜太常及教坊樂。池備綵舟數隻，惟宰相三使
北省官與翰林學士登焉。每歲傾動皇州，以爲盛觀。〔註72〕

按《唐摭言》所標榜是進士放榜之盛況，而《劇談錄》所載爲中和上

〔註69〕見《四部備要》《樊南文集詳注》，臺北：台灣中華書局，民國58年
　　　　2月，卷8，3頁。
〔註70〕見《樊南文集》卷6〈祭裴氏姊文〉，23頁。
〔註71〕見王定得《唐摭言》，卷3，32頁。
〔註72〕見康駢《劇談錄》，北京中華書局，《叢書集成初編》1991年，卷下，
　　　　135頁。

巳君臣與老百姓之普通節慶，固兩者大不相同。且進士放榜時間在（初春），依岑仲勉之考訂，開成二年放榜是正月二十日，至上巳尚遠，故湯翼海將兩者合一，自有未當。〔註73〕

　　然進士放榜之曲江大宴是較有可能合乎義山之「昔年相望抵天涯」，此可參看另一首〈無題〉「扇裁月魄羞難掩，車走雷聲語未通」。因為當時既「宴前數日，行市駢闐」，而公卿家又傾城縱觀，而東床之中選者又十之八九。所謂「鈿車珠鞍，櫛比而至」。「鈿車」非女子之車乎？韓瞻之「新綠貴婿起朱樓」也應與是日有關，故愚以為義山初見王小姐應於是日之可能性最大。

　　第三句，「誰知一夜秦樓客」，「誰知」二字，是料想不到之意，其在本詩中傳達了一個「意外之驚喜」就是他在此夜竟然能成為「秦樓客」──「女婿」。對此句之用典方式，大多數學者沒有太大之不同意見，雖然也有一些主張不可太拘泥，但也說：「此說固佳」。也因為義山驚喜自己竟能像蕭史一樣成女婿，而終於能近距離看到「吳王苑內花」，此花自是指義山之妻王氏無疑。

六、綵鳳與萼綠華與紫玉

　　前面之說如果可以成立，便可回頭解析第一首。第一句「昨夜星辰昨夜風」，星辰與風一般也沒有爭議。但是「昨夜」是否就是指前天晚上就非常有問題，因為中國人一向被稱為「差不多先生」，其中之重要因素便是對時間觀念之模糊。尤其寫近體詩，更是言簡意賅，在時間上更不免含糊。如果說義山言「昨夜」必「昨晚」，那麼言「昨日」是否必「昨天」？「明日」是否必指「明天」？

　　按義山用「昨」字十五次，有些固然是指昨天、昨夜。但有些「昨日」、「昨夜」，則是泛指泛用，如《宮中曲》云：「欲得識青天，昨夜蒼龍是」，此詩看起來似指昨天晚上，然而絕非李義山作詩之前晚，

〔註73〕參國立中山大學中文學會主編《李商隱詩研究論文集》，892頁，吳調公《李商隱研究》，4頁。

他是泛寫歷史上宮女「賺得羊車來」,「滿寫承恩字」那一晚上。又如
〈井泥四十韻〉,開頭便曰:

> 皇都依仁里,西北有高齋。昨日主人氏,治井堂西陲。工
> 人三五輩,輦出土與泥,到水不數尺,積共庭樹齊。

若光讀此段,亦似主人治井是「昨日」之事。但是若繼續讀到:

> 他日井甃畢,用土益作堤。曲隄林掩映,繚以池周迴。

則第一段之「昨日」已轉移至「他日」。再讀到

> 「伊余掉行鞅,行行來自西,一日下馬到,此時芳草萋。
> 四面多好樹,日暮雲霞姿。」〔註74〕

則其「昨日」至「一日下馬到」,其所謂「昨日」已不知何年月之「昨
日」矣。以是本詩中之「昨夜星辰昨夜風」,是否確定指詩人作詩之
前天晚上,尚有待斟酌,在此暫且留待下面一併討論。

　　至於第二句「畫樓西畔桂堂東」,則提供了一個明確之空間,在
畫樓與桂堂之間,透過三四句,知有一隻「綵鳳」出現,這一隻綵鳳
能讓詩人自覺形慚,至少讓義山頓覺得自己像隻烏鴉,深感配不上鳳
凰。唯人情感之奇妙與偉大,則表現在現實人生中,雖然或使詩人頗
覺自卑,可是在愛情之嚮往上,不免早已心儀神馳,而有「心有靈犀
一點通」之感。

　　按靈犀一點通,若採用馮浩之注,認為他是一個典故,固未嘗不
可,但事實上更似象徵。依馮浩注引《漢書‧西域傳》如淳注:「通犀,
謂中央色白通兩頭。」此白點成線實是貫通犀角內部之中間線,〔註75〕
因此見其底部一點白,即知通體一線內外皆有一點白,其意同見微知
著,看外表一點表象而感知王小姐對他已有好感。此事對詩人來說是
自作多情也好,但是兩個青年男女,無意中在一個空間偶然相逢,小
姐會作出何種反應?依予推測,大概只能睞睨一笑。但縱使不經意的
嫣然一笑,也足以使詩人神魂顛倒,而對這一隻綵鳳糊思亂想矣。

〔註74〕見《玉谿生詩集箋注》,卷1,151～152頁。
〔註75〕見《玉谿生詩集箋注》,卷1,134頁,註3。

　　到五六句，是個可以推敲的內容，由詩曰：「隔座送鉤春酒暖，分曹射覆蠟燈紅」。詩人竟然有幸，與剛剛才邂逅之綵鳳，在蠟燭搖紅之燭光下隔座喝春酒，並玩著藏鉤和射覆之酒席間的遊戲。這兩個遊戲，如箋注家云是鉤弋夫人之典也好，但當下遊戲，實不必定知其為何典？如筆者現在用電腦，也不必知道電腦是誰發明。故筆者在本文中，少以「語典」為穴位，更少以之為施鍼通脈之要點。

　　惟此中可注意者，（一）是何時候喝春酒？（二）是這一隻綵鳳怎會這麼巧與烏鴉並座？從三四句看來，他們靈犀才一點通，應是還很陌生，而且為什麼會在畫樓與桂堂中間不經意碰面？很簡單，原來他倆是不約而同趕赴一個宴會，使得他們不經意目標一致，路線相同。可是當兩個人不經意邂逅，兩人互相知道是誰嗎？縱使知道，李商隱敢就跟他並肩前進嗎？當然不敢，所以才有「身無綵鳳雙飛翼」之歎。

　　而飲春酒，到底是何時喝？依《詩、豳風・七月》：「為此春酒，以介眉壽。」《傳》：「春酒，凍醪也。」《疏》：「春酒、凍醪者，醪是酒之別名，此酒凍時釀之，故稱凍醪」。又張衡《東京賦》曰：「春酒謂春時作至冬始熟也。」是春酒又名凍醪，春釀冬熟之酒，故唐人常以「春」代酒，如「釀老春」。以是「春酒」縱然隨時可飲。然當義山加上一個「暖」字，以成「春酒暖」，便排除了秋夏，而應只是冬、春兩季，不然沒有「暖」之美感。再加上書「春」不斷，因此自是春天喝。

　　而義山於開成二年元月二十四日放榜，參與曲江會後〔註76〕，旋回鄭州省親，《詩集》中有〈及第東歸次灞上卻寄同年〉。同年十一月令狐楚卒，因趕赴興元，年底扶送令狐楚之靈柩回京師〔註77〕。故

〔註76〕王定保《唐摭言》〈述進士下篇〉曰：既捷，列名於慈恩寺塔謂之「題名」，大燕於曲江亭子謂之「曲江會」。（註：曲江大會在關試後，亦謂之「關宴」。宴後同年各有所之，亦謂之為「離會」。）卷1，4頁。
〔註77〕張爾田曰：「義山登進士第，東歸省母，冬，赴興元，旋隨楚喪還京師。」見《玉谿生年譜會箋》，45頁。

其入王茂元幕，至少要遲至在開成二年年底，到開成三年開春，也正是趕上喝春酒之時。於是時間已大至可以推定，義山入涇原幕不久，便有了與王小姐喝春酒的機會，其時正是初春之際，而義山參與者正是王茂元之家宴。此或可參考宋朝張鑑《賞心樂事・正月》云：「歲節家宴」，乃人間樂事第一條。〔註 78〕而此家宴連一向「藏之幽房密寢」之小姐都參與，而且還參與藏鈎、射覆之遊戲。因此筆者尋思義山能參與此盛宴，其無深意呼？愚不揣淺陋，頗覺得這是王茂元有意安排之相親宴，不然不會這麼巧，有內眷參加之宴會，會準許一個新到之幕僚參加？

到了末二句「嗟余聽鼓應官去，走馬蘭臺類轉蓬」。不免又令人接回首句「昨夜星辰昨夜風」。如是首句之「昨夜」是明確「聽鼓應官去」之前一晚上，則此詩地點必須在長安，不然「聽鼓」之後，要「走馬蘭臺」不論是從涇原還是從洛陽崇讓宅，都是來不及。筆者以為，此詩地點的確作於長安。而且是首次走馬上任祕書省校書郎時之作。其理由如下：

（1）就整首詩之章法看，從「昨日星辰昨夜風」至「分曹射覆蠟燈紅」六句，是一段初戀之回憶，故溫馨而美麗。「身無綵鳳雙飛翼，心有靈犀一點通」，更寫出了千古以來一種「不對等」之愛情美感，既令人響往，又令人自卑與惆悵。不然堂堂一個進士，豈會看上人家之姬妾還把她當作鳳凰，自己卻感覺像烏鴉，著實不合理。以是可見前六句，作者皆沉醉於與「綵鳳」邂逅之初戀回憶中。

（2）至「嗟余聽鼓應官去」，方從沈醉之回憶中如夢初醒。按一個原本「九族無可依之親」，而過著「傭書販春」之少年，竟有「豈知一夜秦樓客，偷看吳王苑內花」之一天。此時不是「身無綵鳳雙飛翼」，而是美夢成真，真與那一隻綵鳳比翼雙飛，其欣喜若何？

唯當下作詩之處所何處？竟是聽到五更鼓響，就須準備走馬至秘

〔註78〕見宋張鑑《賞心樂事》，叢書集成初編《玉燭寶典》及其他三種，北京中華書局，1985 年，1 頁。

書省上班。當下，自是孤伶伶一個人。自感冷冷清清，此對一個長期單身之少年是比較習慣，但對一個新婚燕爾之新郎來說，恐怕不論穿衣、著鞋，尤其是騎在馬上要去上班途中，不回味，不眷戀也難矣。

（3）以是筆者認為，此二首〈無題〉，第一首是義山新婚之後，從涇原單身赴長安任校書郎，清晨起來要上朝，咀嚼回味與王小姐初逢與邂逅之作。至於第二首絕句，筆者則同意時間較早，應是洞房花燭夜之狂喜；但也可能是同時回憶之作。

就以上之分析，如果可以成立，則此兩首〈無題〉，湯翼海先生認為非一時之作，〔註79〕筆者可以同意。但是他說第一首「詩境繁華燦爛」，而第二首「狂妄輕佻」，是道貌岸然之說法。其後他又說「第二首無題，逆其詩意，喜極忘形」，又猜測其「作於洞房花燭夜，亦有可能。義山必先得觀王氏，始有『豈知一夜秦樓客，偷看吳王苑內花。』喜出望外語。」〔註80〕在此所謂「喜極忘形」、「喜出望外」是比較貼切之了解。至於其說七律一首是寫於洛陽崇讓宅，實無據。愚則以為是義山獨身走馬蘭臺之後，某天清晨聞鐘應官，騎在馬上回味之作。是以前六句溫馨異常，而末兩句則不能無「類轉蓬」之感慨矣。

而就此兩首詩之用典看，七律一首似有典而實非用典，因為送鉤、射覆即是實際之酒席上之遊戲，大家只要玩得開心就可以，誰還管他送鉤是誰的典？射覆又是什麼來源？李商隱固然飽學，當時或許知之，然信手寫來，現實而已，何必曰用典。

至於七絕一首，四句至少用了三個典，曰閶門萼綠華、曰秦樓客、曰吳王苑內花。但就以上之解析，可以確定秦樓客的確指女婿身份，而且就是義山自己。而萼綠華與吳王苑內花。表面上看來像似兩個人，事實上是一而非二。若再與第一首的綵鳳連結便成了

〔註79〕參看湯翼海〈李義山無題十五首考釋〉，見張仁青編《李商隱詩研究論文集》，896頁，臺北：天工書局，民國73年9月。

〔註80〕見湯翼海〈李義山無題十五首考釋〉，見張仁青編《李商隱詩研究論文集》，898頁。

$$綵 \ 鳳 \left\{ \begin{array}{l} 萼綠華（天上仙女） \\ 吳王苑內花（紫玉） \end{array} \right\} 王小姐（王茂元女兒）$$

　　由是可以確定，知此詩用典方式，都是「比」法，以「閶門萼綠華」比其美若天仙，以「吳王苑內花」比其身份之尊貴。仙女也好、侯門千金也好，本來都不是李商隱這個窮小子所能輕易得到，故曰：「昔年相望抵天涯」。誰知道美夢竟然成眞，難怪他會「得意忘形」，故曰：「誰知一夜秦樓客，偷看吳王苑內花」。從而可知前面所舉三種十一類之說，皆著眼於「吳王苑內花」就是西施，由西施而想其中有吳人，且是貴人後房姬妾，皆是不經之想與猜臆之辭。其實李商隱詩中用西施之典，共有六次。明言西施者三次，用西子一次，暨羅女一次，用吳館一次，唯此吳王苑內花因被指爲西施，以致誤會連連。在此就義山用西施典故做一個分析如下。

　　〈李肱所遺畫松詩書兩紙得四十韻〉：「亦若暨羅女，平旦粧顏容」。（64 頁）

　　〈病中早訪招國李十將軍遇契家遊曲江〉：「莫將越客千絲網，網得西施別贈人」（88 頁）

　　〈景陽井〉：「腸斷吳王宮外水，濁泥猶得葬西施。」（146 頁）

　　〈和孫朴韋蟾孔雀詠〉：「西施因網得，秦客被花迷。」（376 頁）

　　〈子直晉昌李花〉：「吳館何時蔚，秦臺幾夜薰？」（409 頁）

　　（註《御覽》引《越絕書》：吳人於硯石山置館娃宮。）

　　〈判春〉：一桃復一李，井上占年芳。笑處如臨鏡，窺時不隱牆。敢言西子短，誰覺宓妃長。珠玉終相類，同名作夜光。（613 頁）

由上可知，西施之本尊與化身：有畫松、李花、孔雀、美女，但沒有貶爲姬妾者，故吳王苑內花縱然再退一萬步想，李商隱也絕無指人家之姬妾爲西施者。其圖示如下：

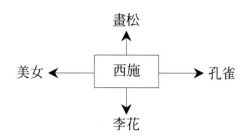

第三節　從「蓬山」典串聯看義山生死之戀情

一、問題之引出

　　前節論證，閶門萼綠華與吳王苑內花皆指王茂元女，與另一隻綵鳳之象徵是三合一。以下是否可以再透過義山用典之脈絡，按穴循經，嘗試討論一些他們夫婦較深沉之感情世界？依筆者之觀察，似乎可以串聯兩首有關「蓬山」典之詩加以考察。在李商隱詩集中，有四首〈無題〉合編在一起，首章詩為：

> 來是空言去絕蹤，月斜樓上五更鐘。夢為遠別啼難喚，書被催成墨未濃。蠟照半籠金翡翠，麝熏微度繡芙蓉。劉郎已恨蓬山遠，更隔蓬山一萬重。

其他三首內容與此首實不相涉，然前代箋評家常將四首合而為一以論，如徐德泓說：「傳載令狐綯作相，義山屢啟陳情，綯不之省，數首疑為此作也。」〔註81〕程夢星亦曰：「此四首則已入茂元幕府時感歎之作。」〔註82〕馮浩曰：「此四章與『昨夜星辰』二首判然不同，蓋恨令狐之不省陳情也。」〔註83〕張爾田乃就馮浩之意加以敷衍而已。〔註84〕

　　唯馮浩雖合四篇而言「恨令狐綯之不省陳情」，但是亦已感到：「以上三章，未必皆一夕間事，蓋類列耳。」〔註85〕換句話說，其

〔註81〕《李商隱詩歌集解》第四冊，1474 頁。
〔註82〕《李商隱詩歌集解》第四冊，1477 頁。
〔註83〕《李商隱詩歌集解》第四冊，1478 頁。
〔註84〕《李商隱詩歌集解》第四冊，1479 頁。
〔註85〕《李商隱詩歌集解》第四冊，1478 頁。

他三首與此章之內容是互異而不相連貫。馮氏爲了自圓其說，不得不提出「類列」之言。而汪辟疆則曰：「原編共四首……蓋編者取其用意從同，故統括以〈無題〉耳，當非一時所作也。」〔註86〕劉學鍇、余恕誠二位先生合編《李商隱詩歌集解》更明曰：

> 〈無題四首〉，其中七律二首，五律一首，七古一首，體裁既雜，內容亦無內在聯繫，其非一時之作可知。〔註87〕

愚之所見，與汪、劉、余三氏之見相同，故在本節割捨其他三章，單取首章入論，而將與另外一首〈無題〉串聯：

> 相見時難別亦難，東風無力百花殘。春蠶到死絲方盡，蠟炬成灰淚始乾。曉鏡但愁雲鬢改，夜吟應覺月光寒。蓬山此去無多路，青鳥殷勤爲探看。

這兩首〈無題〉爲何可以連結？首先是吳喬曰：「指（本是空言）此詩與『相見時難』皆是致書於陶時作，即《舊傳》所言「屢啓陳情也。」〔註88〕馮班亦指出「春蠶到死絲方盡」一聯曰：「次聯猶『彩鳳』『靈犀』之句。」〔註89〕而陸鳴皋更從章法上說「來是空言去絕蹤」一首：「起得飄空，來無蹤影，有春從天上之意，與『昨夜星辰』等篇同法。」〔註90〕馮浩更是截然說：「此四章與『昨夜星辰』二首判然不同」〔註91〕。在以上四家論斷之「同」與「不同」間，所牽扯者是「昨夜星辰昨夜風」與「來是空言去絕蹤」二首。兩首如此之糾結，是否完全沒有意義，還是其意義尙未被解析出來？我們先從形式結構看，此二首〈無題〉都有一個共同之句法形式：（1）正反結構，（2）結果一致。

〔註86〕《李商隱詩歌集解》第四冊，1481頁。

〔註87〕《李商隱詩歌集解》第四冊，1481頁。

〔註88〕《李商隱詩歌集解》第四冊，1473頁。

〔註89〕《李商隱詩歌集解》第四冊，1462頁。

〔註90〕《李商隱詩歌集解》第四冊，1474頁。

〔註91〕見馮浩《玉谿生詩集箋注》，卷2，388頁，《李商隱詩歌集解》第四冊，1478頁。

來	是	空　言	去	絕　蹤
相　見	時	難	別	亦　難

　　由上列可以看出「來」與「去」相反，「見」與「別」相反。而結論皆「難」。不論「來」與「去」，不是「空言」即是「絕蹤」，情況一致。

　　第二句「月斜樓上五更鐘」是指時間，在清晨。而「東風無力百花殘」，是指季節，事實上也是屬於時間範疇。「五更鐘」是更殘。與「東風無力」之花殘也實際上類似。中間兩聯，因為時間、情境各異，故不能硬比。但是末二句：「劉郎已恨蓬山遠，更隔蓬山一萬重」；與「蓬山此去無多路，青鳥殷勤為探看」。四句有三次用「蓬山」，再加上「劉郎」與「青鳥」之典故，這除了在形式上之巧合外，恐怕在深一層之內容上，就並非只是偶然與巧合。

二、「蓬山」典之象徵

　　要知蓬山之象徵，首先需問蓬山到底在何處？大約答案有三個：

　　（1）在渤海中之仙山。（《史記》、《漢書》、《山海經》、《列子》）

　　（2）秘書省（程夢星、馮浩、張爾田）

　　（3）比喻伊人居住之地方（邱燮友）〔註92〕

　　在李商隱詩中，用「蓬」字共十四次。十四次中用「蓬山」或「蓬萊」義相同者有七次，詳列如下：

　　1. 蓬山此去無多路。（〈無題〉「相見時難」）

　　2. 蓬巒仙杖儼雲旗。（〈一片〉）

　　3. 蓬島煙霞閬苑鐘。（〈鄭州獻從叔舍人褒〉）

　　4. 旋成醉倚蓬萊樹。（〈七月二十八日夜與王、鄭二秀才聽雨後夢作〉）

　　5. 劉郎已恨蓬山遠。（〈無題〉「來是空言」）

〔註92〕見邱燮友《新譯唐詩三百首》，304頁。

6. 更隔蓬山一萬重。(〈無題〉「來是空言」)

7. 滿翅蓬山雪。(〈海上謠〉)

由上知「蓬山」是「蓬萊山」之縮寫。如「司馬遷」簡寫成「馬遷」。其最早之典可溯自《史記‧秦始皇本記》：

> 齊人徐市等上書，言海中有三神山，名曰蓬萊、方丈、瀛洲，僊人居之。請得齋戒，與童男女求之。於是遣徐市發童男女數千人，入海求僊人。〔註93〕

又《漢書郊祀志》云：

> 自威、宣、燕昭使人入海求蓬萊、方丈、瀛洲。此三神山者，其傳在渤海中，去人不遠，蓋嘗有至者，諸仙人及不死之藥皆在焉。其物禽獸盡白，而黃金白銀爲宮闕。未至，望之如雲；及到，三神山乃居水下；水臨之，患且至，風輒引船而去，終莫能至云，世主莫不甘心焉！〔註94〕

此處云三神山之所在，船至「風輒引船而去，終莫能至」，與本文甚有關係。此外，三神山之傳說，尚可見《史記‧封禪書》、《史記‧孝武本紀》、《山海經‧海內北經》、《列子》、《拾遺記》、《太平廣記‧神仙》等等，其內容皆大同小異，其地點皆指在渤海中，是神仙居住之處，山中多不死之藥。《漢書》云「蓋嘗有至者」，此乃方士假爲此言用以取信帝王，實爲誑語。不知與下段云：「未至，望之如雲，及到，三神山乃居水下，臨之，患且至，風輒引船而去，終莫能至云。」正前後矛盾。以是推之，蓬山乃凡人不可至之地也。唯馮浩別有一說，他引《後漢書‧竇章傳》曰：「學者稱東觀爲老氏藏室，道家蓬萊山。」〔註95〕在此，馮氏之意是指秘書省，其誤留待詳析時再論。

〔註93〕見《史記‧秦始皇本紀》第一冊，卷6，247頁。

〔註94〕仝上註，又見《漢書‧郊祀志》第二冊，卷25，1204頁。張守節所引差誤有四個字。

〔註95〕見馮浩《玉谿生詩集箋注》，卷2，386頁。

三、從動機看劉郎是誰

「劉郎已恨蓬山遠」之「劉郎」是誰？從清初之箋注家，便眾說紛紜，有主張「劉郎」就是「茂陵秋風客」──漢武帝者。如朱鶴齡《李義山詩集箋注》引李賀〈金銅仙人辭漢歌〉曰：「茂陵劉郎秋風客。」〔註96〕而程夢星之《刪補》曰：

> 七八謂今則君門萬里，比之漢武求仙，雖未得至蓬山，猶邀王母之降，若已甫授秘書省，竟未得入，是則較蓬山之遠更爲過之矣。〔註97〕

依朱鶴齡、程夢星之見，則謂「劉郎」是「漢武帝」，只是其對此詩之看法是：以爲〈無題〉四首，乃「已入茂元幕府時感歎之作」，故有「第一首起句，言來居幕府曾是何官，已去秘書，竟絕蹤跡」之語。馮浩《玉谿生詩集箋注》亦曰：「用漢武求仙事，屢見。」〔註98〕也有說來含糊不清者，如胡以梅曰：「仙娥靜處，比劉郎之恨蓬山更遠也。」〔註99〕則不知何所指。然自何義門評解錢牧齋《唐詩鼓吹》曰：「劉郎宜指劉晨」〔註100〕，其影響近代學者甚大。以是近代學者箋注義山此首〈無題〉，不是劉晨、漢武並存（注意，不是漢武、劉晨並存），便是專主劉晨說。以下試舉幾本當今較流行之《唐詩三百首》注本以見其風，如喻守眞之《唐詩三百首詳析》曰：

> 《幽明錄》：「漢劉晨阮肇，共入天台山，溪邊有二女子，資質妙絕，遂留半年而歸。」，一說劉郎指漢武帝信方士言，東至海上冀遇蓬萊事。〔註101〕

喻氏雖然二說並存，但將《幽明錄》中之劉晨入天台山事列在前，而漢武事用「一說」表之，則其輕重之意可見。而黃永武、張高評兩位

〔註96〕見朱鶴齡《李義山詩集箋注》，312頁。
〔註97〕見朱鶴齡《李義山詩集箋注》，314頁。
〔註98〕見馮浩《玉谿生詩集箋注》，卷2，386頁。
〔註99〕《李商隱詩歌集解》第四冊，1474頁。
〔註100〕見清錢牧齋撰，何義門評注《唐詩鼓吹評註》卷7，河北大學出版社，2000年7月，375頁。
〔註101〕見喻守眞《唐詩三百首詳析》，250頁，台灣中華書局，73年1月。

先生合著之《唐詩三百首鑑賞》之注亦同〔註102〕。至於金性堯之《唐詩三百首新注》則曰：

> 劉郎，相傳東漢時劉晨、阮肇一同入山採藥，遇二女子，邀至家，留半年乃還鄉。見《太平廣記》引錄。後世以此典喻「艷遇」。〔註103〕

是金性堯以「艷遇」事件看待義山此首〈無題〉，以是主張劉郎指劉晨，不再提另一說。而類此者，尚有邱燮友之《新譯唐詩三百首》注曰：

> 劉郎指東漢劉晨，他與阮肇入山遇仙女的事，見《幽明錄》。唐人稱男子爲郎。〔註104〕

邱氏雖後半又並存漢武之說，但他一開始便言「劉郎指東漢劉晨」，便已斷案，後說對其持見已無多大意義矣。此外劉若愚〈論李商隱詩之晦澀〉一文，亦認爲是劉晨，以是周策縱寫了一篇〈與劉若愚教授論李商隱無題詩書〉云：

> 此詩似大受〈漢武故事〉及〈李夫人傳〉中所述武帝命李少翁求李夫人故事之影響。古今來諸家注此詩，多謂其蓬萊求仙，而不及李夫人與少翁事。實則此詩與求仙事無關，不可不辨也。〔註105〕

周氏提供此說，洵是一條可貴線索。只可惜他只重在〈漢武故事〉及〈李夫人傳〉對義山此詩之「影響」而已，而「影響」這一點是其在〈再論李商隱無題詩答徐復觀先生〉中一再強調者，因此周氏之貢獻自己承認無關主題。〔註106〕在此筆者將從「蓬山」這個穴位，延循經絡，深入主題，以揭露義山至今未爲人知之義蘊。

〔註102〕見黃永武先生、張高評先生合著《唐詩三百首鑑賞》下冊，臺北：尚友出版社，72 年 9 月，604 頁。

〔註103〕見金性堯《唐詩三百首新注》，臺北：里仁書局，民國 70 年 4 月，283 頁。

〔註104〕見邱燮友《新譯唐詩三百首》，臺北：三民書局，民國 77 年 7 月修訂第七版。

〔註105〕見國立中山大學中文學會主編《李商隱詩研究論文集》，1063 至 1064 頁。

〔註106〕見國立中山大學中文學會主編《李商隱詩研究論文集》，1080 頁。

（一）劉郎是否為劉晨

　　要判斷劉郎是誰？應先弄清楚那個「劉郎」會恨「蓬山遠」？自何義門注解《唐詩鼓吹》曰：「劉郎宜指劉晨」，至今《唐詩三百首》之注本頗持此說，因此第一當問者是劉晨有沒有恨過「蓬山遠」？如果有，動機是什麼？如果既看不出動機，又沒有事實，那麼這個說法應該放棄，再也不能只以暗喻、比興等說法含混。為了詳辨細析，不得不贅筆將《幽明錄》中劉晨、阮肇事全引於下：

> 漢永平五年，剡縣劉晨、阮肇共入天台山取穀皮，迷不得返。經十三日，糧食乏盡，饑餒殆死。遙望山上，有一桃樹，大有子實，而絕巖邃澗，永無登路。攀援藤葛，乃得至上。各啖數枚，而饑止體充。復下山，持杯取水，欲盥漱。見蕪菁葉從山腹流出，甚鮮新；復一杯流出，有胡麻飯糝。相謂曰：「此必去人徑不遠。」便共沒水，逆流行二三里，得渡山，出一大溪。有二女子，姿質妙絕。見二人持杯出，便笑曰：「劉、阮二郎，抓向所失流杯來。」晨、肇既不識之，緣二女便呼其姓，如似有舊，乃相見欣喜。問：「來何晚耶？」因邀還家。其家筒瓦屋。南壁及東壁下各有一大床，皆施絳羅帳。帳角懸鈴，金銀交錯。床頭各有十侍婢。敕云：「劉、阮二郎經步山岨，向雖得瓊實，猶尚虛弊。可速作食。」食胡麻飯，山羊脯、牛肉；甚甘美。食畢，行酒。有一群女來，各持五三桃子，笑而言：「賀汝婿來。」酒酣作樂，劉阮欣怖交并。至暮，令各就一帳宿，女往就之，言聲清婉，令人忘憂。十日後，欲求還去，女云：「君已來是，宿福所牽，何復欲還耶？」遂停半年。氣候草木是春時，百鳥啼鳴，更懷悲思，求歸甚苦。女曰：「罪牽君，當可知何？」遂呼前來女子，有三四十人，集會奏樂，共送劉、阮，指示還路。既出，親舊零落，邑屋改異，無復相識。問訊得七世孫，傳聞上世入山，迷不得歸。至晉太元八年，忽復去，不知何所。〔註107〕

〔註107〕見劉義慶《幽明錄》，錄自徐震堮《漢魏六朝小說選注》，臺北：洪

今就《幽明錄》此文分析，有以下五個要點：（一）劉晨與阮肇所去是天台山，不是蓬萊山。（二）與溪邊二女子相逢，由一群女子各持五三桃子，笑而言：「賀汝婿來」。是神仙式之艷遇。（三）文曰：「十日後，欲求還去」，經過女子「宿福所牽，何復欲還耶」之挽留，遂停半年。此後劉、阮二人「更懷悲思，求歸甚苦」。則此別是劉、阮二位男士所求。文中對二女子全無留戀之情。（四）雖然劉、阮「既出，親舊零落，邑屋改異，無復相識」，或可能浮起思念二女之情。然文末曰：「至晉太元八年，忽復去，不知何所。」此或在暗示劉、阮二人復歸天台山。然即使如此，二人欲去就去，天台山自無所謂「遠」的問題。

唯「忽復去，不知何所」有兩種解釋，一是說劉、阮二人忽然又離鄉而去，不知去那裏？一是說又復去天台山，但已找不到艷遇之仙居。前解見徐震堮之說，後者是朋友存疑。唯請再思之，劉阮二人從漢明帝永平五年（西元 62 年）入山，吃了仙桃瓊實，直活到晉孝武帝太元八年（西元 383 年），其入山年齡不可知，但依西元 62 年到西 383 年至少有 322 年。若再約略加個 20 歲，則劉、阮二人至少活 342 歲以上。他們兩位還是凡人嗎？怎麼還會找不到仙居？（五）再退一步說，若李商隱所用乃是劉晨故事。則「劉郎已恨蓬山遠，更隔蓬山一萬重」，則直曰「劉郎已恨天台遠，更隔天台一萬重」，在律詩之聲律上皆是「平平仄仄平平仄，仄仄平平仄仄平」，亦完全無誤，何以把劉晨之天台錯用成蓬山？難道是一如顏崑陽先生所曰：「蓬山已不專指東海中的蓬山，而是一切仙山的泛稱，故用以代稱天台山」嗎？〔註108〕

就第三點與第四點看，劉晨與阮肇二人，來是偶然，去不留戀，全無「恨遠」之境況與動機。末了說回鄉所見是七世孫，時間上前後

民出版社，民國 66 年 11 月，55 頁。又見葉慶炳著《漢魏六朝小說選》，臺北：弘道文化事業有限公司，民國 66 年 10 月，127～128頁。唯葉氏錄自《法苑珠林》卷 41，兩者以徐氏《幽明錄》較詳。

〔註108〕見顏崑陽先生《滄海月明珠有淚》，臺北：偉文圖書公司，民國 70年元月，156、157 頁。

相隔 342 年以上。則此二人豈復為凡人？且云「晉太元八年，忽復去。
不知何所？」是與前面章法對照，明後世之所以知有劉、阮事，是因
二人曾經重回人間，待其再去，則無人知其「何所」矣！其與尋得尋
不得仙女住處無涉也。故認為此詩說「劉郎」是指劉晨，洵難以成立。
另外一則更有力之反證，是李商隱有〈寄惱韓同年二首時韓住蕭洞〉，
其第二首曰：

> 龍山晴雪鳳樓霞，洞裏迷人有幾家，我為傷春心自醉，不
> 勞君勸石榴花。

此中第二句「洞裏迷人有幾家」，馮注便是指劉晨、阮肇事〔註109〕，
其所指乃是韓瞻新婚，一如劉、阮入仙居，乃人間艷羨之事，主角何
恨之有？

（二）劉郎是否指劉徹

在本章第三節談「蓬山」在何處？大概就可以看到有「恨蓬山遠」
之動機之人，至少有一個秦始皇，他曾使徐市入海求仙。然終至「祖
龍死」而無所得。〔註110〕唯其與劉郎之稱呼無關。另外一個便是漢
武帝劉徹。《史記・孝武本紀》卷十二曰：

> 入海求蓬萊者，言蓬萊不遠，而不能至者，殆不見其氣。〔註
> 111〕

又云：

> 上遂東巡海上，行禮祠八神。齊人之上疏言神怪奇方者以
> 萬數，然無驗者。乃益發船，令言海中神仙者數千人求蓬
> 萊神人。〔註112〕

又云：

> 天子即已封禪泰山，無風雨菑，而方士更言蓬萊諸神山若
> 將可得，於是上欣然庶幾遇之，乃復東至海上望，冀遇蓬

〔註109〕見馮浩《玉谿生詩集箋注》，卷1，84 頁。
〔註110〕見《史記・秦始皇本紀》卷6，259 頁。
〔註111〕見《史記・孝武本紀》卷12，467 頁。
〔註112〕見《史記・孝武本紀》卷12，474 頁。

萊焉。〔註113〕

又云：

其後二歲……東至海上，考入海及方士求神者，莫驗，然
益遣，冀遇之。〔註114〕

又云：

於是作建章宮……北治大池，漸臺高二十餘丈，名曰泰液
池，中有蓬萊、方丈、瀛洲、壺梁，象海中神山龜魚之屬。

〔註115〕

又云：

今上封禪，其後十二歲而還，作於五嶽、四瀆矣。而方士
之候祠神人，入海求蓬萊，終無有驗。〔註116〕

就〈漢武本紀〉以上六條資料，從方士「言蓬萊不遠」、「神仙若將可
得」。以致誘得劉徹「乃益發船」、「乃復東至海上望，冀遇蓬萊焉」、
「莫驗，然益遣，冀遇之」。則劉徹「冀遇蓬萊」之心，可謂切矣，
至第六條「入海求蓬萊，終無有驗」。如此，不知劉郎其恨蓬山「遠」
否？何況《漢書・郊祀志》云：「終莫能至云，世主莫不甘心焉！」

以上將《幽明錄》之劉晨，與《漢武本紀》之劉徹之原典一比較，
顯然劉晨沒有「恨蓬山遠」之動機，也沒有恨「蓬山遠」之傳說事件。
而漢武帝劉徹則皆具備，不但有強烈之動機，而且有正史記載之事
實，以是朱鶴齡、馮浩之注還是比較可信。另外若再以義山詩證之，
義山詩中言「劉郎」皆指漢武帝劉徹，如〈海上謠〉：「劉郎舊香炷，
立見茂陵樹」。〔註117〕〈昭肅皇帝挽歌〉第三首：「海迷求藥使」亦
指漢武故事。〔註118〕以是劉郎典既非指劉晨，則蓬山典亦非泛指仙
山矣，其別有深意乎？

〔註113〕見《史記・孝武本紀》卷12，476頁。
〔註114〕見《史記・孝武本紀》卷12，481頁。
〔註115〕見《史記・孝武本紀》卷12，482頁。
〔註116〕見《史記・孝武本紀》卷12，485頁。
〔註117〕見馮浩《玉谿生詩集箋注》，卷2，295頁。
〔註118〕見馮浩《玉谿生詩集箋注》，卷1，259頁。

四、何以說「更隔蓬山一萬重」

（一）何人在做夢

　　在義山這兩首〈無題〉中，「蓬山」之典故何以在詩人之心境上一下子「更隔蓬山一萬重」？而一下子又「蓬山此去無多路」？要回答這個問題，首先應該先解析第二首〈無題〉之內容是什麼？

> 來是空言去絕蹤，月斜樓上五更鐘。夢爲遠別啼難喚，書被催成墨未濃。蠟照半籠金翡翠，麝熏微度繡芙蓉。劉郎已恨蓬山遠，更隔蓬山一萬重。

此詩之關鍵在第三：「夢爲遠別啼難」。原來作者剛作了一個「夢」，而且是「遠別」之夢，更是「啼難喚」之夢。因爲是「夢」，當然就如眞如幻，一如莊周夢蝶，義山曾把它寫成「莊周曉夢迷蝴蝶」，尤其是那個「迷」字，是一種作夢之普遍經驗。了解第三句，再回思第一句，「來是空言去絕蹤」也就不奇怪了；其意是說要「來」，卻沒有「來」，說「去」，就連蹤影也看不到。但是如果沒有「來」？怎麼會「去」？又怎麼會「啼難喚」？又怎麼說「啼難喚」是「爲遠別」？眞是迷離恍惚！但是不要忘了，這一幕才是眞正的夢境，一切都是那麼眞，也那麼虛幻。可是他完全合乎學理，如弗洛伊特說：

> 就夢的久暫而言，有些很短，只含有一個或很少的意象，一個單獨的思緒，也許只有一個字；有些內容特別豐富，和演劇同，其經過的時間似很久長。有些夢條理分明一如實際的經驗，以致醒來以後，幾不知其爲夢；有些則異常模糊，不能追述。〔註119〕

可見首句寫得迷離恍惚，令人感到模糊是合理的。而第二句之「五更鐘」是敲醒他夢境之重要條件。在弗洛伊特之精神分析中曾舉三個與鬧鐘有關之夢，他們也都在聽到鬧鐘後就醒來。茲舉一例如下：

> ……我那時纔看見其內有一小小的鐘，鐘鳴便爲開始祈禱

〔註119〕見弗洛伊特《精神分析引論》高覺敷譯，臺北：志全出版社，民國58年8月，82頁。

的符號的鐘久未動，後來乃開始搖動，鐘聲明亮而尖銳，
我乃從睡眠中醒覺。卻原來是鬧鐘的聲音。〔註120〕

其他另外兩個也都聞鐘夢醒。可見義山第二句中之「五更鐘」，是敲
醒其夢境之聽覺刺激。以是從第二句隔開，首句是夢境之實際描繪；
第三句是清醒之後之自我解析，原來他首句之來來去去，來不來，去
不去之亂七八糟之情境是一場「夢」。而因爲夢境雖幻似眞，故有「啼
難喚」之眞情。此弗氏亦曰：

有些夢使我們冷靜如常，有些夢可以引起各種情感──或
病苦可以下淚，或驚怖而不復睡，或喜或懼，不能盡述。〔註
121〕

義山詩中之「啼」字，正是與弗洛伊特所云夢會令人「下淚」。可見
義山從夢中醒來，其情感之激動，一如波濤之洶湧。於是一向才思敏
捷之李商隱，腹中即時有詩，因此馬上想把腹稿謄寫出來。可是唐朝
只有墨條，還沒有現代之墨汁，因此只能慢慢磨。若在平時，也不見
得磨墨很慢，只是在心急之下，那種「磨不濃」之感覺才特別強烈，
也因此「墨未濃」才能傳達出詩人那份既濃且烈之感情〔註 122〕。各
位讀到這裡，回想義山如果還須要再去獺祭一番，豈復有「書被催成
墨未濃」之感？

（二）啼難喚者為誰

就以上之分析，不禁要導出兩個重要問題。一是夢中之對象是男
還是女？二是句中「啼難喚」之「啼」到底是誰在哭？此恐怕必須與
「蠟照半籠金翡翠，麝熏微度繡芙蓉」連看，方能看出一點眉目。在

〔註 120〕 參看弗洛伊特《精神分析引論》，83～84 頁。
〔註 121〕 參看弗洛伊特《精神分析引論》，82 頁。
〔註 122〕 按「書被催成墨未濃」的「書」字，一般都把它解作動詞的「裁書」
或「致書」，馮浩把它解作草章奏。然就義山而言，此「書」字等
同於「詩」字，即指本首詩。如義山寫給令狐楚的〈謝書〉，即亦
稱爲「書」，實是一首七絕：「微意何曾有一毫，空攜筆硯奉龍韜，
自蒙半夜傳衣後，不羨王祥得佩刀。」又其寄內亦有〈因書〉一首
五言七律。

這兩句中，爭論最多者為「金翡翠」；有說是屏障，如劉遵之「金屏障翡翠」；有說是帳；有說是被褥；有說是燭罩，不一而足。而「繡芙蓉」也有說是帳，也是說是被褥。〔註123〕唯查閱眾家徵引之資料，可以確定者是金翡翠鳥與芙蓉花只是古人比較喜歡之圖案，他即可繡在帳上，也可以作燈罩，當然更可以繡在被褥上。然而各家徵典即皆有據，就難以典故說明此二句之判別。因此筆者還是採取就詩論詩之方式，從討論文本作為判準依據。

　　筆者以為，「蠟照半籠金翡翠，麝熏微度繡芙蓉」，以馮浩之說「金翡翠」應指被褥，而「繡芙蓉」應指帷帳為是。其理由如下：一、此詩明顯在室內，而且詩中不見有風。故香爐中燃麝香時，其煙必裊裊直上，所謂「微度繡芙蓉」者，則「繡芙蓉」必指上下垂直之物，因此以帷帳之類為是。二、由「蠟照半籠金翡翠」之「籠」字，知蠟燭之光必由上斜照而下始有「籠」意。其因是義山清晨夢醒，他之所以點蠟燭是為了要磨墨寫字，因為墨未濃，還不能寫字，所以眼睛才會看到被燭光半籠照下的翠被褥，何以言之？蓋燭臺必在案上，而桌子更沒有矮於床鋪之理。若易之，則麝熏要微度被褥，則必有大風將其煙吹散方有可能，然本文中實在看不出像「昨夜星辰昨夜風」之「風」來，故詮釋者也不能把風強加上去。

（三）義山睡在何處

　　以上之推論如果可以成立，則接下來又有一個必須解決之問題。當義山寫「月斜樓上五更鐘」時，是他夢醒時耳朵先聽到，而後睜開眼睛看再到之實景。而後詩人正在此房間磨墨寫字，則翡翠被是不是就是他昨夜所蓋之被褥？而芙蓉帳是不是他昨夜所睡之床帳？若是，則一個男人睡在芙蓉帳裏，蓋在翡翠被中，則此房間會是誰家臥房？

〔註123〕以上眾說，可參看《李商隱詩歌集解》，1469 頁。陳永正《李商隱詩選》，36 頁。國立中山大學文學會主編《李商隱詩研究論集》，1065 頁，周策縱、徐復觀 1070 頁等之討論。

有人認爲這個空間是想像的，非實有，如徐德泓認爲是令狐綯作相，義山陳情之詩，皆是喻體，曰：「五六二句，想像華顯之地」〔註124〕；姚培謙以艷情認爲此二句是：「遙想翡翠燈籠，芙蓉幃帳，所謂『其室則邇，其人甚遠』，縱復瀝血刳腸，誰知我耶？」〔註125〕有人認爲是實有，但此詩是在蘭臺追憶入王茂元幕之往事，而非當下實景，如程夢星曰：

> 言幕中（指王茂元幕）供職之勤，夜則月斜，曉則鐘動，此昌黎所謂辰而入，盡酉而歸者爲更甚焉。三句言自別蘭臺，夢中豈無涕泣？無如其無可訴語。四句言自掌書記，未免受人促迫，往往不待其墨濃。五六又追憶秘書省之情事。宿直紫禁，親見翡翠金屛，身近御爐香度芙蓉繡幕，何其樂也。〔註126〕

而馮浩則主「蓋恨令狐綯不省陳情」之作。其分析全首曰：

> 首章首二句謂綯來相見，僅有空言，去則更絕蹤矣。令狐爲內職，故次句點入朝時也。「夢爲遠別」，緊接次句，猶下云隔萬重也。「書被催成」，蓋令狐促義山代書而攜入朝，文集有〈上綯啓〉，可推類也。五六言留宿，蓬山，唐人每比翰林仙署，怨恨之至，故言更隔萬重也。若誤認艷體，則翡翠被中、芙蓉褥上，既已惠然肯來，豈尚徒託空言而有夢別催書之情事哉？〔註127〕

案馮氏此說，是認爲五六兩句之描繪是實境，而其地點是在令狐綯之家「留宿」所見。而程夢星則指是「追憶」值宿秘書省之實境。徐德泓、姚培謙則認爲是「想像」或「遙想」之境。是喻體、非實有。汪辟疆並批駁：陳情說與艷情說曰：

> 來是空言一首前人所箋或以爲艷體，或以爲令狐綯來見，其說之不可信，可於本詩證之。如爲艷遇之作，則既於深

〔註124〕《李商隱詩歌集解》第四冊，1474頁。
〔註125〕《李商隱詩歌集解》第四冊，1476頁。
〔註126〕朱鶴齡《李義山詩集箋注》，卷1，312頁。
〔註127〕見馮浩《玉谿生詩集箋注》，卷2，388至389頁。

夜翩然而來，而又翡翠被中、芙蓉褥上既極燕妮之歡，何
又忽云蓬山遠隔？則前後之不合也。如爲子直來見，無論
子直貴官，不常下顧，即感念故人親來存問，又何爲待至
五更深夜月斜樓上之時乎？馮氏自知不可通，則謂令狐爲
內職，此句點入朝之時，牽強附會而不知爲瞽說也。唯解
爲夢中夢覺兩層，則通體圓融，詩味深遠。〔註128〕

汪氏云此詩當「解爲夢中夢覺兩層」，其說甚確。唯其所謂「詩味深
遠」，亦但云：「五六則爲夢醒之景況，故云半籠，云微度，即爲夢醒
時在枕上重理夢境之感覺」〔註129〕。唯如果五六句是「在枕上重理
夢境之感覺」，則第四句「書被催成墨未濃」，豈不成了還在夢中之事？
依整首脈絡析之，義山在第二句就已夢醒，三四已是連接夢境而有所
動作。五六實是在磨墨時之觀照方才睡過之床、與蓋過之翡翠被、與
低垂著之芙蓉帳。而此正是義山睹物思人、觸景傷情之寢具。固與令
狐綯無關，也非秘書省，因爲他早已無緣再入祕書省。其他只剩下一
個最大之可能，就是這個房間曾有一個女主人睡過，而這個女主人曾
跟他有深厚之情。唯此女子是誰？依傳統看法，首先會先考慮艷情說
對象。惟若此女子是其艷遇對象，來去又是「空言」，又是「絕蹤」。
如何會把「金翡翠」被褥、「繡芙蓉」床帳留給義山？又或者以爲是
義山藏嬌之金屋？然義山年少即窮，其〈祭裴氏姊文〉曰：「某方就
傳，家難旋臻，躬奉板輿，以引丹旐。四海無可歸之地，九族無可倚
之親。」〔註130〕即中進士之後有官可當，其在〈偶成轉韻七十二句
贈四同舍〉曰：「歸來寂寞靈臺下，著破藍衫出無馬。天官補吏府中
趨，玉骨瘦來無一把」〔註131〕。又於《樊南甲集序》曰：「十年京師
窮且餓」，又曰「樊南窮凍，人或知之」〔註132〕。以一個平常穿著破

〔註128〕見《汪辟疆文集》〈玉谿詩箋舉例〉，225 頁。
〔註129〕見《汪辟疆文集》〈玉谿詩箋舉例〉，224 頁。
〔註130〕見李商隱《樊南文集》卷 6〈祭文〉，上海古籍出版社，1988 年 12
　　　月，341 頁。
〔註131〕見馮浩《玉谿生詩集箋注》，卷 2，426 頁。
〔註132〕見《樊南文集詳註》卷 7，〈樊南甲集序〉，臺北：中華書局《四部

藍衫、在京師窮且餓之小官，那會有那麼闊綽華麗之金屋？

　　於是筆者不禁推想，那是其妻王夫人之遺物，其理由如下：第一、一個男人會夢得哭哭啼啼，一定不是普通之生離而已，因此唯一之可能是死別。第二、義山夢醒之房間本來就是他們夫婦之主臥房，一切布置大部份都是王小姐之嫁妝。按義山本人雖窮，可是王小姐之娘家不但不窮，而且還頗富有。考王茂元自其父王栖曜在貞元初，官拜左龍武大將軍，旋授鄜、坊、丹延節度觀察使、檢校禮部尚書、兼御史大夫〔註133〕。傳至茂元，「幼有勇略，從父征伐知名」，本傳更云：「茂元積聚家財鉅萬計」〔註134〕。再看李商隱寫〈韓同年新居餞韓西迎家室戲贈〉云：「新緣貴婿起朱樓」。則可見韓瞻得到妻家財之豐厚，也難怪李商隱羨慕得「瘦盡瓊枝詠四愁」。唯義山婚後得到多少妻家財不知道，但看其妻亡，將獨自入川時作〈赴職梓橦留別畏之員外同年〉曰：「佳兆聯翩遇鳳凰，雕文羽帳紫金床」。首句言二人為連襟，同娶到王家之鳳凰姊妹（綵鳳）。第二句就可以看到「雕文羽帳紫金床」，這應該不是窮義山買得起，也不是韓瞻所獨有的〔註135〕。再看其〈房中曲〉：

> 枕是龍宮石，割得秋波色。玉簟失柔膚，但見蒙羅碧，憶得前年春，未語含悲辛。歸來已不見，錦瑟長于人。

備要本》，民國58年2月，24頁。依「樊南窮凍，人或知之」、「十年京師窮且餓」，之語，楊柳云此「指的開成二年（西元837年）詩人二十六歲（西元837年）中進士起至大中元年（西元847年）詩人三十六歲離開京師入鄭亞桂管幕這段時間」（160頁）。然此時間義山婚後，楊柳曰：「李商隱的妻子是王茂元夫婦，最小的一個女兒、父母對她特別寵愛」（155頁），即最寵愛，何以不見「新緣貴婿起朱樓」而任其窮且餓。

〔註133〕見《舊唐書》卷152，〈王栖曜傳〉，4069頁。
〔註134〕見《舊唐書》卷152，〈王栖曜傳〉，4070頁。
〔註135〕此句「雕文羽帳」，不免又有人將回想前面辨「金翡翠」問題。按此屈復曰：「一同時婚娶，二同奩具之美。」然此二首完全用典，如首句乃用《左傳》懿氏卜妻敬仲，其妻占之曰吉，是謂鳳凰于飛，和鳴鏘鏘。而下句如〈江總詩〉：「新人羽帳挂流蘇」。是新婚時洞房之妝飾。然義山新婚在勁原。與此主臥房應有差異。

此中之枕頭，義山看起來像王小姐生前之秋波。玉簟失柔膚，自是云玉簟曾是有柔膚睡過。「錦瑟長于人」，自然是王小姐之遺物。又其〈正月崇讓宅〉末句曰：「背燈獨共餘香語，不覺猶歌起夜來。」馮浩據《樂府解題》：「〈起夜來〉，其辭意猶念疇昔思君之來也。」義門曰：「此自悼亡之詩，情深一往。」馮浩亦贊成其說〔註136〕。以茲看來在李商隱與王小姐之主臥室中，有「雕文羽帳、紫金床、玉簟、龍宮枕、錦瑟等，當義山歸來重臥，不抱著餘香做夢也難。弗洛伊特曾「斷定夢是對於睡眠時所有擾亂刺激的反應」，並舉 Marie 曾自己作過一次實驗。「他在入夢時，使自己嗅著一種香水（Eau de Cologere），他於是夢在 Cair，在 Johanu Marice Farina 的店內，然後繼以若干荒唐的冒險」〔註137〕。以是可知王小姐之遺物本身就是對李商隱本人之視覺刺激，再加上王小姐之遺香，更是嗅覺之刺激，由此，應可推論義山作夢之房間，即不是秘書省，也不是令狐家，而是自家之主臥房也。

（四）何以「更隔蓬山一萬重」

如果第（三）之論可以成立，則義山末兩句曰：「劉郎已恨蓬山遠，更隔蓬山一萬重」，此已是順理成章之事。何以言之？王氏初亡，義山正處於悼亡初期，不覺頻頻作夢，如其隨柳仲郢入蜀後，有〈搖落〉云：

> 水亭吟斷續，月幌夢飛沉……結愛曾傷晚，端憂復至今。〔註

〔註136〕見《玉谿生詩集箋注》，539 頁、《李商隱詩歌集解》第三冊，1355頁。

〔註137〕見弗洛伊特《精神分析引論》。

〔註138〕此詩程夢星曰：「此與梓州府罷同時之作。詩中有黃牛峽、白帝城；地近梓州。又有欲分襟語，自為府罷也。《李義山詩集箋注》，570頁。而馮浩云：「此寄內詩也。」「大中二三年或尚在夔乎！」《玉谿生詩集箋注》，352 頁。張爾田則駁馮浩而曰：「謂奇內者誤」。並主張「必梓府將罷時作」更曰：「午橋箋良是」《會箋》，189 頁。近來有疑之者，劉學鍇、余恕誠：「程、張均謂梓州府罷，然詩言『羈留念遠』，羈留之地，明在白帝、黃牛之間，而梓州距白帝近千里，夔州又非東川節度轄地」。並主楊柳《李商隱評傳》說可信。（780～781 頁）而鍾來茵更曰：「大中二三年，李商隱可能曾去過夔州，

138）

如果說「月幌夢飛沉」尚有爭議，然〈過招國李家南園二首〉之二：

長亭歲盡雪如波，此去秦關路幾多？惟有夢中相近分，臥
來無睡欲如何！

屈復曰：「（次章）歲盡鄉遙，夢亦難盡，深悲此生無相見之分也。」
此與其解前章「潘岳無妻客爲愁」曰：「義山蓋昔攜妻寓此，今妻亡
過之。」〔註139〕可見義山妻亡之後，內心明白夫妻要相見，則「惟
有夢中相近份」。然夢不是說來就來，若連睡都睡不著怎麼辦？故有
「臥來無睡欲如何」之歎！

尚有幸而入夢，又迷離恍惚，所謂「來是空言去絕蹤」者。於是
磨墨待寫詩稿，不禁又瀏覽臥房麝香娘娘，燭光斜照，芙蓉帳、翡翠
被無一非舊物。而人兒不見，於是「劉郎已恨蓬山遠，更隔蓬山一萬
重」之慨不禁形之筆墨，故愚不禁認爲劉郎是指漢武帝劉徹。而蓬山
遠，在《孝武本紀》中固只是對三神山之追求，唯在《王夫人傳》、《李
夫人傳》中又有其他之記載。且先看《孝武本紀》曰：

齊人少翁以鬼神方見上。上有所幸王夫人，夫人卒，少翁
以方術蓋夜致王夫人及灶鬼之貌云，天子自帷中望見焉。

〔註140〕

此事至《漢書‧外戚傳》云：「趙之王夫人、中山李夫人有寵，皆蚤
卒。」〔註141〕又曰：

上思念李夫人不已，方士齊人少翁能致其神。乃夜張燈燭，

這是各家李譜中均未講及的。」（185頁）按鍾氏太自以爲是，不知
說者多矣。唯劉、余二氏質疑義山在東川、離白帝、黃牛千里，又
何以能至？按張爾田《會箋》引《東觀奏記》云：「李德裕歸葬，
時柳仲郢鎮東蜀，設奠於荊南，命從事李商隱爲祭文」（189頁）。
且義山亦曾到西川有〈江上晴雲雜雨雲〉句，其沿江至白帝之機會
多矣，何況義山在蜀六年其蹤有誰能細按？

〔註139〕見屈復《玉溪生詩意》，卷7，335頁。又見《李商隱詩歌集解》，
1353頁。
〔註140〕見《史記‧孝武本記》，卷12，458頁。
〔註141〕見《漢書‧外戚傳》，卷99（上），第五冊，3950頁。

設帷帳，陳酒肉，而令上居他帳，遙望見好女如李夫人之
貌，還幄坐而步。又不得就視，上愈益相思悲感，爲作詩
曰：是邪，非邪？立而望之，偏何姍姍其來遲！〔註142〕

依兩《史》之記，王夫人、李夫人皆有寵而早卒。少翁皆爲之致其神。
唯《史記》寫王夫人，《漢書》記李夫人。而以後小說家也都以李夫
人爲主，如王嘉《拾遺記》中亦有〈李夫人〉一篇云：

初，帝深嬖李夫人，死後常思夢之，或欲見夫人。帝貌憔
悴，嬪御不寧。詔李少君與之語曰：朕思李夫人，其可得
乎？〔註143〕

此種漢武帝渴望再見死後李夫人之強烈動機，在李商隱詩中亦有〈漢
宮〉曰：

通靈夜醮達清晨，承露盤晞甲帳春，王母不來方朔去，更
須重見李夫人。〔註144〕

此詩讀來，前三句似在諷刺漢武迷信神仙，但是結尾則歸在想見李夫
人之主題上，可證明義山對漢武帝與李夫人間之典故確甚熟悉。尤其
這兩個典故都與一件事有關——都是生者思念亡妻而想見其面。然漢
武帝因見面時「不得就視」，故有「是邪！非邪？」「偏何姍姍其來遲」
之歎！此事雖非夢境，然齊少翁表演與夢境差不多，亦迷離恍惚，故
漢武帝有是邪非邪之感。

從正史到小說，李夫人之故事又有些發展，〈漢武故事〉曰：

齊人李少翁，年二百歲，色如童子，上甚信之，拜爲文成
將軍，以客禮之。於甘泉宮中廟太一諸神像，祭祀之。少
翁云：「先致太一，然後升天，升天然後可至蓬萊。歲餘而
術未驗。會上所幸李夫人死，少翁云能至其神。乃夜張帳，
明燭，令上居他帳中，遙見李夫人，不得就視也。」〔註145〕

〔註142〕見《漢書・外戚傳》，卷99（上），第五冊，3952頁。
〔註143〕見徐震堮《漢魏六朝小說選注》，93頁。
〔註144〕馮浩《玉谿生詩集箋注》，卷1，266頁。
〔註145〕見徐震堮《漢魏六朝小說選注》，臺北：洪氏出版社，民國66年，
　　　　14頁。

在此小說中，約略與《漢書》同而更簡之，唯「蓬萊」與「李夫人」之聯結在此短文中出現。而葉慶炳之《漢魏六朝小說選》中，其〈漢武帝故事〉之李夫人事內容較多，且於其末了曰：

> 文成被誅後月餘，使者籍貨從關東，還逢於渭亭。謂使者曰：「爲我謝上，不能忍少日而敗大事乎！上好自愛，後四十年求我於蓬山，方將共事，不想怨也。」〔註146〕

以是齊人「李少翁」、「漢武帝」、「李夫人」、「蓬萊山」成組之印象聯結愈來愈緊密。再讀陳鴻〈長恨歌傳〉曰：

> 詔高力士潛搜外宮，得弘農楊玄琰女於壽邸，既笄矣。鬢髮膩理，纖穠中度，舉止閑冶，如漢武帝李夫人……上載一意，其念不衰。求之夢魂，杳不能得。適有道士自蜀來，知上心念楊妃如是，自言有李少君之術。玄宗大喜，命致其神。方士乃竭其術以索之，不至。又能遊神馭氣，出天界，沒地府以求之，不見。又旁求四虛上下，東極天海，跨蓬壺。見最高仙山，上多樓闕，西廂下有洞戶，東嚮，闔其門，署曰「玉妃太眞院」。〔註147〕

此中故事，從「楊玄琰女」至「如漢武帝李夫人」，已把楊貴妃和李夫人編在一起。而李少君，亦一如少翁矣！此至白樂天《長恨歌》所寫：

> 臨邛道士鴻都客，能以精誠致魂魄，或感君王展轉思，遂教方士慇懃覓。排空馭氣奔如電，昇天入地求之遍，上窮碧落下黃泉，兩處茫茫皆不見。忽聞海上有仙山，山在虛無縹渺間。〔註148〕

按白居易〈長恨歌〉，在《全唐詩》中亦錄有陳鴻〈長恨歌傳〉，又稱「前進士陳鴻撰〈長恨歌傳〉」。末曰「樂天因爲〈長恨歌〉」。則二者

〔註146〕見葉慶炳《漢魏六朝小說選》，臺北：弘道文化事業有限公司，民國66年10月。

〔註147〕本文引自汪辟疆校錄之《唐人小說》，臺北：河洛圖書出版社，民國63年10月，118頁。

〔註148〕見《全唐詩》第七冊，卷435，4819頁。

承傳關係甚明。而兩者情節亦大略一致。所謂「漢皇重色思傾國」、
所謂「舉止閑冶，如漢武帝李夫人」，所謂「東極天海，跨蓬壼。見
最高仙山」、所謂「忽聞海上有仙山，山在虛無縹緲間」。已混唐明皇
爲漢武、楊貴妃爲李夫人，由臨邛道士李少翁，而將致李夫人魂魄之
地引入蓬萊。〔註149〕劉大杰說：「〈長恨歌〉是白居易早年所作，寫
明皇誤國，貴妃殉情的悲劇。這篇作品受有當代傳奇文學的影響，再
加以神仙、道士的穿插，充滿了戲劇性，放射出眩人眼目的光彩」。
〔註150〕劉氏這個說法確有根據，而李商隱少時，正是元和體盛行時，
在「童子解吟長恨曲」之時代。〔註151〕李商隱不可能沒有讀過〈長
恨歌傳〉與〈長恨歌〉，而且在〈玉谿生詩集〉中亦有證據，可以證
明他自己也有此認知，如其〈馬嵬〉二首之二：

> 海外徒聞更九州，他生未卜此生休，空聞虎旅鳴宵柝，無
> 復雞人報曉籌。此日六軍同駐馬，當年七夕笑牽牛。如何
> 四紀爲天子，不及盧家有莫愁。

此詩毛西河曰：「首句不出題，不知何指。」馮浩卻說：「起句破空而
來，最是妙境〔註152〕。說好說壞，都令人有點糊塗。不知宋朝范溫
之《潛溪詩眼》已言：

> 李義山「海外徒聞更九州」，其意則用楊妃在蓬萊山，其
> 語則用鄒子云九州之外更有九州，如此然後深穩健麗。
>   〔註153〕

依范溫之言，則義山「海外徒聞更九州」正是師用「楊妃在蓬萊山」

〔註149〕按蓬萊、蓬壼、蓬丘是同一仙山。《十洲記》有蓬丘條，曰：「蓬丘」
　　　　蓬萊山是也。見葉慶炳《漢魏六朝小說選》，102 頁。又見《魏晉百
　　　　家短篇小說》，343 頁。
〔註150〕劉大杰《中國文學發展史》，臺北：華正書局，民國 66 年 5 月，486
　　　　頁。
〔註151〕唐宣宗〈弔白居易〉詩。見《全唐書》第一冊，卷 4，臺北：盤庚
　　　　出版社，民國 68 年 2 月，49 頁。
〔註152〕馮浩《玉谿生詩集箋注》，607 頁。
〔註153〕見《宋詩話全編》，第二冊，1252 頁。

之事，其意實與〈長恨歌〉與〈長恨歌傳〉：「昇天入地求之遍」與「忽聞海上有仙山」相承繼。

以是可知「劉郎已恨蓬山，更隔蓬山一萬重」，其意即漢武帝要見李夫人，雖然蓬山很遠，但是方士還是可以上天入地去尋求，終於到蓬山幫他把貴妃之魂魄找來見面。可是李商隱想見王夫人呢？那就遙遙無期，比漢武帝或（唐明皇）要困難一萬倍了〔註154〕，難怪他要說「劉郎已恨蓬山遠，更隔蓬山一萬重」。至此殆可確定李商隱在此詩中之「蓬山」，是代表李夫人，楊貴妃，與王小姐死後之去處，乃是「天堂」之代詞。

五、從更隔蓬山一萬重到此去無多路

從上目可以看出，在義山詩中所指之蓬山，是從李夫人一路演化到楊貴妃死後之共同去處。是學少翁術之臨邛道士上窮碧落下黃泉所尋覓之海上仙山。當義山之妻王氏初亡，依馮氏年譜義山不過三十九歲，依張氏年譜也不過四十歲。雖偶有小恙如「愁霖腹疾俱難遣」〔註155〕，唯生命尚未感到威脅。然自入四川之後，因愁苦滿懷，如其〈屬疾〉詩曰：

許靖猶羈宦，安仁復悼亡。茲辰聊屬疾，何日免殊方。

馮浩注之曰：「義山在東川，往往因愁致疾，屢見於詩。」〔註156〕再讀其〈上河東公啓〉：

〔註154〕 筆者此說，純依自我推論之結果，不然此處之辯論，尚可參看周策縱先生〈與劉若愚教授論李商隱無題詩書〉，「謂義山此詩即爲詠李夫人事更作。實則詩人當係自紀其經驗，自抒其感情」，見國立中山大學中文學會編《李商隱詩研究論文集》，1067 頁。唯周氏此附太過，反遭徐復觀之批判。然徐氏認爲「上引漢武故事中的李夫人，是已經死了的人，而李商隱這首〈無題〉詩，分明是以活著的人爲對象」。（同上，1072 頁）。徐氏不知在夢中，與夢中的人對話不論死活，皆如眞如幻也。

〔註155〕 見《玉谿生詩集箋注》，卷 2〈王十二兄與畏之員外相訪見招小飲時予以悼亡日近不去因寄〉，455 頁。

〔註156〕 見《玉谿生詩集箋注》，卷 2〈屬疾〉，491 頁、492 頁。

> 商隱啓：兩日前於張評事伏覩手筆，兼評事傳指意於樂籍
> 中賜一人以備紉補。某悼傷已來，光陰未幾，梧桐半死。
> 才有述哀，靈光獨存，且兼多病。〔註157〕

知其自悼亡之後，身體一日不如一日，不但多疾，且「光陰未幾，梧
桐半死」，用了枚乘〈七發〉：「龍門之桐高百尺而無枝，其根半死半
生」之意。而義山在川一滯五年多，已成半死之梧桐，其生命力自與
原來「劉郎已恨蓬山遠，更隔蓬山一萬重」之心境迥異，而不禁要轉
變爲「蓬山此去無多路」了。換句話說，詩人本人已感到生命已到了
春蠶將死，蠟炬將殘，更是「夕陽無限好，只是近黃昏」矣。而其與
王小姐生死不渝之愛，從他在〈上河東公啓〉中推辭柳仲郢要贈他樂
籍美女張懿仙事，便已獲得明證。也只有如此的眞情和深意，方可寫
出「春蠶到死絲方盡，蠟炬成灰淚始乾」之極品，而清代巴結滿人最
力之紀曉嵐《詩說》則曰：「三四太纖近鄙，不足存耳。」不知義山
此類詩不足存，則當存者是何類？而陸昆曾則曰：

> 起處有光陰難駐，我生行休之歎。然蠶未到死，則絲尚牽；
> 燭未成灰，則淚常落，有一息尚存，此志不容少懈者。曉
> 鏡句言老，夜吟句言病，正見來日苦少，而有路可通，能
> 不爲之殷勤探看乎？此作者以詩代簡牘也。八句中，眞是
> 千回萬轉。〔註158〕

陸氏未完全了解此詩何以作，故未了有「以詩代簡牘」之誤。然除此
一段比興臆測外，其就詩論詩處，所謂「起處有光陰難駐，我生行休
之歎」，眞是能讀詩者也。其說「夜吟句言病」，尤深得讀義山詩之三
昧。蓋一個健康良好之人，不會望月而生寒，唯有體衰力弱者方有是
感也。此若再與上句「曉鏡但愁雲鬢改」合看，「雲鬢」初看似頗爲
女性化之詞彙，但是當李商隱著一「改」字，當知其改者不是「雲鬢」
之「形」，而是「雲鬢」之「色澤」。因此「雲鬢」一「改」便是「霜

〔註157〕見《樊南文集》，卷4，13頁。
〔註158〕見陸昆曾《李義山詩解》，臺北：學海出版社，民國75年8月，25
　　　　頁。

鬢」，以暗示其在曉鏡前所愁的是鬢白之「老」。故陸崑曾曰「曉鏡句言老」，洵是確解。以是五、六兩句表達是既老且病，此正呼應了三、四句之春蠶絲盡將死，蠟炬淚乾將滅。故勞榦亦曰：

> 惟義山自喪婦以還，頓多疾病，如〈屬疾〉、〈西溪〉、〈病中聞河東公樂營置酒〉、〈南潭上亭讌集以疾後至〉皆其例也。故其時所憶度者已有夕照黃昏奄奄待盡之感」〔註159〕。

此尤足證明筆者之說。此外尚可參看另外一個參數，即義山刻畫李夫人之貌。按李夫人在《漢書・外戚傳》與《漢武故事》，皆有「不得就視」之語，以至讓漢武帝常有「是邪！非邪！」之模糊感。而在〈長恨歌傳〉與〈長恨歌〉中，對仙山中楊玉環之美貌都有一段描述，如〈長恨歌傳〉曰：

> 玉妃出。見一人冠金蓮，披紫綃，珮紅玉，曳鳳舄，左右侍者七八人，揖方士，問皇帝安否？〔註160〕

而白居易於〈長恨歌〉中曰：

> 忽聞海上有仙山，山在虛無縹渺間。樓殿玲瓏五雲起，其中綽約多仙子。中有一人字太眞，雪膚花貌參差是。金闕西廂叩玉扃，轉教小玉報雙成。聞道漢家天子使，九華帳裏夢魂驚。攬衣推枕起徘徊，珠箔銀屏迤邐開。雲鬢半偏新睡覺，花冠不整下堂來。風吹仙袂飄飄舉，猶似霓裳羽衣舞。玉容寂寞淚闌干，梨花一枝春帶雨。〔註161〕

白居易花了一大段（126字）去描寫死後回到蓬壺之楊貴妃，從「雪膚花貌」、「雲鬢半偏」、「花冠不整」，到「風吹仙袂」，到淚如「梨花帶雨」，極盡美麗之刻畫。而可憐之李夫人，他死後之形貌卻無人理採，於是我們可以在義山之詩集中看到〈李夫人三首〉

一帶不結心，兩股方安髻。慚愧白茅人，月沒教星替。

〔註159〕見勞榦《李商隱評論》所引起的問題。國立中山大學中文學會主編《李商隱詩研究論文集》，1107頁。
〔註160〕見汪辟疆《唐人小說》，118頁。
〔註161〕見汪辟疆《唐人小說》，120頁。

剩結茱萸枝，多學秋蓮的。獨自有波光，綵囊盛不得。

蠻絲繫條脫，妍眼和香屑。壽宮不惜鑄南人，柔腸早被秋
眸割。清澄有餘幽素香，鰥魚渴鳳真珠房。不知瘦骨類冰
井，更許夜簾通曉霜。土花漠碧雲茫茫，黃河欲盡天蒼蒼。

此三首詩對李夫人有相當之描繪，而其根據應是從「壽宮不惜鑄南人」
一句入手，依姚培謙注引《拾遺記》曰：

李少君使人至閻海求得潛英石，其色青輕如毛羽，命工人
依先圖刻作夫人形，置輕紗幬裏，宛若生時。〔註162〕

雖然《拾遺記》中有依圖刻作夫人形之語，然而夫人之形畢竟不顯於
文墨。而讀義山此二首，「一帶不結心，兩股方安髻」、「獨自有波光，
綵囊盛不得」、「蠻絲繫條脫，妍眼和香屑」、「柔腸早被秋眸割」。則
李夫人之形象就具體得多，尤其是其秋眸，應不遜於楊玉環之「回眸
一笑百媚生」。故馮浩斷言「三首為悼亡，蓋借古以寓哀」，並云：

三章上四句又申明波光不可復得，而深致其哀。故一曰「妍
眼」、一曰「秋眸」。蓋婦人之美，莫先於目，義山妻以此
擅秀，於斯更信。〔註163〕

就詩論詩，馮浩此段論述是值得參考之言。雖然張爾田批評此言曰：
「杜撰不根。」〔註164〕唯劉學鍇、余恕誠亦讚同馮浩之說，並強調
「三章馮解甚確」。以此推論之，義山寫〈李夫人三首〉，實在是在寫
〈李商隱的王夫人三首〉，而不是在寫漢武帝之李夫人。而王小姐之
明眸應從「扇裁月魄羞難掩」就已驚艷，再遲亦不遲於「昨夜星辰昨
夜風」那一晚相逢，其明眸波光就讓李商隱一輩子也忘不了。一直至
今還是「柔腸早被秋眸割」。而現在之王小姐也如漢朝之李夫人，只
能「壽宮不惜鑄南人」，依圖依記憶刻畫其形象。而鰥魚渴鳳之悲思，
絕不減於漢劉徹，故馮浩云：「借古以寓哀」為可信，以是更能證明

〔註162〕見馮浩《玉谿生詩集箋注》，卷2，497頁。按此注簡略，可參看徐
　　　　震堮《漢魏六朝小說選注》〈李夫人〉，93頁。
〔註163〕見馮浩《玉谿生詩集箋注》，卷2，498頁。
〔註164〕見張爾田《玉谿生詩集會箋》，卷4，178頁。

「劉郎已恨蓬山遠，更隔蓬山一萬重」是漢武。到了「蓬山此去無多
路，青鳥殷勤爲探看」，則是義山自覺生命已到終點之絕命詞。故陸
昆曾云義山有「我生行休之歎」、而勞榦云義山有「夕照黃昏奄奄待
盡之感」，皆是貼切之理解。而湯翼海亦斷此詩爲悼亡，且評之曰：

> 此悼亡詩也。亦玉谿生無題中最爲後世傳誦之一篇也。詩
> 家總謂有唐一代悼亡詩之最佳者當推元微之悼亡詩。拙意
> 獨以爲李義山之悼亡詩有過之而無不及。〔註165〕

按湯氏此下之說筆者未必全同意，然此論已足證吾言之不差矣！尤其
「青鳥殷勤爲探看」之「青鳥」，朱鶴齡注曰：「《山海經》注：青鳥
主爲王母取食者。」此注顯非義山詩義之所取。而程夢星之《刪補》
則以青鳥代表「有力者」，故曰：「七八望其爲王母青禽，庶得入蓬山
之路也。」〔註166〕然而兩注實尙未得要領，義山在此所用之青鳥典，
應是用〈漢武故事〉：

> 帝齋於尋眞臺，設紫羅薦……日正中，忽見有青鳥從西方
> 來集殿前，上問東方朔。朔對曰：「西王母暮必降尊像，上
> 宜灑掃以待之」。上乃施帷帳，燒兜末香。〔註167〕

此青鳥典之特色，其所逞現者乃「仙」「凡」兩界之特使，雖然後人
亦可借爲「凡人」與「凡人」通消息之用。但所用亦皆保留「仙」「凡」
兩界之特使之原貌，如薛道衡〈豫章行〉：「願作王母三青鳥，飛來飛
去通消息。」〔註168〕與韓愈〈華山女詩〉：「仙梯難攀俗緣重，浪憑
青鳥通丁寧。」〔註169〕殷堯藩〈宮詞〉：「天遠難通青鳥信」〔註170〕
而前已說明義山此兩首〈無題〉之蓬山，皆喻王夫人死後之去處，如
今人稱死爲「歸仙」或「歸天」，以是義山此句之意，應是拜託青鳥

〔註165〕參看湯翼海〈李義山無題詩十五首考釋〉，國立中山大學文學會主
編《李商隱詩研究論文集》，904～905頁。
〔註166〕看朱鶴齡注、程夢星刪補《李義山詩集箋注》，卷上，335、336頁。
〔註167〕見徐震堮《漢魏六朝小說選注》，17、18頁。
〔註168〕見《先秦漢魏晉南北朝詩》下冊，隋書卷4，2682頁。
〔註169〕見《全唐詩》第五冊，卷341，3824頁。
〔註170〕見《全唐詩》第八冊，卷492，5566頁。

先至蓬萊探望其妻，並先代爲致意：爲夫至蓬山相見之日不遠矣。故曰：「蓬山此去無多路，青鳥殷勤爲探看」。

第四節　並聯賈氏宓妃典看春心指標

　　前兩節之說如果合理，則「偷看吳王苑內花」是新婚之驚喜；而「劉郎已恨蓬山遠，更隔蓬山一萬重」是悼亡之悲哀；到了「蓬山此去無多路，青鳥殷勤爲探看」已是生死戀之尾聲！然則對韓瞻云：「南朝禁臠無人近，瘦盡瓊枝詠四愁」。與向招國李十將軍云：「莫將越客千絲網，網得西施贈別人」。這一類欣羨與殷殷叮嚀之意，普遍皆認爲是拜託做媒之心聲，然此種心聲在李商隱〈無題〉中，會全然無蹤乎？筆者以爲在義山詩集中〈無題四首〉之二，其中之賈氏窺簾與宓妃留枕二典，是兩個重要的穴道，不防刺之以觀經絡之反應。其詩曰：

> 颯颯東南細雨來，芙蓉塘外有輕雷。金蟾齧鎖燒香入，玉虎牽絲汲井迴。賈氏窺簾韓掾少，宓妃留枕魏王才。春心莫共花爭發，一寸相思一寸灰。〔註171〕

一、舊說回顧

　　這一首〈無題〉，依箋注家之註，可以說是句句有典。因此整首詩之典故既是線索，同時也是陷阱。它們好像是亂流中之大漩渦，令人遠看是景致迷人，一旦涉足便昏頭轉向。尤其是「令狐綯的鬼魂」一直把許多學者拖下水。〔註172〕如吳喬說此詩「言己才藻足爲國華，綯不拔擢也」〔註173〕；徐德泓曰：「綯不之省，數首疑爲此作」〔註174〕其他如馮浩、張爾田亦皆言：「蓋恨令狐綯之不省陳情」之作〔註

〔註171〕見馮浩《玉谿生詩集箋注》，卷2，386頁。
〔註172〕見鍾來茵《李商隱愛情詩辭》前言15頁。
〔註173〕見劉學鍇、余恕誠《李商隱詩歌集解》，1473頁。
〔註174〕同上註，1474頁。
〔註175〕見同上註，1478、1479頁。

175〕，汪辟疆初似駁馮、張之非，而終乃不離二人之窠臼曰：

> 然香爐雖閉，而金蟾可以齧通；井水雖深，而玉虎可以汲
> 引之，況已與令狐，乖隔雖深，舊情猶在，則援手亦不難
> 也。〔註176〕

而另一種研究者，是把義山詩當作哲學素材，就個人之見解發表意
見，義山詩成了註腳。如朱鶴齡曰：

> 窺簾留枕，春心之搖蕩極矣。迨乎香銷夢斷，絲盡淚乾，
> 情燄熾然，終歸灰滅。不至此，不知有情之皆幻也。樂天
> 〈和微之夢遊詩序〉謂曲盡其妄，周知其非，然後返乎真，
> 歸乎實，義山詩即此義，不得但以艷語目之。〔註177〕

朱氏之說，認為義山此首詩是在表現一種「情燄熾然，終歸灰滅」之
體悟，因為能「曲盡其妄，周知其非」，所以最後返真歸樸。義山之
哲學層次被朱氏說得很了不起，可是詩與哲學最大之差異，是哲學重
邏輯推理，而詩重在感情表現，故王國維說：「能寫真景物真感情者
謂之有境界」〔註178〕，因此朱氏之個人體悟與義山詩之情意表現是
兩回事。

另外一類就是艷情說，如黃白山曰：

> 李為幕客，而其詩多牽情寄恨之語，雖不明所指，大要是
> 主人姬妾之類。文人無行，至此極矣，而後人於其所猶慕
> 而好之，真風雅罪人。〔註179〕

像黃氏自己說「不明所指」，就大罵義山「文人無行」，並批評後
人之慕義山詩者為風雅罪人。而何義門也差不多，他說：「此等只是
艷詩，楊孟載說迂繆穿鑿，風雅之賊也」。〔註180〕我們若再看何氏罵
人「風雅之賊」之依據，他說：

〔註176〕見〈玉谿詩箋舉例〉《汪辟疆文集》，225頁。
〔註177〕見劉學鍇、余恕誠《李商隱詩歌集解》，第四冊，1472頁。
〔註178〕見王國維《人間詞話》，3頁，台南北一出版社，民國58年元月。
〔註179〕見賀裳《載酒園詩話》，卷1，參看郭紹虞《清詩話續編》上冊，臺
北：木鐸出版社，72年12月，224頁。
〔註180〕見劉學鍇、余恕誠《李商隱詩歌集解》，第四冊，1473頁。

雷雨之動滿盈，則君子經綸之時也。曰「細」曰「輕」，蓋
冀望而終未能必之詞。五六言雜進者多，不殊「病樹前頭
萬木春」也。三句言外之不能入，四句言內之不能出，防
閑亦可謂密矣。而窺簾留枕，春心蕩漾如此，此以見情之
一字決非防閑之所能反也。（五句）年不如。（六句）勢不
逮。（七八句）小馮云：「所謂止於禮義哉！」〔註181〕

從一句「颯颯東南細雨來」想到「君子經綸之時」，看到「窺簾留
枕」，不知義山如何運用典故，便說「春心蕩漾如此」，望文生義，隨
意聯想，莫此為甚。而姚培謙亦曰：

極言相憶之苦。首句暗用巫雲事，思之專而恍若有見也。
次句暗用古詩「雷隱隱，動妾心」語，思之專而恍若有聞
枕。計此時，金蟾齧鎖，非侍女燒香莫入；玉虎牽絲，或
侍兒汲井時迴，惆悵終無益耳。〔註182〕

姚氏說前二句是暗用典。第二句還可以說得通，如黃侃亦有「古詩『雷
隱隱，感妾心，側耳傾聽非車音。』第二句「略用其意」的看法。〔註
183〕而第一句只看到有「雨」字便是巫山神女事，簡直是文字獄之斷
案方式。而看到「燒香」、「汲井」就說「非侍女燒香莫入」、「或侍兒
汲井迴時」等等。另外方瑜教授認為：

全詩顯然是歌詠貴族深居所萌生的一次戀情。這是一個完
全封閉的世界。表層的甘美之下，隱藏著悲劇的慘痛。首
聯的自然形象是人工製成的風景。頷聯「金蟾齧鎖燒香入，
玉虎牽絲汲井迴」含有超乎寫實情景的暗喻意義。香爐、
水井、香自爐出，水由井汲，象徵從密閉世界中漏出的一
絲半縷「消息」，與「傾城消息隔重簾」（水天閒話舊事）
有異曲同工之妙。〔註184〕

方氏認為「全詩顯然是歌詠貴族深居所萌生的一次戀情。」應是

〔註181〕見劉學鍇、余恕誠《李商隱詩歌集解》，第四冊，1473 頁。
〔註182〕見劉學鍇、余恕誠《李商隱詩歌集解》，第四冊，1476 頁。
〔註183〕見劉學鍇、余恕誠《李商隱詩歌集解》，第四冊，1480 頁。
〔註184〕見方瑜《沾衣花雨‧李商隱七律豔體的結構與感覺性》，207 頁。

就首聯用〈長門賦〉典，與頸聯用賈氏、宓妃之典皆屬貴族階層推敲而來。惟香爐、水井故爲象徵無誤，致於是在象徵什麼？若未經按穴施鍼，並循文本以驗經絡之通阻，則猶未敢全信也。

二、賈氏窺簾與宓妃留枕之誘因

解析此詩之法，還是先尋其用典之穴位。而此詩最明確之用典，與最易令人想入非非者，莫過於五六兩句：「賈氏窺簾韓掾少，宓妃留枕魏王才」。朱鶴齡注「賈氏」典曰：

> 《世說》：韓壽美姿容，賈充辟以爲掾。賈女於青瑣中見壽，
> 悅之，與之通。充見女盛自拂拭，又聞壽有異香之氣，是
> 外國所貢，一著人衣，歷月不歇。充疑壽與女通，取左右
> 婢拷問之，婢以狀言。充秘之，以女妻壽。〔註185〕

朱氏此注，云典出《世說》，馮浩本之，然筆者翻檢《世說新語》數遍，卻不見其說，乃查《晉書》〈賈充傳〉，至〈賈謐傳〉始云：「謐字長深，母賈午，充少女也，父韓壽」云云〔註186〕。而後知賈氏就是賈午小姐，〈傳〉云其「光麗艷逸，端美絕倫」。而韓壽則「美姿貌，善容止」。這不是郎才女貌，而是男女皆以貌勝，看來義山這一點是不能比的。

至於「宓妃留枕魏王才」，朱鶴齡之注引三個出處。一引〈洛神賦序〉曰：「黃初三年，予朝京師還濟洛川。古人有言：斯水之神名曰宓妃」。又引李善注曰：「宓妃，宓犧之女溺洛水爲神」。又曰：

> 魏東阿王求甄逸女不遂，太祖回與五官中郎將，植殊不平。
> 黃初中入朝，帝示甄后玉鏤金帶枕，植見之不覺泣。時已
> 爲郭后讒死，帝意尋悟，因令太子留宴，仍以枕贈植。植
> 還度轘轅將息洛水上，忽見女子來，自言我本託心君王，
> 其心不遂，此枕是我嫁時物，前與五官中郎將，今與君王，

〔註185〕見朱鶴齡《李義山詩集箋注》，卷上，312頁。筆者查閱《世說新語》
無此則，韓姓只有韓唐伯一人。
〔註186〕見《晉書》卷40〈賈謐傳〉，臺北：鼎文書局，1172頁。

　　　遂用薦枕席，歡情交集。〔註187〕
按朱注全依《文選》李善注文〔註188〕，但是當注意者，曹植在其序
中明言：「感宋玉對楚王神女之事，遂作斯賦」。可見李善之注與原序
不符，善引「記曰」，應是小說家之言，即查《三國志、魏志，文昭
甄皇后傳》亦無其事。然在李商隱詩中，馮浩注引曹子建〈洛神賦〉
之典共十五次。故當依〈文選・洛神賦序〉為主要依據，則分析「宓
妃留枕」一典亦當依此。

　　唯二典出處，查之不難，朱鶴齡注亦早已注明，何以後來說解者
依然眾說紛紜？蓋用典查明其出處固然重要，但推敲詩人如何用典？
用什麼方法、態度用典更重要。如王蒙〈通境與通情〉曰：
　　　「賈氏窺帘」，「宓妃留枕」是用典，用典目的在以古喻今，
　　　而不是講西晉或東漢的往事。〔註189〕
王蒙說此是「以古喻今」之用典方式，按一般說「以古喻今」之用典
方式，其意皆指古今成正比之意。此若參看陳永正《李商隱詩選》釋
〈安定城樓〉曰：
　　　賈生之指賈誼。……漢文帝六年（前一七四年）賈誼上《陳
　　　政事疏》云：「臣竊惟今之事勢，可為痛哭者一，可為流涕
　　　者二，可為長太息者六。」這裡作者以賈生自比。憂念時
　　　局，悄然流淚，也無補於事。
又云：
　　　王粲：字仲宣，東漢末年的詩人。時北方大亂，王粲十七
　　　歲從長安流浪到荊州，投靠荊州刺史劉表。他曾在春日登
　　　湖北當陽樓，作了有名的〈登樓賦〉，這裏亦以王粲自況。
　　　義山落第後寓居王茂元幕中，有如王粲失意遠遊。〔註190〕
陳氏在文中所謂的「作者以賈生自比」、「以王粲自況」便是標準之「以

〔註187〕見朱鶴齡《李義山詩集箋注》，卷上，312 至 313 頁。
〔註188〕見曹子建〈洛神賦〉〈昭明文選〉卷 19，254 頁。
〔註189〕王蒙〈通境與通情〉——也談李商隱的〈無題七律〉，王蒙、劉學
　　　　　鍇編《李商隱研究論集》，586 頁。
〔註190〕見陳永正《李商隱詩選》，66 頁。

古喻今」。其要點有二：第一是義山宏博落榜、賈生〈陳政事疏〉、王
粲遠遊，三者皆年少而失意之情景相同。第二是義山落榜，悄然流淚。
賈生被貶長沙而哭、王粲寄劉表而嘆，義山鴻博不中而回涇原依王茂
元，事皆相類，故可以古喻今，比喻恰愜。然而「賈氏窺簾」、「宓妃
留枕」亦是義山用以「以古喻今」以「自比」、「自況」？如果義山亦
「少」且「才」，則可能是以古喻今之正比方式。如果「韓掾之少」
「魏王之才」是他羨慕的對象呢？就不能說是義山自比，或以古喻今
了，反而是成了反比。且看義山這兩句詩之意思是什麼？首先將其語
句重新排列組合一下就可看清楚。

　　韓掾──（少）──（因贏得）賈氏窺簾。

　　魏王──（才）──（因博得）宓妃留枕。

依上列可以淬取這兩句詩之關鍵在「少」與「才」兩字。再詳而言之，
即韓壽之所以贏得賈午小姐之窺簾青睞？就是因為年少而美姿貌，曹
子建為什麼能博得宓妃留枕？就是因為「才高八斗」。〔註191〕於是這
兩句詩，若把「少」與「才」拿掉，便全無意義。故紀昀曰：

　　賈氏窺簾，以韓掾之少；宓妃留枕，以魏王之才。〔註192〕

紀氏此說甚確，可惜箋釋家均未認同。近來唯陳永正《李商隱詩選》
亦能把握此竅竅。其曰：

　　賈家的少女在門簾後窺望，是傾慕韓壽年少英俊；甄妃深
　　情地自薦枕席，是愛重曹植的文學才華。〔註193〕

就紀昀、陳永正二說，亦足見筆者上面之重組分析為確。至於馮浩曰：
「五句重在『掾』字，謂己之常為幕官；六句重在『才』字，謂幸以
才華，尚未相絕；結則歎終無實惠也。」〔註194〕此說不為無見，唯

〔註191〕按「才高八斗」之說傳自謝靈運。參看葉慶炳《中國文學史》上冊，
　　　　113頁，曰：謝靈運云：「天下才有一石，曹子建獨占八斗，我得一
　　　　斗，天下共分一斗。」葉氏加按語曰：「此條文字之原始出處不詳。
　　　　茲據百川學海本宋釋常談卷之中〈八斗之才〉條轉引。」
〔註192〕見劉學鍇、余恕誠《李商隱詩歌集解》，第四冊，1471頁。
〔註193〕見陳永正《李商隱詩選》，37頁。
〔註194〕見馮浩《玉谿生詩集箋注》，卷2，389頁。

不是此處對偶句之要點。

三、金蟾與玉虎之象徵

　　至於這兩個典故，在整首詩中起了何種作用？就要問義山是因為何種思緒而來。陳永正有段解析甚佳，他說：「由『燒香』引入賈氏之香，由『牽絲』引入曹植之思。（「絲」與「思」諧音）」〔註195〕，陳氏從諧音關係指出這一條經絡，是一個很有價值的發現。於是我們就這個經絡看四、五兩句：「金蟾齧鎖燒香入，玉虎牽絲汲井迴」。馮浩注引道源曰：「蟾善閉氣，古人用以鎖飾。」又引陳帆曰：「高以孫《緯略》引此句，云是「香器」。其言鎖者，蓋有鼻鈕施之於帷幬之中心。」朱鶴齡更引《海錄碎事》：「金蟾，鎖飾也；玉虎，轆轤也。」〔註196〕按「金蟾齧鎖」，《緯略》說是「香器」，此最最合乎義山詩上下兩句對仗之意思，因為下句之「絲」是「玉虎」所牽；則上句之「鎖」當然也是「金蟾」所齧。以是「金蟾」是香爐之造型，一如「寶鴨」、「瑞獸」之香爐造型，與朱鶴齡所引《海錄碎事》皆為簡明〔註197〕。

　　從以上思辨，則這兩句詩也應該可以解決，但事實又不然。如劉學鍇、余恕誠之《李商隱詩歌集解》，詩中已徵引眾家之解，可是到二氏立論時，依然曰：「頷聯含意隱晦，蓋賦而寓比興者。」如此，則義山這兩句詩就太厲害了，古人或用比、或用比而兼興是常見。〔註198〕而義山竟以賦比興三義作詩？唯二氏即言「頷聯含意隱晦」，就是承認自己其實也不太明白要怎麼說，接下來襲用陳永正之意談了三四與五六之諧音關係，而後接著說：「此聯意或謂」之猜想，雖然猜想並非全不準，譬如依據詩句字面當然也可以說：「燒香時仍可開啟

〔註195〕見陳永正《李商隱詩選》，38頁。

〔註196〕見馮浩《玉谿生詩集箋注》，卷2，387頁。

〔註197〕見朱鶴齡《李義山詩集箋注》，卷上，312頁。

〔註198〕可參看施炳《毛詩興義研究》，高雄前程出版社，民國79年1月。
　　　　蔡英俊《比興物色與情景交融》，臺北：大安出版社，民國79年8月。

添入香料；井水雖深，借轆轤牽引亦可汲上清泉」〔註199〕。或如方瑜說：「香自爐出，水由井汲，象徵從密閉世界中漏出的一絲半縷『消息』。」唯董乃斌有一篇《精神自由的強烈呼喚》說：

> 又如「金蟾齧鎖燒香入，玉虎牽絲汲井迴」兩句，究竟各自作何比喻，又以何種根據并列爲對？可以相信詩人心中必有其主觀的理由，但這層理由（所謂無望的愛或愛的無望）在詩中表現得比較隱晦，尤其是這裡由於兩句具像間的聯系不清晰，所以千古解者紛紛猜測，大抵只能近似，而無從確解，可以說至今尚無真正理想的闡釋。〔註200〕

從董乃斌這一段文字，便可體會要解析義山這兩句詩之難度有多高。然董氏何以如此失望呢？對於針對令狐綯幽靈之解說，如馮浩看到「香」就說「取瓣香之義」者我們不談。〔註201〕就程夢星言入王茂元幕府之感慨說者曰：

> 三四言晨入暮歸情況，曉則伺門啓焚香而入，晚則見轆轤汲井而歸，蓋終日如是也。〔註202〕

依程夢星之說，則義山此二句全是賦，所謂「直賦其事」也。此與屈復言：「三四當此時汲井方回，燒香始入」之說略近，唯屈氏又以爲是指「意在友朋遇合，言凶終隙末也」。〔註203〕但屈氏不肯明言是誰，態度比較保留。而陳永正乃本此意曰：

> 金蟾二句：儘管是重門深鎖，她燒香的時候還是要啓門而入的呀。在井旁的玉虎轆轤上，牽著長長的繩子，她已汲水歸來。〔註204〕

〔註199〕見劉學鍇、余恕誠《李商隱詩歌集解》，第四冊，1482頁。
〔註200〕見董乃斌〈精神自由的強烈呼喚——論李商隱詩的主觀化特徵〉。見王蒙編《李商隱研究論集》，545頁。
〔註201〕見馮浩《玉谿生詩集箋注》，卷2，389頁。
〔註202〕見程夢星刪補朱鶴齡《李義山詩集箋注》，卷2，314頁。
〔註203〕見程夢星刪補朱鶴齡《李義山詩集箋注》，卷2，314頁。
〔註204〕見陳永正《李商隱詩選》，37頁。類此說法，尚有孫靜的〈無題四首〉，見周振甫主編《李商隱詩歌賞析集》，成都巴蜀書社，1996年8月，168頁。

就以上諸說，大致上皆言直賦其事，意即這兩句是義山寫詩時之眼前景當下事，而不是虛構用來當作象徵或暗示者。唯若再深一層思之，便覺得以上諸說皆是望文生義，與義山詩之本義尚有距離，筆者試析如下：

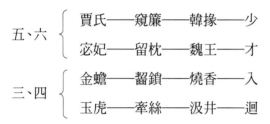

五、六 ｛ 賈氏──窺簾──韓掾──少
　　　　 宓妃──留枕──魏王──才

三、四 ｛ 金蟾──齧鎖──燒香──入
　　　　 玉虎──牽絲──汲井──迴

　　由上大家可以清楚看出，兩聯上半四個字之句式皆相同，不同處只有下面三個字，因為「韓掾」、「魏王」與「燒香」、「汲井」不同。前者是專有名詞，後者則多了「燒」與「汲」兩個動態詞性。各位如果把「香」與「井」兩個字暫且遮住不看，就成了「燒入」與「汲迴」。至此，其實是關鍵所在，因為大家最說不清楚處就是「香」如何「燒入」？「井」如何「汲迴」？前面所引諸家都就艷情想像情節。如什麼「他燒香的時候還是要啟門而入的呀」、「牽著長長的繩子，他已汲水歸來」皆是。張明非〈論李商隱詩比興風騷〉說：

> 頷聯前人箋釋紛紜，周振甫先生認為「只有錢鍾書先生對這句詩的解釋深入透闢，符合全詩原意」，即「因為這首詩是用愛情詩來抒懷，所以金蟾一聯寫愛情像燒香的煙那樣，能夠透過金蟾齧鎖進入重門，像轆轤牽繩那樣，能夠把深井裡的水打上來」（《李商隱選集》）〔註205〕。

這一段話，代表了錢鍾書、周振甫與張明非三個人之共同看法，因為周張二人全無異議。而錢鍾書此論，比其他人高明之地方在於能就詩之文本論詩，不加其他想像之情節與動作。然筆者對錢氏說「愛情像燒香的煙那樣，能夠透過金蟾齧鎖進入重門」，猶不以為然，何以言

〔註205〕見《唐代文學研究》第六輯，491 頁。又收入王蒙、劉學鍇主編《李商隱研究論集》，699 頁。

之？第一，金蟾齧鎖之鎖，實只是香爐之飾物，主形是金蟾。其鎖能不能打開來裝香料，實非緊要，除非香料有人會偷，否則其鎖最多也不過擺個樣子，其含義應在輔助「善閉氣」三個字的暗示意義。第二、香爐焚香，與柱形之香不同。其焚燃時是有火無燄，而且藏在爐中焚燒，以現在之語言叫「悶燒」，故其所代表之意義，以現代語言說就是心焦不已。這就可以解釋義山之香爐何以不是寶鴨，不是瑞獸，而是蟾蜍，還要加鎖。其所欲象徵者正是「心焦」不已之「悶燒」。

第二、再看「汲井迴」，說什麼「她已汲水歸來」，把「迴」字當「回」字看。按此字各本無異文，雖然「回」字在古文也可當作「迴」字用，但「回」家之回，決不會有人寫作「迴家」迺可確定。以是這句詩之意思是井榦上之玉虎形轆轤牽著絲繩在古井上，打水時，繩子一下子下去，一下子上來。意指其來迴團團轉，套一句俗諺，就是「如古井上的水桶，七上八下」，以喻「牽腸掛肚」，心情忐忑不已。

上面如果這個看法不差，則這兩句之意思是指義山之內心，正暗示像金蟾蜍型之香爐正在悶燒（心焦不已），也像古井上之轆轤，七上八下轉個不停。而不是在「象徵從密閉世界中漏出的一絲半縷『消息』。」

惟須再問者，是義山到底在為何事心焦不已呢？陳永正先生說：「由〝燒香〞引入賈氏之香，由〝牽絲〞引入曹植之思」就值得參考。原來他正在恨無韓壽之少年美貌，與曹子建之八斗高才。如果有，女孩子就會自動窺簾留枕，何須如此心焦？

唯至此大家又要進入另一層思考，義山把這一首詩中間兩聯，寫得如此心焦，如此牽腸掛肚，又恨不像韓壽、曹植之少與才，因為義山若具備這二位古人之條件，今天就不用如此心焦和牽腸掛肚，因此方羨慕二人不已。以是而言義山這兩句用典，不是以古喻今之正比，而是自歎不如古人之才與貌，更歎不如古人能贏得愛情之反比也。

四、義山之年齡問題

分析至此，筆者不禁要問，寫這種詩之年齡是大還是小？因爲徐德泓說：

> 五六句，言一愛少，一憐才。今非少年，而又無憐才者，
> 徒爲熱中何益乎？〔註206〕

徐氏所謂「今非少年，而又無憐才者」，其意是說義山自認有才，但已非少年，意即是說義山年紀不小了。但是就兩聯之對仗看來，韓壽之少與曹植之才是相對的，所以，若非義山認爲與二人同少同才，則是認爲無二人之少與才。何以一認同，一併除？其實這個困擾，來自義山之用字，若依韓壽之原典曰：「美姿貌，善容止」，則義山粗略裁之應是「賈氏窺簾韓掾貌」才是。但就詩之功力言，此句若用「貌」字便俗不可耐，故義山用「少」字，就遣辭上實高雅太多，但也就造成了年齡之認定問題，如紀昀亦曰：「賈氏窺簾，以韓掾之少；宓妃留枕，以魏王之才。自顧生平，豈復有分及此。」〔註207〕紀氏云義山「自顧生平，豈復有分及此」，其意即是說義山此時既年紀大又無才，所以沒有韓、魏二人之福份。但是若先把中間這四句放下，先討論首尾兩聯，便會較有一個明確的答案。

按「颯颯東南細雨來，芙蓉塘外有輕雷」這兩句，就馮浩注已大概可以明白其用典之來源。如「颯颯」見於《楚詞・九歌》：「風颯颯兮木蕭蕭」（〈山鬼〉）是指風聲。然至唐朝已變爲形容雨聲，如杜甫〈乾元中寓同谷縣作歌〉七首之五：「四山多風溪水急，寒雨颯颯枯樹溼」。〔註208〕至今台語尚有「颯颯仔雨」以形容不大不小之雨。可見義山用颯颯形容細雨之時代性，而「東南細雨」之「南」有異文作「風」。若東風細雨猶是春天，與陰曆四五月才萌芽之芙蓉塘（荷花）不相應，故當以「東南」爲是。至於「芙蓉塘外有輕雷」，馮注引司

〔註206〕見劉學鍇、余恕誠《李商隱詩歌集解》，第四冊，1474頁。
〔註207〕見劉學鍇、余恕誠《李商隱詩歌集解》，第四冊，1479頁。
〔註208〕見仇兆鰲《杜詩詳註》，卷之8，697頁。

馬相如〈長門賦〉：「雷隱隱而響起，聲象君之車音」。這是最正確之原典，至於黃侃《李義山詩偶評》又徵引〈古詩〉：「雷隱隱，感妾心。側取傾聽非車音。」〔註209〕已是晉以後之事！

由上之徵引，義山所用之典故已明，本來就文本解析，問題似可直下，亦無難處，唯不知諸家何以又眾說紛紜？如何義門曰：「雷雨之動滿盈，則君子經綸之時也。」徐德泓曰：「首句蒙晦之象」，胡以梅曰：「一二言陰蒙而天日為敝。」〔註210〕等等，真不知所云。其實就文本看「颯颯東南細雨來」應是實景，就是《楚辭》原典也不過是言春夏之交的微風細雨而已。「芙蓉塘外有輕雷」就〈長門賦〉與傅玄〈雜言〉之原典，也不過是說像陳皇后阿嬌把隆隆雷聲誤聽成車聲。按《長門賦》曰：

> 夫何一佳人兮，步逍遙以自虞。魂踰佚而不反兮，形枯槁而獨居。言我朝往而暮來兮，飲食樂而忘人；心慊移而不省故兮，交得意而相親，伊予志之慢愚兮，懷貞愨之懽心。願賜問而自進兮，得尚君之玉音。奉虛言而望誠兮，期城南之離宮。脩薄具而自設兮，君曾不肯乎幸臨。廓獨潛而專精兮，天漂漂而疾風。登蘭臺而遙望兮，神怳怳而外淫。浮雲鬱而四塞兮，天竊竊而晝陰，雷殷殷而響起兮，聲象君之車音……。〔註211〕

從整段文字分析，可以看出司馬相如把陳皇后寫成一幅失魂落魄之痴等情境，如曰「魂踰佚而不反兮」、「伊予志之慢愚兮」、「奉虛言而望誠兮」、至最後「雷殷殷而響起兮，聲象君之車音」，唯只是象而已，畢竟是雷聲非車聲，故整個情境就是在痴心空等。所以第一、二句可以結出是義山在表達其痴盼空待之心境。

〔註209〕黃侃《李義山詩偶評》卷上，臺北：學海出版社，民國63年12月，8頁。其句見晉傅玄〈雜言〉，參看《先秦漢魏晉南北朝詩》卷，575頁。

〔註210〕見劉學鍇、余恕誠《李商隱詩歌集解》，第四冊，1473頁、1474頁。

〔註211〕見司馬長卿〈長門賦〉《文選》，卷16，212頁。

　　就是因為有第一第二句之痴心空等情懷，才會等得三四兩句心焦如焚，悶燒不已；和牽腸掛肚，如古井上之水桶七上八下，又像轆轤不停迴轉。因為等得太焦心，太忐忑不安，所以才引起五、六兩句之自怨自艾，噯！沒有韓壽之貌、沒有曹植八斗之才，難怪人家既不窺簾，也不留枕。按義山再狂，那敢自喻為才高八斗之曹植？而義山二十六歲結婚（「別娶」二字今尚難斷），這是大家都知道之事，唐人到了二十六歲還能稱作「少」嗎？以是此詩中之「才」、與「少」，是義山用來雙雙否定自己也。

　　而就以上六句所描繪，正是「春心莫共花爭發」之「春心」全貌，他這個「春心」，或可稱為青年情懷。痴想越多，就愈像春花一樣，春花開得愈多也就必然凋零得愈多，而後皆至成灰成泥！故云：「春心莫共花爭發，一寸相思一寸灰。」但是人如果沒有機會而只是純妄想，是比較容易清醒，否則就是精神有問題了。但是如果真有機會浮現在眼前，而且也有一絲希望，如「扇裁月魄羞難掩，車走雷聲語未通」，如「身無彩鳳雙飛翼，心有靈犀一點通」等。於是導至主角也採取某些必要行動，如請求別人「莫將越客千絲網，網得西施別贈人。」可是結果是「曾是寂寥金燼暗，斷無消息石榴紅」，你說義山會心焦如焚，又會牽腸掛肚，像古井上水桶七上八下乎？可是期待久了，是否會洩氣而感到：「直道相思了無益」、「一寸相思一寸灰」呢？各位如果能同意此說，筆者之結論以為這是一首未婚之前，雖有心儀對象，可是尚處在等待對方回音之詩，他把等待之心情透過美妙之文筆形容曲致，只是大家對此詩中用典不能理解，於是誤解連連。同時此詩與另一首〈無題〉：

　　　　八歲偷照鏡，長眉已能畫，十歲去踏青，芙蓉作裙衩。十
　　　　二學彈箏，銀甲不曾卸，十四藏六親，懸知猶未嫁，十五
　　　　泣春風，背面鞦韆下。〔註212〕

兩首最大之差別，是此詩「十五泣春風」，是處於尚無對象狀態，故

────────────────

〔註212〕見馮浩《玉谿生詩集箋注》，卷1，20頁。

令人讀來像寓意前途之成分爲多。而本首，已有心儀對象，但只是機會尚處於曖昧不明階段，致令義山心如香爐焚香，焦躁不已，也如古井上之水桶，七上八下，癡盼不已！唯李商隱詩之所以高妙，在於雖原本只是在寫一己之心情，卻能「超越個別性具體經驗」而成爲一種普遍性之「抽象認知」。〔註213〕

第五節　循經配穴──從萼綠華診斷三首〈聖女祠〉

一、問題之引出

　　第二節已提到萼綠華之典故，馮浩是注在〈無題〉「聞道閶門萼綠華」之句下，而朱鶴齡則注在〈重過聖女祠〉「萼綠華來無定所」之句下。經過前文之解析，萼綠華在〈無題〉中所比喻對象，是美若天仙之王小姐，也同時等同於吳王苑內花之另一朵花紫玉。但是在〈重過聖女祠〉中，萼綠華在義山筆下又扮演了何種角色？大約有六種說法：

（1）周珽說是「仙伴疏曠之象」〔註214〕。其意指萼綠華乃是聖女疏曠之仙伴。

（2）趙臣瑗、陸昆曾則認爲萼綠華與杜蘭香是代表聖女之兩個親密知己。〔註215〕

（3）何焯之看法則與前者剛好相反，他認爲萼綠華與杜蘭香在詩中所代表是得意者，並曰：「來去無以，相欲相炫，以攬我心，更無可以相語耳。」〔註216〕

〔註213〕參看方瑜《沾衣花雨・李商隱七律豔體的結構與感覺性》，208 頁。
〔註214〕劉學鍇、余恕誠《李商隱詩歌集解》，第三冊，1332 頁。
〔註215〕同上注，趙臣瑗說：「五六萼綠華、杜蘭香妙借聖女同袍以暗指二知己。來無定所，即肯援手無奈其難于即就也。1333 頁，陸昆曾亦曰：「來無定所，去未移時，又以嘆二三知己播邊流落，而無可倚仗之人也。」
〔註216〕同上注，1334 頁。

（4）馮浩、何義門、朱彝尊、張爾田、汪辟疆則主張是義山自己
　　借慨之說。於是萼綠華與杜蘭香等同於聖女，皆是李商隱之
　　化身。

（5）程夢星則以爲萼綠華在此詩所扮演之角色，雖也是聖女之化
　　身，但是眞正之身份是代表不守清規之貴主女冠。且是義山
　　指責之對象。

（6）紀昀亦認爲是女冠，但不是指責之對象，而是所豔遇之對象。
以上這些都是赫赫有名之大家，筆者豈敢妄言孰是孰非？然萼綠華既
是一個典故，在筆者之研究上，等同一個穴道，從穴道施鍼，以求經
絡之順暢。經絡如網路與網路之連結，因此可以觀察穴位一如網站之
有放射性，而經絡與經絡雖有手足陰陽之分，但彼此亦相連接，固有
其互動性，由是以上諸家之是非，經過一番驗證之後，必有較客觀之
答案。

　　首先參看諸家之論斷如何？如馮注曰：「五六句正寫重過，實借
慨投託無門，徒匆匆歸去也。」〔註217〕張爾田加以詮釋曰：

> 來無定所，似指桂州罷，來京選尉，既又做京兆參軍；徐
> 州府罷，復遷太學博士也。去不移時，似指參軍未幾，又
> 赴徐幕，博士未幾，又赴梓幕也。〔註218〕

而汪辟疆則略本其說〔註219〕。以是萼綠華在馮、張、汪三氏的見解
下，成了李商隱之化身。朱彝尊稍有不同，他覺得五、六句寫的還是
聖女，直到末二句才歸到自身。〔註220〕則萼綠華與聖女仍然是二合
一。程夢星則曰：

> 〈聖女祠〉集中凡三見，皆剌當時女道士者，「白石巖扉碧
> 蘚滋」，言道院之清幽也，「上清淪謫得歸遲」，言天上之謫
> 仙也。「一春夢雨」言如巫山神女，暮雨朝雲，得所歡也。「盡

〔註217〕同上注，1335 頁。
〔註218〕同上注，1336 頁。
〔註219〕同上注，1336 頁。
〔註220〕同上注，1333 頁。

日靈風」，言其如湘江帝子，北渚秋風，離其偶也。下緊接
云「無定所」、「未移時」，言其暗期會合無常。比之蕚綠華
之降羊權，不過私過其家，杜蘭香之語張碩，亦苦小乖太歲，
論其情慾，有如溱洧之詩，責以倫彝，未遂咸恒之卦。然則
蕩閑踰檢，大媿金支，考派論宗，甚污玉牒，何不明請下嫁，
竟向天階免嘲寄靚，共通仙籍爲得耳。〔註221〕

而此又與紀昀曰：「蓋於此有所遇而記其詞於聖女」〔註222〕稍有不
同。因爲程氏認爲在此詩中，女道士是義山指斥之對象，而紀昀認爲
是義山「在此有所遇」，其遇應指艷遇。經此啓示，於是引起蘇雪林
教授撰寫《玉溪詩謎》，其（甲）便論述義山〈與女道士戀愛之關係〉。
而三首〈聖女祠〉所指都是華陽觀，而女道士則是宋華陽，而這個宋
華陽又叫宋眞人，且是宮女出身。〔註223〕又說「我以爲聖女祠並非
有其地，不過是義山情人所居寺觀之代名詞」，〔註224〕此則與紀昀「有
所遇」之說連起來。唯蘇先生之論述是從〈松篁台殿蕙蘭闈〉一首切
入，而引〈贈宋華陽眞人兼寄清都劉先生〉、〈月夜重寄宋華陽姊妹〉、
〈嫦娥〉、〈昨日〉、〈無題〉（紫府仙人）、〈襪〉、〈房君珊瑚散〉、〈碧
城〉三首、〈銀河吹笙〉、〈寄永道士〉、〈聖女祠〉、〈重過聖女祠〉共
十五首以爲證。

　　到了鍾來茵之《李商隱愛情詩解》擴展至三十八首，並再加括弧
曰：「決非只有三十八首，其他的詩是我尚未解讀才不選入此書的。」
〔註225〕則在鍾氏看來，李商隱600餘首詩中（《集解》凡收594首，
另附編15首，另外《茅山志》有2首爲他本所未收。此中尚有眞假
問題。）能做爲其鍾氏說之註腳者尚多，只是他一時尚未解讀而已。
他並且說：

〔註221〕見朱鶴齡《李義山詩集箋注》，212頁。
〔註222〕見劉學鍇、余恕誠《李商隱詩歌集解》，第三冊，1336頁。
〔註223〕見蘇雪林《玉溪詩謎》，17頁。
〔註224〕同上注，25頁。
〔註225〕見鍾來茵《李商隱愛情詩解》之〈前言〉，7頁。

李商隱與女冠有艷情，最早作出判斷的是清朝馮浩、程夢
星等；"五四"以后，蘇雪林女士《玉溪詩謎》作了創造
性的發揮；最近三十年中不少學者又作了補充，這基本上
可以成為學術界定論了。可是卻有人至今不尊重事實，一
味否定。〔註226〕

鍾氏似乎對別人不願意順從他之「定論」很生氣，於是指責其他人「不
尊重事實，一味否定」，似乎頗受委曲。然而，對學術性之問題，真
理是應該愈辨愈明，而非使氣即可以服人，如鍾氏所選以證明其女冠
論之第一首〈鏡檻〉：

鏡檻芙蓉入，香台翡翠過。撥弦驚火鳳，交扇拂天鵝。隱
忍陽城笑，喧傳郢市歌。仙眉瓊作葉，佛髻鈿為螺。五里
無因霧，三秋只見河。

鍾氏注釋第一句謂：「鏡台前坐著一位美人，她美如芙蓉花」。注第二
句說「梳妝台前，走過一位美人，她如同翡翠那樣晶瑩可愛。」〔註
227〕他在第一二句都還只說是「一位美人」，可是到了第三句之後，
其注如下：

（3）撥弦句──火鳳，樂曲名。馮注引《通典》云：「貞
觀末，有裴神符妙解琵琶，作〈勝蠻奴〉、〈火鳳〉、〈傾
杯樂〉三曲，聲度清美，太宗悅之。」句謂：他（指
美如芙蓉、翡翠的女冠）撥動琴弦，能彈出令人吃驚
的〈火鳳〉。〔註228〕

從第一句到第二句之「美人」，忽然變成第三句括弧中之（女冠），鍾
氏在注中沒有說明「美人」為何等於「女冠」，可是其下之注（4）、（5）、
（6）、（8）、（10）就一路上說：

（4）交扇句──句謂女冠身分是侍女，為女主人搖扇取
涼。

（5）隱忍句──句謂這位女冠極善笑，又極會隱忍收容

〔註226〕同上注，5頁。
〔註227〕鍾來茵《李商隱愛情詩解》，第一輯，5頁。
〔註228〕同上注。

　　　　　笑容。
　　（6）喧傳句——句謂女冠善于唱歌。
　　（8）佛髻句——佛髻，指女冠的頭髮。
　　（10）三秋句——意思是：我尚未找到機會，仔仔細細欣賞
　　　　　這位美麗的女冠；中間總像隔著五里霧。

讓鍾氏如此一路注下來，令人如墜五里霧中，因為筆者一直看不到詩中「美女」就是「女冠」之理由何在？幸而至其〈詩解〉中，終於有機會看到較完整之說法：

　　《鏡檻》全詩寫詩人見一位美麗的女冠，引起無窮之艷思。
　　首聯寫她的美麗。她坐在鏡台前，美女芙蓉；她坐在香台
　　前，可愛得像一塊晶瑩的翡翠。徐樹穀云：「芙蓉、翡翠皆
　　喻名姝。」這一看法是正確的，只是這位美如芙蓉、翡翠
　　的姑娘，地位並不高貴，從她下面爲主子打扇可知，大約
　　是侍奉入道女貴主的女冠。〔註229〕

讀完這一段之後，才看到鍾來茵之所謂「事實」，是「大約是侍奉入道女貴主的女冠」，尤其是「大約」二字，本來只是他自己猜測之語氣詞，卻又被他自己當做鐵證式的認定。這種把自己之假設當鐵證之循環互證法，要叫誰相信？而其旁證則是徐樹穀云：「芙蓉、翡翠皆喻名姝」。然而「名姝」可專指女冠乎？而且「地位並不高貴」之打扇女亦堪稱「名姝」乎？但是爲了避免被說成「不尊重事實，一味否定」，只好細論如下：

二、〈聖女祠〉外在問題

（一）〈聖女祠〉之命題

　　李商隱詩集中有三首《聖女祠》，其題有認爲是實有，有認爲是虛構。認爲實有者，如朱鶴齡在《重過聖女祠》之題下注，引《水經注》曰：

　　武都秦岡山懸崖之側，列壁之上，有神像狀婦人之容，其

─────────────────

〔註229〕鍾來茵《李商隱愛情詩解》，6頁。

形上赤下白，世名之日聖女神。福應衍違，方俗是禱。按
武都今漢中府略陽縣也。〔註230〕

此後屈復《玉溪生詩意》，馮浩《玉谿生詩集箋注》本之，唯將注釋
之位置移動，屈復則注於「松篁臺殿蕙香幃」一詩之題下，馮浩則置
於「杳靄逢仙跡」詩之題下，此因三者編詩之先後順序不同而改易。
唯馮浩之注有按語加詳曰：

按：合《水經注》、《通典》、《元和郡縣志》諸書，兩當水
源出陳倉縣之大散嶺西南，流入故道水。其云西南入秦岡
山者，在唐鳳州之境，州西五十里則兩當縣也。鳳州南至
興元府幾四百里，東南至襃城縣幾三百里。而唐時興元至
上都，或取駱谷，或取斜谷，若從驛路，則一千二百餘里，
其途較紆也。此為興元至鳳州，出扶風郡之陳倉縣大散關
時經之無疑也。〔註231〕

馮浩是認為李商隱當時應令狐楚在興元之聘，令狐楚旋病卒，李商隱
扶柩從興元回長安，而路經秦岡山之聖女神像前，然並未說聖女有廟
否？但屈復則曰：「祠在皇都路旁，故往來逢之」〔註232〕。屈氏不僅
認為實有其祠，並說是在皇都路旁，似不在郊外。張爾田《玉谿生年
譜會箋》則認同馮浩之說，曰：「自興元至鳳州，出扶風郡之陳倉縣
大散關時所經，唐時當有祠也」〔註233〕。是張爾田認為《聖女祠》
之命題為實有；唯「唐時當有祠也」，因全無論據，故只是推測之辭。
持不同看法者尚多也，如屈復曰：「此聖女祠與《錦瑟》、《無題》皆
寄託、不必認真」〔註234〕。在屈復看來，世上雖實有錦瑟，而李商
隱之詩未必寫真錦瑟，其與無題不異。同例，秦岡山或真有聖女祠存
在，但對李商隱之命題，亦與錦瑟無異，皆只是寄託，也等同於無

〔註230〕見朱鶴齡《李義山詩集箋注》，卷1，21頁。
〔註231〕見馮浩《玉谿生詩集箋注》，卷1，92頁。
〔註232〕見屈復《玉溪生詩意》，卷8，508頁。
〔註233〕見張爾田《玉谿生年譜會箋》，卷1，48頁。
〔註234〕見劉學鍇、余恕誠《李商隱詩歌集解》，第三冊，1334頁。此書一
　　　　套五冊，由陳昌明兄購贈，特此銘謝。

題，故勸人「不必認眞」。若姚培謙則曰：「聖女以形似得名，非果有其神也」。〔註235〕此說則不但否定其祠，亦否定其神。吳喬更直說：「此本虛題，不可全用賦義」〔註236〕。

考《聖女》一詞，在中國典籍上可索者三。一是劉向之《列女傳》「齊宿瘤女」篇，云齊閔王出遊至東都，遇宿瘤女採桑道旁，以至遣聘爲婦，歸見諸夫人曰：「今日出遊得一聖女」〔註237〕。其次見班固《漢書・元后傳》：

> 孝元皇后，王莽之姑也……元城建公曰：春秋沙麓崩，晉史卜之曰：……後六百四十五年，宜有聖女興。〔註238〕

其三則是《水經注・漾水條》曰：

> 故道水又西南入秦岡山，尚婆水注之。山高入雲，遠望增狀，若嶺紆曦軒，峰枉月駕矣。懸崖之側，列壁之上，有神像，若圖指狀婦人之容，其形上赤下白，世名之曰聖女神，至於福應怨違，方俗是祈。〔註239〕

此三則原典之中，其可注意者有二，一是齊閔王出遊遇聖女，其二爲《水經注》中「山高入雲，遠望增狀」云云，爲所有箋註義山詩者所不徵引。然若以之箋釋「杳靄逢仙跡」一句、洵若有神會。聖女之神像，即在山高入雲之列壁上，遠望既能增狀，能無「杳靄」之感乎？閔王出遊，遇聖女於道旁，不類「逢仙跡」乎？

再由《重過聖女祠》一首考察，曰「白石巖扉碧蘚滋」、曰「一春夢雨常飄瓦，盡日靈風不滿旗」。其中白石巖扉也，屋瓦也，靈旗也，必非虛構。且題曰「重過」，亦必有定點定處。如此則張爾田曰：「唐時當有祠也」，其語可以落實，而不再是推測。唯一座用簡單之石頭砌成之祠宇，且已長滿了青苔，已可以透顯其淒清冷落，少有信

〔註235〕全前註，1335頁。
〔註236〕全前註，第四冊，1687頁。
〔註237〕見《增補全像評林古今列女傳》，臺北：廣文書局，卷8，頁4。
〔註238〕見《後漢書》，第五冊卷98，列傳68，4014頁。
〔註239〕見後魏酈道元撰，清戴震校之《水經注》，臺北：世界書局，卷20，漾水條，257頁。

徒來供奉香火矣。再加上屋瓦上一春不歇之夢雨，和一杆任風吹展不開之捲縮神旗，其境況之難堪可知。此與另一首臺殿雄偉，玉窗雕龍，門扉畫鳳之道觀，簡直不可同日而語。且一首是「上清淪謫得歸遲」之落魄神靈，另一首是珠館可以任意去來之聖女，因此這兩首詩應是二而非一。以是其題有實有虛，故屈復認爲〈聖女祠〉之題與〈錦瑟〉、〈無題〉都含有寄託成分，亦非全無道理。因此筆者以爲，這三首《聖女祠》應分爲二組，「杏靄逢仙跡」與「白石岩扉碧蘚滋」兩首當合爲一組；「松篁臺殿蕙香幃」自成一組，以下論文依此論述。

（二）三首〈聖女祠〉之前後順序問題

　　三首《聖女祠》，到底何首爲先，何首爲後？其次序也眾說紛紜。朱彝尊認爲：

> 集中《聖女祠》三首，第一首（松篁臺殿蕙香幃）尚詠神廟，次首（指《重過聖女祠》）已似寄託。此首（杏靄逢仙跡）竟似言情矣。〔註240〕

由朱氏言第一首、次首、此首，則何詩爲先，何詩爲後，順序甚明。屈氏在《重過聖女祠》一詩之後曰：

> 前過此、松篁蕙香，今則碧蘚已滋者。〔註241〕

觀屈氏之意，也以「松篁臺殿蕙香幃」一首爲前過，而「白石岩扉碧蘚滋」則爲次過。因爲屈氏持此觀點，故其編《玉溪生詩意》時，在其自序云：

> 古今諸體舊本合刻，今各以類分，便於觀覽，然先後次序，仍依原本，惟過聖女祠一首（指松篁臺殿蕙香幃）移《重過聖女祠》之前。〔註242〕

所以屈氏將「松篁臺殿蕙香幃」一首，提前排在「白石岩扉碧蘚滋」之前。至於「杏靄逢仙跡」一首，屈氏並沒有談到到其時間順序問題，

〔註240〕見《李商隱詩歌集解》，1686 頁。
〔註241〕見屈復《玉溪生詩意》，卷 4，216 頁。
〔註242〕見屈復《玉溪生詩意‧凡例》，16 頁。

其將之排於第八卷，只因其編書體例，將五言排律置於卷八而已。然而何義門則於「杏靄逢仙跡」後評曰：

> 集中有重過聖女祠詩，則落句已三過〔註243〕。

可見何氏亦以「杏靄逢仙跡」詩爲最後完成者。然而徐湛園、馮浩、張爾田三家則持不同看法。他們認爲「杏靄逢仙跡」一首爲初作，徐湛園曾先曰：

> 此益知爲令狐楚作無疑。楚卒於山南鎮，義山往赴之，此北歸道中之作。〔註244〕

馮浩接著加按語曰：「余既悟出，證之徐而益信」〔註245〕。因此馮浩《玉谿生年譜》將之繫於開成二年，而《重過聖女祠》則繫於大中三年。至於《松篁臺殿蕙香幃》一首，馮氏則曰：「此與前編二首迥不相似，必非途次經過所作也」〔註246〕。因此，馮氏對此詩創作之時間與順序持謹愼態度。然張爾田《玉谿生年譜會箋》，則一反馮浩之矜持，而明確繫「松篁臺殿蕙香幃」爲第一首，「杏靄逢仙跡」爲第二首，「白日岩扉碧蘚滋」爲第三首。張爾田認爲「松篁臺殿蕙香幃」爲最初作之因曰：

> （松篁臺殿）實詠聖女，是馳赴興元時作。時義山未娶，故觸緒致感，謂有寄託者，失之，與後一首不同（杏靄逢仙跡）。〔註247〕

兩者之歧異，在於馮浩以爲「松篁臺殿蕙香幃」一首，「必非途次經過所作」。而張爾田則認爲是「馳赴興元時作」。《重過聖女祠》時，馮浩認爲是「自巴蜀歸，追憶開成二年事，全以聖女自況。」於是將之編於大中二年。張爾田則曰：

> 馮編於大中二年蜀遊時，考當時歸途，乃由水程，聖女祠

〔註243〕按此說不見於《義門讀書記》，而見於《李商隱詩歌集解》，第四冊，1687頁，引《輯評》。

〔註244〕見馮浩《玉谿生詩集箋注》引徐氏說，卷1，94頁。

〔註245〕見馮浩《玉谿生詩集箋注》引徐氏說，卷1，94頁。

〔註246〕見馮浩《玉谿生詩集箋注》，卷3，694頁。

〔註247〕見張爾田《玉谿生年譜會箋》，卷1，48頁。

　　　　在陳倉大散關之間，非其行蹤所歷矣。〔註248〕

於是張爾田將是詩編於大中十年，云「此隨仲郢還朝時作。」然不論
是大中二年，或大中十年，馮浩、張爾田二氏皆認爲《重過聖女祠》
是三首中，李商隱最後完成之作品無疑，且地點都是從蜀歸來。今將
諸家之說，列一表以明其順序：

詩名 人名	聖女祠 （松篁臺殿）	聖女祠 （杳靄逢仙跡）	重過聖女祠 （白石岩扉）
朱彝尊	1	3	2
何義門	1	3	2
屈　復	1	未定	2
馮　浩	未定	1	2
張爾田	1	2	3

　　從上表可以看出，「松篁臺殿蕙香幃」一詩，被認爲最先完成者
最多，只有馮浩存疑。《重過聖女祠》一首，大都認爲順序應排在第
二，唯張田認爲應是最後完成。而「杳靄逢仙跡」一首，朱彝尊、何
義門認爲應排在第三，屈復則未定，馮浩則以爲當與《重過聖女祠》
一首合看，對「松篁臺殿蕙香幃」持保留態度。而張爾田之二、三與
朱、何兩家相反。順序如此不一，我們只得從李商隱詩之文本加以析
論，以期得到較客觀之答案。

三、〈聖女祠〉三首之文本析論

　　前節論《聖女祠》之命題，已提到同一命題也，因有不同之含意，
所以應分成兩組討論：

〔註248〕見張爾田《玉谿生年譜會箋》，卷4，193頁。按此説是張氏最後定
　　　　論，若其《玉谿生詩評》則曰：「此詩未定何年所作，題曰重過，
　　　　必在杳靄逢仙跡一首之後，全以聖女自慨己之見擯於令狐也。」參
　　　　看夏敬觀《唐詩說》，199頁河洛出版社。

A組：

1.〈聖女祠〉

杳靄逢仙跡，蒼茫滯客途。何年歸碧落，此路向皇都。消息期青雀，逢迎異紫姑。腸迴楚國夢，心斷漢宮巫。從騎栽寒竹，行車蔭白榆。星娥一去後，月姊更來無？寡鵠迷蒼壑，羈鳳怨翠梧，惟應碧桃下，方朔是狂夫。

此詩一般選本不錄。理由或許不少，但是其難解度，筆者認爲是三首《聖女祠》中，最不好說的一首。然庖丁解牛「批大卻、導大窾」是必然過程〔註249〕，此詩可以當作解開其他二詩之關鍵。

自清朝以來，對此詩大概有四種說法，第一種認爲是艷情之作，持此觀點之學者最多，如朱彝尊、屈復、蘇雪林、何林天、劉學鍇、余恕誠、朱偰、楊柳、吳調公、陳永正、鍾來茵等等皆是。第二種認爲此詩爲令狐作，首倡者爲徐湛源，附議者有馮浩、張爾田、葉蔥奇。第三種是程夢星認爲此首《聖女祠》亦是刺女道士者。第四種是鄧中龍云：

以前可能是宮中的女巫，如今，遠離宮廷，獨處荒詞，青春漸消逝，舊歡已杳，新愛難期。〔註250〕

在筆者看來，以上四者皆非，試就原典之文本剖析以證：

（1）在大章法上，前四句是「人」與「聖女」交叉落筆，第三句之「何年歸碧落」？照應首句「杳靄逢仙跡」。第四句之「此路向皇都」，照應第二句之「蒼茫滯客途」。形成：

杳靄逢仙跡，蒼茫滯客途。何年歸碧落，此路向皇都。

這四句之意義，向來少有爭議。唯「逢仙跡」三字是一大關鍵。我們日常說「整天看不到人影」，「看不到一個鬼影子」。此中之「影」字

〔註249〕見郭慶藩輯《莊子集釋》〈養生主〉第3，118頁，華正書局。
〔註250〕見鄧中龍《李商隱詩釋注》，上冊，湖南岳麓書社，2000年1月，219頁。

很難用「跡」字代替。因為有「影」必有「人」，見影必見人。可是
當我們說「杳無人跡」，「不見蹤跡」。這個「跡」字，就不一定要看
到人，只要有「跡」可尋即可，兩者最大之判別，如遺跡、古跡、手
跡等，也絕不能用「影」字代替。不信請詳參一下李商隱對這兩字之
用法：

影	跡
影響輪雙蝶。	解佩無遺跡。
影隨簾押轉。	奮跡登弘閣。
鳥影落天窗。	成蹊跡尚賒。
銜花片影微。	先生跡未荒。
楡高送斜影。	定笑幽人跡。
江河雁影空。	杳靄逢仙跡。
不見嫦娥影。	浪跡江河白髮新。
對影聞聲已可憐。	昔歲陪遊舊跡多。
玉樓影近中天臺。	石蘚庭中鹿跡微。
輕身滅影何可望。	牆外萬株人絕跡。
桂宮留影光難取。	
雲母屏風燭影深。	
二八月輪蟾破影。	
樹繞池寬月影空。	〔註251〕
見我佯羞頻顧影。	

　　上欄之「影」，在李商隱之句法中，不論蝶影、人影、鳥影、樓
影、月影等等，必定影在物存，物空影失。而右欄之「跡」字，乃人
自去，跡自留。這是兩者之最大區別。因此義山用「逢仙跡」，而不

〔註251〕以上資料請參看《全唐詩索引‧李商隱卷》，北京中華書局，224頁、
　　　429頁、447頁。

用「逢仙影」，是女冠、或是聖女像之形跡，已判然可識。也可更明白說，此題中之聖女，絕不是女冠，也不是女巫，而只是上赤下白之女神像。

（2）從「消息期青雀」，至「心斷漢宮巫」一段，是誤會滋多，箋解益迷者。如吳喬曰：

> 首句出題也，次句自述也。三句言聖女也，四句又自述也。「消息」二句，讚聖女也。「腸迴」句，異于襄王之媟侮，「心斷」句，言不同巫蠱之狂邪，尊聖女也。「從騎」二句，又自述行蹤，興也。星娥、月姊，比聖女之不行得見也。寡鵠，言想念之切也。結用方朔，以王母比聖女也。此本虛題，不可全用賦義，故雜出比興以成篇……。〔註252〕

吳喬對商隱「逢仙跡」三字之用法不明，故以為此是虛題，整首是比興，不可全用賦義。然此詩若不是賦而是比興，則吳喬屢言「讚聖女也」、「尊聖女也」、「以王母比聖女也」，邏輯又從何推出？

再試問「消息期青雀，逢迎異紫姑」，為什麼是「讚聖女也」？上句「青雀消息」商隱常用，在此只是呼應「何時歸碧落」，此易知也。下句請看馮注引《異苑》曰：

> 紫姑是人妾，為大婦所嫉，每以穢事相次役。正月十五日感慨而死。故世人作形，夜於廁間或豬欄邊迎之。祝曰：子胥不在，曹姑亦歸去，小姑可出。〔註253〕

《荊楚歲時記》云：「正月望日，其夕迎紫姑神以卜」。李商隱亦有《正月十五夜聞京有燈恨不得觀》詩：

> 月色燈光滿帝都，香車寶輦臨通衢。身閑不睹中興盛，羞逐鄉人賽紫姑。〔註254〕

是中國古代民間確有元宵祭紫姑神之事，且宋代詩歌裡亦屢屢見之。今就紫姑神論，生時為人小妾，死後為廁所或豬欄之神，其卑

〔註252〕見劉學鍇、余恕誠《李商隱詩歌集解》，第四冊，1687頁。
〔註253〕見馮浩《玉谿生詩集箋注》，卷1，93頁。
〔註254〕見馮浩《玉谿生詩集箋注》，卷2，538頁。

賤可知。義山詩曰：「逢迎異紫姑」，加一「異」字，從與人交接逢迎之角度看，聖女神的確不同於紫姑神之卑賤，因爲聖女神像位於層雲之上，福應愆違，方俗是祈。比起紫姑神要出來吃一頓祭品，還要聽聽：子胥在不在？曹姑（大婦）有沒有走？那處境當然是好太多了，不異而何？

　　若僅就以上之典故探討，則吳喬說「消息二句，讚聖女也。」似乎可以成立。然而，此僅是斷章式之看法，若與下兩句：「腸回楚國夢，心斷漢宮巫」連看，恐怕意思就全部改變了。所謂「腸回楚國夢」。楚國有什麼夢跟聖女神有關，而能令人迴腸盪氣？朱鶴齡曰：「用神女事」。馮浩注曰：「宋玉〈高唐賦〉：「迴腸傷氣」。兩者之注皆可以成立。今《文選》卷十九有宋玉《高唐賦并序》一首曰：

王曰：何謂朝雲？玉曰：昔者先王嘗遊高唐，怠而晝寢，夢見一婦人，曰妾巫山之女也。爲高唐之客，聞君遊高唐，願薦枕席。王因幸之。〔註255〕

又有〈神女賦〉一首，其序曰：

楚襄王與宋玉遊於雲夢之浦，使玉賦高唐之事，其夜王寢，果夢與神女遇。〔註256〕

李商隱用此二典以說「楚國夢」，則當問爲之「迴腸」者爲誰？是巫山神女嗎？巫山神女早已如願以償了，因爲她自願荐枕，襄王是求之不可得，所以巫山神女不必迴腸。爲之迴腸之人，當然是秦岡山之聖女，因爲此聖女從來不得入帝王之夢。當各位想想白居易之〈長恨歌〉：「可憐光彩生門戶，遂令天下父母心，不重生男重生女」之舊時代心態，就可以了解神女能入帝王之夢，是多麼地令一般泛泛女神羨慕。

　　再看「心斷漢宮巫」。爲什麼「漢宮巫」會引人「心斷」，「心斷」又是何義？古人無注，劉學鍇注曰：「念念不忘」。此說可通，然「漢

〔註255〕見《昭明文選》，卷19，249頁。
〔註256〕仝前註，252頁。

宮巫」又爲何引人念念不忘？朱鶴齡注引《漢書，郊祀志》：

> 上郡有巫，病，而鬼神下之。上召置，祠之甘泉。〔註257〕

馮浩亦引其書曰：

> 高祖於長安置祠祀宮，女巫有梁巫、晉巫、秦巫、荊巫、
> 九天巫，各有所祠，皆以歲時祠宮中。〔註258〕

由以上兩者之注，可以看出，漢高祖時，曾將各地方之女巫，與其所
奉祠之神，集中到長安，並爲之建宮奉祀。這些女巫比起秦岡山上之
聖女來說，當然是幸運得多，而聖女神根本沒機會，所以盼望、所以
祈待、所以念念不忘，其理在此。而鄧中龍之所以會誤認爲聖女是宮
中之女巫即本此也。

　　依此看來，「消息期青雀，逢迎異紫姑，腸迴楚國夢，心斷漢宮
巫」。除了第一句是呼應「何年歸碧落」之外，其他三句則產生了對
比作用。秦岡山上這個聖女嗎？處境比卑賤之紫姑神好一點，但比起
巫山神女、或漢代各地之女巫，可眞是比下有餘，比上不足了。句意
即明，因此可以判定吳喬說「腸迴句，異于襄王之媟侮；心斷句，言
不同巫蠱之狂邪」，眞是全憑臆說。馮浩箋曰：「消息四句，謂我望其
（指令狐楚）入秉國鈞，而今不可再遇，夢醒高唐，心斷漢宮矣。」
也眞是信口雌黃。而鍾來茵說：

> 例如義山詩中的「紫姑」，就瞞過了不少人。〈聖女祠〉有「逢
> 迎異紫姑」句；〈昨日〉有「昨日紫姑神去也」句；〈無題〉
> 有「紫府仙人號寶燈」句，〈當句有對〉有「紫府程遙碧落
> 寬」句。我認爲：紫姑既紫府仙姑（人）的簡稱，詩人在仄
> 的位置即用「紫府」，在平的位置即用「紫姑」。〔註259〕

鍾氏把紫姑、紫府仙人、紫府等三者，只因都有個「紫」字，就把
廁所神與仙府和仙府中之神仙都一般腦兒等同起來，洵令人不敢苟
同矣。

〔註257〕見《李商隱詩歌集解》第四冊，1685 頁。
〔註258〕見馮浩《玉谿生詩集箋注》，卷1，93 頁。
〔註259〕見鍾來茵《李商隱愛情詩解》，10 頁～109 頁。

（3）由「從騎裁寒竹」到「羈凰怨翠梧」，古人之說法，也是很有趣的問題。吳喬認爲「從騎二句，是自述行蹤，興也。星娥、月姊，比聖女之不可得見也。寡鵠，言想念之切也。」馮浩則曰：「從騎二句，謂奉其喪而歸。星娥二句，謂令狐既化，更得知已否？寡鵠二句，謂己之哀情。」張爾田認爲「馮說精湛極矣。」筆者不敏，對以上三者之看法亦皆不敢以爲是。按「從騎裁寒竹」，朱鶴齡注已甚明，朱氏引《後漢書方術傳》曰：

> 壺公以竹杖與長房曰：「乘此任所之。」長房乘杖，須臾歸來。投杖葛陂中，視之則龍也。」王續詩：「鴨桃聞已種，龍竹未輕騎。」〔註260〕

比注馮氏亦引入，唯刪王續詩一段，而加《禮記・喪服小記》曰：「苴杖，竹也。〈問喪〉：爲父苴杖」。馮浩不信前注，而迷自己「起四句點歸途經過也，以下多比令狐」之主觀，因此曰「從騎二句，謂奉其喪而歸」。

事實上李商隱裁竹爲騎之詩，並非孤例。其〈玄微先生〉詩亦有：「龍竹裁輕策」句。馮氏之注亦曰：「見聖女祠五排」〔註261〕。可見馮氏也知在〈玄微先生〉詩裡「裁竹」之典與〈聖女祠〉中之用法相同。而類此句意，筆者尚可從〈全唐詩〉中舉出數例，如張蠙之〈華陽道者〉：

> 惟餐白石過白日，擬騎青竹上青冥。〔註262〕

王鐸之遺句：

> 華表尚迷丁令鶴，竹坡猶認葛溪龍。〔註263〕

施肩吾《遇李山人》：

> 別易會難君且住，莫交青竹化爲龍。〔註264〕

〔註260〕見馮浩《玉谿生詩集箋注》，卷3，555頁。
〔註261〕見馮浩《玉谿生詩集箋注》，卷3，555頁。
〔註262〕《全唐詩》，臺北：盤庚出版社，第十冊，8082頁。
〔註263〕《全唐詩》第九冊，6462頁。
〔註264〕《全唐詩》第八冊，5604頁。

韋式之《竹》：

> 仙杖正驚龍化，美實當隨鳳熟。〔註265〕

以竹爲龍杖，裁之以當神仙坐騎，詩人用之已多，不知註玉谿生功力如此深厚之馮浩，當時爲何硬是要牽強把它解到令狐頭上去，其謬亦甚矣。

接下來一句「行車蔭白楡」，朱鶴齡注已引古詩《隴西行》：「天上何所有。歷歷種白楡」，唐人詩中用之多矣！如曹唐之《小遊仙詩》第九十二首：

> 北斗西風吹白楡，穆公相笑夜投壺。花前玉女來相問，賭得青龍許賣無？

又如其《織女懷牽牛》：

> 欲將心向仙龍說，借問楡花早晚愁。〔註266〕

又如王初詠《銀河》：

> 閶闔疏雲漏絳津，橋頭秋夜鵲飛頻。猶殘仙媛湔裙水，幾見星妃度襪塵。歷歷素楡飄玉葉，涓涓清月濕冰輪。年年有若乘槎客，爲弔波靈是楚臣。〔註267〕

就此三例，參之李詩，已可以釐然看出，李商隱是在描繪天庭中諸仙神之逍遙悠適，意指每一個神仙都可以任意騎著自己的坐騎，在種滿白楡之林蔭天衢上行遊。可是各位有沒有想想，懸崖列壁之上之聖女能嗎？他不是被牢牢固定在峭壁之上嗎？此兩句正從反面襯托聖女之不自由、不逍遙，所以接下來兩句云：「星娥一去後，月姊更來無」？就顯得更刺激了。「星娥」，朱注說是織女。月姊，馮注說是嫦娥，應是正確無誤。只是李商隱用在此十個字上，安排了兩條伏線，讀者卻不可忽略。第一、織女有夫牛郎，嫦娥有夫后羿。第二，不管兩個神女之婚姻多麼不美滿，但是一個能渡鵲橋，一個可以奔月宮，都可以行動自如。

〔註265〕《全唐詩》第七冊，5266頁。
〔註266〕以上見《全唐詩》第十冊，7338頁、7352頁。
〔註267〕見《全唐詩》第八冊，491卷，5558頁。

　　再回顧詩中之女主角——聖女，一無夫、二不能動。像這樣之女神，不像是一隻「寡鵠」，不像是一隻「羇凰」嗎？「寡鵠」以示聖女之無夫、「羇凰」以喻聖女行動之不得自由。「迷蒼壑」三字，明點出聖女像所處正在秦岡山之千山萬壑中。「怨翠梧」只是順著說以示羇凰不輕擇木，同時也顯示其不得他擇，也不能有所選擇。可見四句脈絡一貫，與令狐之死或女冠、女巫全不相涉。唯「寡鵠」、「羇凰」兩句，讀來頗有淒迷哀戚之感，李商隱到底付於何種情感，得看末兩句方可確定。

　　（4）「惟應碧桃下，方朔是狂夫」。李商隱末兩句用這樣之結尾，到底欲結出何意來？吳喬說：「結用方朔，以王母比聖女也。」若云以王母比聖女，則方朔應該比義山。那就是說義山要去當聖女之狂夫。換句話說，是義山想去娶石壁上之聖女像當老婆，這種想法未免太滑稽了。馮浩更妙，他在註中引《博物志》曰：

　　　王母降于九華殿，王母索七桃，以五枚與帝，母食二枚。
　　　唯母與帝對坐，從者皆不得進。時東方朔竊從殿南廂朱鳥
　　　牖中窺母；母顧之，謂帝曰：「此窺牖小兒常（嘗）三來盜
　　　吾此桃。」

又引《史記·東方朔傳》云：

　　　（東方朔）取少婦於長安中好女，率一歲即棄去。更取婦，
　　　所賜錢財盡索之女子。人主左右諸郎半呼之狂人。〔註268〕

馮浩注詩洵為廣博，然其箋之擇義卻常常令人不敢恭維。如前兩注引文有一百一十四字，他卻只看到「小兒」二字，而曰：「結謂惟有其子可以相守，借用小兒字也。」並非常肯定以為其說法：「一字不可移易。」〔註269〕然就詩論詩，馮浩之說不是「一字不可移易」，若依筆者看來簡直是字字皆非。從全詩之發展脈絡推演，自是星娥、月姊諸女伴們有夫，因此一一離去，而聖女則寡鵠、羇凰無侶而獨棲，殆

〔註268〕按此文第二句與原文稍異，見《玉谿生詩集箋注》，卷1，94頁。
〔註269〕見馮浩《玉谿生詩集箋注》，卷1，95頁。

可確定。

　　現在當問者是李商隱抱著怎樣的心態，來處理聖女無偶的問題。詩中聖女之地位既不高，只比紫姑神好，可是遭遇卻不如巫山神女和漢代諸女巫。身置懸崖峭壁，行動又不得像織女、嫦娥能來去自如，至今尚類寡鵠、羈凰，姻緣自是全無著落，所以末兩句給聖女提供了一個機會。也可能也是唯一之對象，那就是——東方朔。

　　因爲根據《東方朔傳》之記載，東方朔每一年都再娶一個老婆，所謂「娶少婦於長安中好女，率一歲即棄去，更取婦。」此典，閩南人至今尚用作玩笑話，曰：「我今年還沒有娶」。然而如果一般普通人，縱能學東方朔一年娶一個，多也不夠百歲，聖女想夫還是無望。但是若像東方朔，西王母說他三次去盜仙桃。按《漢武帝內傳》說：「此桃三千年一生實」。則東方朔至少九千歲以上，若此「三」是「三人行必有我師」之「三」，以喻「多數」之意，則東方朔已不知其幾千萬歲。若東方朔又不斷到西王母之仙桃園偷吃碧桃，那他就會活得更長、更久，於是聖女不是很有希望可以嫁給東方朔嗎？故李商隱以「唯應碧桃下，方朔是狂夫」作結。

　　這一首詩討論到這裡，大家應該可以感受到李商隱對聖女開玩笑諧謔之味道很濃，所以朱彝尊說：「人雖好色，未有瀆及鬼神者。」是有感而發，又因其對詩意不甚了解，故又云「疑其有所悼而託以此題」〔註270〕。其疑實是多疑，同時也可見此詩，應是李商隱很年輕之作品，至少是他在未倍嘗人生情苦時之作，與他寫〈牡丹〉、〈天下公座中呈令狐令公〉之年齡應相去不遠，至於說是奉令狐楚之喪歸時之作，筆者不敢從。就是蘇雪林教授也說：「義山既特繞數百里的道路，專誠叩謁聖女神，不應該這樣輕佻，況於引令狐之喪歸來，也不該有這樣的閒情別致。」〔註271〕。蘇先生其他之戀愛考證筆者固難同意，但他這段駁斥馮浩之話則筆者深以爲然。

〔註270〕見《李商隱詩歌集解》第四冊，1686 至 1687 頁。
〔註271〕見《玉溪詩謎》，24 頁至 25 頁。

2. 〈重過聖女祠〉

> 白石巖扉碧蘚滋，上清淪謫得歸遲。一春夢雨常飄瓦，盡
> 日靈風不滿旗。萼綠華來無定所，杜蘭香去未移時。玉郎
> 會此通仙籍，憶向天階問紫芝。

此詩萼綠華又出現，正可以和前節並聯觀察，以看義山用典之現象。
此詩清代胡以梅說：「起因其形在石壁而言」〔註272〕，其說甚是。因
爲祠在山中，故曰「巖扉」。聖女神像自來便困守石壁之上，動彈不
得，故曰「淪謫」、曰「歸遲」。筆者前也已說此詩當與「杳靄逢仙跡」
一首同組，胡氏之說在此可以獲得一證。而說解此詩一向便順暢而不
牽強者，又當以周珽之說爲最佳，其曰：

> 首謂祠宇閴封者，由聖女被謫上清，留滯人間也。雨常飄
> 瓦，風不滿旗，正歸遲虛寂之景。來無定所，去不移時，
> 乃仙伴疏曠之象。未謂己之姓名，倘在仙籍之中，當會此
> 相問飛升不死之藥也。〔註273〕

因祠宇之閴封，喻信徒香火之冷清，合乎岩扉之滋生碧蘚。因其留滯
人間，合乎上清遲遲不得歸去。「一春夢雨常飄瓦，盡日靈風不滿旗」，
呂本中以爲「有不盡之意」〔註274〕，周珽說是正描寫「歸遲虛寂之
景」，張謙宜則曰此兩句「思入微妙」〔註275〕。蓋作詩最怕說盡，便
無咀嚼回味餘地。若能令人望之是景，讀來是情，情景相生，終至令
人分不出是情是景，其詩自入微妙之正法眼藏。尤其此兩句以「夢雨」
「靈風」爲象徵。「夢雨」之「夢」，《說文解字》云：「不明也」。段
注曰：「夢之本義爲不明，今假爲夢寐字。」當讀平聲，入一「東」
韻。王若虛《滹南詩話》引蕭閑語曰：「蓋雨之至細若有若無者，謂
之夢。」〔註276〕故「夢雨」乃微雨之意思。而「靈風」一般箋注家

〔註272〕見《李商隱詩歌集解》第三冊，1333 頁。
〔註273〕見《李商隱詩歌集解》第三冊，1332 頁。
〔註274〕見《李商隱詩歌集解》第三冊，1332 頁。
〔註275〕見《李商隱詩歌集解》第三冊，1333 頁。唯張謙宜又解其所謂微妙
　　　　者，以爲是聯取高唐神女，朝雲暮雨之說，爲筆者所不取。
〔註276〕見《李商隱詩歌集解》第三冊，1331 頁。

未注，惟依李商隱之詩推之，應指此聖女之「神靈之風」，或可簡稱爲「神風」。而此「神風」之大小，又可從「不滿旗」三字推出。其風應不大，以暗示其威靈之不顯赫，故應只是微風而已。因此這兩句，便可細分成十個層次，簡譯如下：

　　　雨、細雨，一春細細的下著，滴滴敲在屋瓦上。

　　　風、微風，整日微微的吹，吹不開捲縮的旗子。

兩聯十四字，可以分成八個層次，令人讀來，每深入一個層次，心情就往下沈鬱一層，愈往下讀，心情愈往下沈，讀完以上八個層次，會在讀者之鑑賞功力補充下，產生另外兩層弦外之音——聽到每一點敲打在屋瓦上之雨滴，也打到詩人的心坎裡。看到那任風吹展不開的旗子，讀者之心情也跟著詩人一樣沈鬱憂悶。於是兩句十層妙意，這就是李商隱之高明。

　　至於「蕚綠華來無定所，杜蘭香去未移時」。這是兩個重要穴位之所在，本節正賴以按穴尋脈也。此兩句周珽以爲是「仙伴疏曠之象」，這是很正確的說法，只是古人評詩，都點到爲止。而詳說者，又不顧邏輯脈絡，只任意逞說，如趙臣瑗便曰：「五六蕚綠華、杜蘭香妙借聖女同袍以暗指二知己。來無定所，即肯援手無奈其難于即就也。此二句是申寫將得歸而猶尚遲遲」〔註277〕，此說便又附會到令狐身上，馮浩本之曰：「五六不第正寫重過，實借慨投託無門，徒匆匆歸去」。張爾田看法雖稍異，然亦充滿史實附會，以爲「來無定所似指桂州罷，來京選尉，既又假京兆參軍；徐州府罷，復遷太學博士也。去不移時，似指參軍未幾，又赴徐幕，博士未幾，又赴梓幕也。」〔註278〕

　　以上諸說，不能不知，然實失詩意。此兩句實與「星娥一去後，月姊更來無」？人物不同，然句意相類。蕚綠華之典已見前面，不再贅引。

―――――――――――――――

〔註277〕見《李商隱詩歌集解》第三冊，1333 頁。

〔註278〕見《玉谿生年譜會箋》，193 頁。

　　然由此句推敲此典，可以知道蕚綠華這個女神仙，其用法正與〈無題〉之蕚綠華相同，可以自由往來羊權家，沒有任何人可以拘束她，她要來就來，說走就走，走了之後，其行蹤甚至沒有人可以掌握，只知道她說住在南山，但查過《地理大辭典》之人便知道，中國實在處處有南山，包括陶淵明的「採菊東籬下，悠然見南山」。至於杜蘭香，朱鶴齡注引了兩個典，其中《搜神記》一則與詩意無涉，而《墉城仙錄》曰：

> 杜蘭香者，有漁父於湘江之岸見啼聲，四顧無人，惟一二
> 歲女子，漁父憐而舉之。十餘歲……忽有青童自空下，集
> 其家，攜女去。臨升天，謂漁父曰：「我仙女也，有過謫人
> 間，今去矣。」

馮浩則將朱注〈墉城仙錄〉刪去，蓋其書出於宋代，義山自然未閱，朱鶴齡引宋代文獻以注晚唐詩，自是不合，故馮氏刪之有理。同時馮浩又徵引曹毗〈杜蘭香別傳〉曰：

> 香降張碩，既成婚，香便去絕不來，年餘，碩忽見香乘車
> 山際，碩不勝悲喜，香亦有悅色。言語頃時，碩欲登其車，
> 其婢舉手排碩，凝然山立，碩復於車前上車，奴攘臂排之，
> 碩於是遂退。〔註279〕

由朱、馮兩家之注，大概都可以歸納出二個結論，第一、杜蘭香、蕚綠華、和嫦娥、織女一樣，都與聖女具有相同之女神仙性格。第二、這四位都來去自如，如杜蘭香說：「我仙女也，有過謫人間，今去矣」。曰：「香降張碩，既成婚，香便去。」由此更可論定，這首《重過聖女祠》之聖女，的確跟「杳靄逢仙跡」一首同一女神。因為聖女本身不但不能得大自在，大逍遙，甚且可以說連行動都不可能，所以李商隱才能初過也遇到，再過也相逢，若這個聖女能像蕚綠華、杜蘭春，那老早連蹤影都看不到了！只是兩首之間，有一個極大之差別，李商隱寫「杳靄逢仙跡」時，可以說少不經事，未嘗宦海浮沈、人情

冷暖之苦，故對聖女不甚恭敬，甚至加以諧謔和開玩笑。到了寫《重過聖女祠》時，已經歷盡滄桑，往事有不堪回首者，故到了末了兩句，便對聖女充滿了悲憫與同情，甚至充滿了衷心之祝福。

唯「玉郎會此通仙籍，憶向天階問紫芝」兩句，向來也不好說，周珽說：「未謂己之姓名，倘在仙籍之中，當會此相問飛升不死之藥也。」以「問飛升不死之藥」解「問紫芝」三字，斷章之當然可以通。然若以脈絡貫諸字，就又顯得鑿枘不能細合。陸崑曾則曰：「玉溪之曾登蕊榜，猶玉郎之曾掌仙錄也。」此說實亦比喻失類。按之玉郎，以姚培嫌注引《金根經》曰：

> 青宮之內北殿上有仙格，格有學仙簿錄及玄名，年月深淺，
> 金簡玉札，有十萬篇，領仙玉郎所掌也。〔註280〕

是玉郎乃管理神仙花名冊之小神仙，猶如當今各區公所之戶籍課員，或學校之註冊組人員，學生有註冊則有學籍，無註冊則無學籍，戶籍員辦理戶籍登記亦同。玉郎是管神仙註冊者，玉溪登蕊榜，最多只是說他俱有類似學籍、戶籍、或仙籍資格者，不能說他就是辦理註冊人員，此理應至明也，故陸氏之說不可從。筆者以爲這兩句要說通，此「會」字是一大關鍵。這個看法，古人已有提出者，如趙臣瑗便說：「此會，此番也」，這在清代是很奇特之看法，不信，試列一表以明梗概：

人　名	「會」字解
周　珽	當會此相問飛升不死之樂。
胡以梅	玉郎來會此以通仙籍。
趙臣瑗	此會，此番也。
姚培謙	豈無真仙眷屬如玉郎者，會此同登上界耶。
屈　復	惟有玉郎會此，可通仙籍。

唯一經詳細比對，原來趙臣瑗解因誤「會此」爲「此會」，因此

〔註280〕見《李商隱詩歌集解》第三冊，1332頁。

釋爲「此番」，而其他四家都當作「相會」之「會」解〔註281〕。再查
李商隱詩集用「會」字有二十四次。其中除了三次用「會昌」爲年號
之外，尙有二十一例如下：

（1）會心馳本原。

（2）會所友有偕當詣京師者。

（3）會與秦樓鳳。

（4）會越自登眞。

（5）會前猶在月。

（6）幸會東城宴未迴。

（7）不會牛車是上乘。

（8）玉郎會此通仙籍。

（9）戊辰會靜中出貽同志二十韻。

（10）玉管會玄圃。

（11）寓身會有地。

（12）大朝會萬方。

（13）荊江有會源。

（14）諸生空會葬。

（15）東望花樓會不同。

（16）上帝鈞天會眾靈。

（17）向來憂際會。

（18）星漢秋方會。

（19）昔聞舉一會。

（20）鸞鏡佳人舊會稀。

（21）雲水升沈一會中。〔註282〕

此二十一例中，其中第十九是指晉之士會，爲人名，其他（5）
（6）（10）（12）（13）（14）（15）（16）（17）（18）（21）確指相會

〔註281〕見《李商隱詩歌集解》第三冊，1332 頁。
〔註282〕見《全唐詩索引‧李商隱卷》，534 頁。

之「會」。然而（1）（2）（3）（4）（5）（7）（8）（11）之「會」字，則是各有不同字意。如「雲水升沈一會中」，此會今讀「ㄏㄨㄟˇ」。是一下子之意。其他（1）會心之會與（7）不會之會，都指心智之相應不相應。而（8）「玉郎會此通仙籍」之會與（11）「寓身會有地」之會意義相同，即今台語尚保存之「會或不會」（不會急讀成「買」（ㄇㄝ）意。）若用張相《詩詞曲語匯釋》則曰：「猶當也，應也。有時含有將然語氣。」〔註283〕其意即是對事情之期待含有一種相當可能之意也。按李商隱詩有些用台語解讀反而容易。如其《憶梅》詩：

> 定定住天涯，依依向物華。寒梅最堪恨，長作去年花。

此詩首句「定定」兩個字，若用國語恐怕很難說清楚，若用台語說：「你這個人怎麼定定這樣」。只要聽得懂台語，讀者十之八九就能豁然貫通焉。又如其《無題》詩「走馬蘭臺類轉蓬」，若用國語讀，便覺得李商隱是騎著馬慢慢走，如讀台語「走」（ㄗㄠˋ），就會回到《說文解字》之古義「走，趨也。段引《釋名》曰：徐行曰步，疾行曰趨。」〔註284〕可見台語說「走」等於今國語之「跑」。不信，各位可以試試兩個口令「起步走」、「跑步跑」看軍人或中小學生之動作如何？可見一字誤會，詩意全失。

　　因此，「玉郎會此通仙籍」，意思是說你這個淪謫凡塵之聖女，恐怕上天都忘了你的存在，或許連仙籍都遺失了，不過我想玉郎總有一天，還是會再發現你，把你重新登錄仙籍接引回上清去。李商隱想著想著，不免又想到了「同是天涯淪落人」的自己。想想自己也曾上過王屋山（憶向天階），追尋成仙得道之方（問紫芝）。至今還不是一事無成？故以「憶向天階問紫芝」為結語（有關義山學道問題詳第伍章）。唯李商隱邊寫邊將自己之情感附加上去，終至讓人覺得整首詩中充滿了詩人的影子，於是就任人取義了，如何義門便曰：「看來只

〔註283〕見張相《詩詞曲語詞匯釋》，126 頁。
〔註284〕見許慎《說文解字》走部，64 頁。

借聖女以自喻，文亦飄忽」〔註285〕汪辟疆亦曰：「此義山借聖女以寄慨身世之詩也」〔註286〕。這都是由末聯引發之聯想，當然也是此詩委婉含蓄所表達之最佳效果。

B組〈聖女祠〉

> 松篁臺殿蕙香幃，龍護瑤窗鳳掩扉。無質易迷三里霧，不
> 寒長著五銖衣。人間定有崔羅什，天上應無劉武威。寄問
> 釵頭雙白燕，每朝珠館幾時歸。

清朝朱彝尊讀此詩，第一個感覺便是：「此首全是寄託，不然何慢神乃爾」〔註287〕？一向喜將李商隱詩附會爲爲令狐作之馮浩，也變得非常謹慎說：

> 此與前所編二首迥不相似，必非途次經過作也。程氏謂爲
> 女冠作，似之，但無可細詳。〔註288〕

馮浩說他對此詩「無可細詳」，意思就是說此詩之難解度，到了讓他想再牽強附會一下也不可能。筆者不揣淺陋，再試爲剖析：

（1）首聯「松篁臺殿蕙香幃，龍護瑤窗鳳掩扉。」方東樹云：「起二句祠」〔註289〕，此明眼人一看即知。何義門曰：「前二聯分明如畫」〔註290〕。這是代表讀者對詩中美感之鑑賞功力，也無可批評。唯《唐詩鼓吹評注》曰：

> 首以祠言，謂松竹鎮其臺殿，蕙香繞其簾幙，窗扉則畫龍
> 鳳於其上，蓋言祠之肅穆也。〔註291〕

斯評蓋以爲首二句不只「分明如畫」，且有「肅穆」之感。陸崑曾讀

〔註285〕見《李商隱詩歌集解》第三冊，1334頁。

〔註286〕見《李商隱詩歌集解》第三冊，1336頁。

〔註287〕見《李商隱詩歌集解》第三冊，第四冊，1693頁。按此說劉學鍇以爲是朱彝尊之言，而馮浩則引作錢註。

〔註288〕見《王谿生詩集箋注》，卷1，《無題二首》，註10，694頁。

〔註289〕見《李商隱詩歌集解》第三冊，1693頁。

〔註290〕見《義門讀書記》，卷58，《李義山詩集》下，北京：中華書局，1257頁。

〔註291〕見錢牧齋、何義門評注《唐詩鼓吹評注》，河北大學出版社，2000年7月，363頁，又見《李商隱詩歌集解》，第三冊，1691頁。

了也說：「起處著松篁蕙香龍鳳等字，見得祠宇莊嚴，令人入廟思敬」
〔註 292〕。以上皆覺得前兩句風景明媚，氣氛肅穆、莊嚴。可是另一
些人讀來又有另一種感覺，如胡以梅說句中「日護日掩，總之夾寫幽
怪意」〔註 293〕。紀曉嵐更感到：

> 「松篁」二句有其人在焉，呼之欲出之，妙。〔註 294〕

程夢星更直曰：「此亦爲女道士作。道院清華，居然仙窟。」〔註 295〕
故此兩句又有許多不同之解讀，其實若將此首與（A 組）二詩比較，
便知（A 組）詩中全是仙跡，少有人氣。而此首從臺殿之巍娥，門窗
彫繪之精妙，便覺人工多於自然。尤其幃幕之飄香，更非人爲不可，
故紀曉嵐說「二句有其人在焉」，是相當俱有詩學之敏感度，程夢星
曰：「道院清華，居然仙窟」，也是正確之批評，馮浩說程氏云爲女冠
作，然「無可詳細」，是其善於搜史，不善於解詩也。〔註 296〕。

（2）頷聯「無質易迷三里霧，不寒長著五銖衣。」馮浩注引《後
漢書》曰：

> 張楷字公超，居弘農山中，學者隨之成市。後華陰山南遂
> 有公超市。性好道術，能作五里霧。時關西人裴優亦能爲
> 三里霧。〔註 297〕

由三里霧比起五里霧，道術深淺應有關係。然因詩中「三里」方可對
「五銖」，故道術深淺之考慮可以去除。今當問者，「無質」二字當何
解？程夢星合上下兩句曰：「有此深宮，如隱煙霧。道家妝束，偏稱

〔註 292〕見陸昆曾《李義山詩解》，37 至 38 頁。

〔註 293〕見《李商隱詩歌集解》第三冊，1691 頁。

〔註 294〕見《李商隱詩歌集解》第三冊，1693 頁。

〔註 295〕見《李商隱詩歌集解》第三冊，1692 頁。

〔註 296〕按李慈銘《越縵堂日記》於同治壬戌十二月二十四日云：「閱馮孟
亭侍御《玉谿生詩注》。孟亭於此書幾用一生之力。其考證史事，
固爲詳盡，而筆蕪詞漫，附會迂曲，時復不免。」又於光緒己卯
九月二十八日云：「閱玉谿詩注。馮氏不通訓詁，所解時失之鑿，
又未深知義山詩恉，蓋用力勤而識不足也。」李氏之說實在值得
參考。

〔註 297〕見《玉谿生詩集箋注》，卷 1，137 至 138 頁。

輕盈。〔註 298〕」似以煙霧指道觀之若隱若現，然此說實與「松篁臺殿」之苑然在目者矛盾。且蕙幬飄香，如聞其味，龍窗鳳扉，如見其精，何可言其無質也，其說不通也明矣。屈復曰：「三、聖女之神雲霧迷離。四、聖女之像常著銖衣」〔註 299〕。屈氏以爲三里霧指神之迷離，銖衣指神像之穿著，其說自比程夢星高明。類此說法者，尚有《唐詩鼓吹評注》曰：「至無形而與三里之霧，不寒而著五銖之衣，則宜其神靈炫奇矣」〔註 300〕。胡以梅更明言：「無質猶言無像，有霧則三里望而失之矣。耐寒故所服薄，五銖只重二錢一分半，其爲薄也，在依稀有無間耳」〔註 301〕。陸昆曾亦以爲「三四言聖女之飄然輕舉，無跡可尋」〔註 302〕。以上眾說，皆認爲「無質」乃指聖女之神靈，從「神靈」不俱形質這個角度立說，換言之，他們認爲「無質」就是「無形質」之意。

　　唯以上這個說法，須全從「神靈」這個觀點才可以成立。然前面已論證此詩異於 A 組，此聖女實是女冠之代號，因此「無質」所指不是神靈，而應是指此觀中之女冠不俱道教徒之本質。試將原句分解如下：

　　（一）無－

　　　　　不－

　　（二）無質——

　　　　　不寒——

　　（三）無質易迷——

　　　　　不寒長著

　　（四）無質易迷三里霧。

　　　　　不寒長著五銖衣。

〔註 298〕見朱鶴齡《李義山詩集箋注》，400 頁。
〔註 299〕見《李商隱詩歌集解》第四冊，1690 頁。
〔註 300〕見《李商隱詩歌集解》第四冊，1690 頁。
〔註 301〕見《李商隱詩歌集解》第四冊，1690 頁。
〔註 302〕見《李商隱詩歌集解》第四冊，1690 頁。

　　（一）是沒有什麼對不感怎樣。（二）是沒有本質對不感寒冷。
（三）是因為沒有本質，所以令人迷惑。他又好像不會感到寒冷，
所以長穿著什麼。（四）才點破：他終年不論寒熱多穿著五銖衣之
道袍，這一層原來只是在說明他掩蓋自己不俱道教徒本質之迷霧而
已。

　　筆者以上如是說，是否可通呢？且看馮浩引《博異志》註「五銖
衣」之原典曰：

> 貞觀中，岑文本於山亭避暑，有扣門云：「上清童子元寶參。」
> 衣淺青衣。文本問冠帔之異，曰：「僕外服圓而心方正，此
> 是上清五銖衣。」又曰：「天衣六銖，尤細者五銖也」〔註
> 303〕。

由此段文字可知，不論天衣六銖、五銖，皆只是代表道教中神仙家
之道袍，如果說女神穿了它就有「可望不可親，是耶非耶之致」〔註
304〕。或便有「其為薄也，在依稀有無間耳」〔註305〕。那上清童子
元寶穿來如何？故此詩之五銖衣，筆者認定其只是道袍之代稱而
已，只因女道士不守清規，猶如當今許多穿著袈裟之假和尚，故商
隱以詩刺之。且五銖衣之形曰「外服圓而心方正」，未嘗不暗含類似
柳公權「心正筆正」之勸也。

　　（3）腹聯曰：「人間定有崔羅什，天上應無劉武威。」先將其句
型分解如下：

　　　人間──定有──崔羅什。
　　　天上──應無──劉武威。

就此簡單句型分析而言：人間一定有像崔羅什這種人，而天上應該沒
有像劉武威這種將軍。此中當注意者有二：一是詩中把天上、人間有
截然之劃分。二是崔羅什與劉武威產生了同質性。換句話說，在此聯
詩中，若將這兩個人在上下句互換，除了影響格律聲調與押韻外，在

〔註303〕見《李商隱詩歌集解》第四冊，1689頁。
〔註304〕見《李商隱詩歌集解》第四冊，陸昆曾語，1691頁。
〔註305〕見《李商隱詩歌集解》第四冊，胡以梅語，1691頁。

意義上並沒有多大之差別。因此，劉武威與崔羅什有何同質性呢？

　　依道源引《酉陽雜俎》曰：長白山西有夫人墓，清河崔羅什被徵經此，入墓中與吳質之女見面事。當崔羅什欲辭出，留贈玳瑁簪，吳女回贈玉環事。劉武威則道源舉《神仙感應錄》，不得要領，又舉劉禹錫〈誚失婢榜詩〉：「不逐張公子，應隨劉武威。」其後馮浩雖又廣蒐典籍，但知劉武威名尚，當過武威太守，其他亦依道源說〔註306〕。就以上二典，已可推出兩者之同質性有二，第一，他們兩個同是社會名流，又類似神仙人物。第二，他們兩個都曾經與女人發生過一段情，至少某家失婢與劉武威有關，崔羅什更是信物確然。而李商隱此詩所寫是聖女，亦即是女冠，也類神仙人物。當這兩種男女發生豔情時，李商隱似乎持了一個道德判準——「人間定有」，也不可能沒有。因人本是凡人，所以道德標準比較低，因此像崔羅什這種處處留情之人多得是。可是天上呢？神仙或指修道之方外人物，道德標準應該比較高，像劉武威那種行徑，天上是不該發生。以這兩句腹聯，對照前兩句頷聯，讀者應該可以看出，前兩句指責者是身穿道袍之假女冠，後兩句所諷刺是虛偽之社會名流或神仙。有不解者如紀昀說此是李商隱自己在跟女道士搞戀愛。實在太冤枉義山了。

　　（4）末聯云：「寄問釵頭雙白燕，每朝珠館幾時歸。」古來說解此聯亦多不能中蛇七寸。其實關鍵在一「朝」字。一般都把它作動詞，如《唐詩鼓吹評注》曰：「不知釵頭白燕，往來貝闕珠宮……其幾時一歸也？」〔註307〕屈復曰：「寄問釵頭雙燕，每朝珠館何時可歸而一會也？」〔註308〕事實上，如此一解，珠宮便成了天上，（有人以為是皇宮）。則仙女回天上，或入道宮主回皇宮，亦非怪事，但詩意就與前六句完全脫節。而研究過李商隱詩之人，必定了解，玉谿生詩末句後勁威力之大，古來少有匹敵。如〈陳後宮〉二首之末聯：「夜來江

〔註306〕見《李商隱詩歌集解》第四冊，190 頁。
〔註307〕見《李商隱詩歌集解》第四冊，1691 頁。
〔註308〕見《李商隱詩歌集解》第三冊，1692 頁。

令醉，別詔宿臨春」、「從臣皆半醉，天子正無愁」。〈驪山有感〉之「平明每幸長生殿，不從金輿惟壽王」。〈龍池〉之「夜半宴歸宮漏永，薛王沈醉壽王醒」。〈北齊〉之「晉陽已陷休回顧，更請君王獵一回。」像這些句子，不懂者讀來不痛不癢，深知其味者，真會為他哭、為他吐血，而李商隱此詩末聯亦不例外。

　　所以「朝」字不當動詞用，而當名詞、即早上之意。於是這兩句之詩意便成了：借問每天隨著女主人出入之釵頭雙白燕，你們每天早上回到道觀（蕊珠宮）是什麼時辰？試想女道士之做息時間，如果不是早出晚歸，而是晚出朝歸，那他整晚到那裡去了呢？答案在《玉谿生詩集》便可尋得，試看其〈天平公座中呈令狐令公〉詩：

> 罷執霓旌上醮壇，慢粧嬌樹水晶盤。更深欲訴蛾眉斂，夜薄臨醒玉艷寒。白足禪僧思敗道，青袍御史擬休官。雖然同是將軍客，不敢公然子細看。

此詩有人認為是為官妓而作，或是曾為女冠還俗者。然程夢星已駁之：

> 又按朱注云：「座中有官妓。」非也。大都女道士之在鎮府醮祭者，故起句如此。而末句又有「不敢公然」之語，若妓，則醮壇何指？又何不可子細看乎？〔註309〕

按程氏之言，簡捷有力，另外蘇雪林教授論唐代女冠之「生計問題」，亦足參考：

> 女道士皆為出家人，別無財產，靠誦經設醮以為生。唐時道風既盛，每喜招羽士設壇建醮。以為功德，所謂「霓軒入洞霄初月，羽節升壇拜七星。」（陸龜蒙詩）權門貴家是時常要舉行的，設醮有時亦招女冠，義山詩即可為證。〔註310〕

蘇先生以陸龜蒙詩為例，此見《全唐詩》六二六卷，7196 頁《寄懷華陽道士》詩，但只一例，不免孤證。筆者可補三例以足證，如曹唐〈三年冬大禮五首〉之三：

〔註309〕見程夢星《李義山詩集箋注》，593 頁。
〔註310〕見《玉溪詩謎》，12 頁。

太一天壇降紫君，屬車龍鶴夜成群。春浮玉藻寒初落，露
拂金莖曙欲分。〔註311〕

又如趙嘏〈早出洞仙觀〉云：

春生藥圃芝猶短，夜醮齋壇鶴未迴。〔註312〕

馬載〈謁仙觀〉二首：

三更禮星斗，寸心服丹霜。〔註313〕

由以上可證，唐代道教發達，建醮是常事，羽士則不分男女皆可為之，
且常在夜間舉行法事，故有「三更禮星斗」。「夜醮齋壇鶴未迴」等句，
而且齋醮乃道士經濟來源之一，也可以相信。可見〈天平公座中呈令
狐令公〉一詩，乃詩中描寫女道士到令狐楚之駐在所去夜醮，法事做
完了，女道士並沒有連夜回去，所以有「臨醒玉豔寒」之句。又因女
道士之衣著粧扮過於浪漫，其迷人之程度，李詩用了「白足禪僧思敗
道，青袍御史擬休官」來形容，最後更說自己連看都不好意思看。則
女冠在當時開放之程度，簡直已達到限制級。唯此詩是李商隱在公座
中戲筆閒詠，不是有感而發。但是對〈聖女祠〉這兩句「寄問釵頭雙
白燕，每朝珠館幾時歸」，則是表現出深惡痛絕。因為在李商隱看來，
不但凡塵到處是崔羅什，就是天上也儘是劉武威之流也。

四、小　結

（一）從萼綠華並聯看三首〈聖女祠〉，萼綠華與杜蘭香在(a)組
第二首〈重過聖女祠〉中之角色，既不代表兩個向李商隱炫耀之得意
者；也不是聖女之兩個知己；當然也不是令狐綯之暗喻；更不能與聖
女畫上等號，而說成是李商隱之自喻。因為詩人寫詩，是以自己作為
主角以抒情敘志；還是把感情不經意暗付在詩中人物之身上，是應有
所區別。前者如李商隱之〈有感〉「中路因循我所長」，與〈東還〉「自
有仙才自不知」是也。後者如〈詠蟬〉「煩君最相警」，與本詩「玉郎

〔註311〕見《全唐詩》第十冊，7341頁。
〔註312〕見《全唐詩》第九冊，6357頁。
〔註313〕見《全唐詩》第九冊，6357頁。

會此通仙籍，憶向天階問紫芝」是也。此類詩縱使可以讀出詩人之心影，但是也只能說詩人有某種感情寄託於斯，而不可遽然說詩人就是主角。

（二）再來是，若把萼綠華與杜蘭香串聯到（a）組第一首〈聖女祠〉中，其角色約等同於月姊、星娥。李商隱只賦於她倆配角之角色，與月姊、星娥作爲女仙可以自由去來、逍遙自在之對照表徵。以突顯主角之聖女神像，如寡鵠、羈凰般被懸吊於秦岡山之峭壁上，既不能像費長房「從騎裁寒竹」，也不能如〈隴西行〉所描繪之天上去「行車蔭白榆」；以是「星娥一去後、月姊更來無？」與「萼綠華來無定所，杜蘭香去未移時。」所代表都是來去自如，無拘無束，逍遙自在之表徵，這也是何義門所謂：「來去無以，相欲相炫」之體會也。

（三）其後是關〈聖女祠〉之外在命題與時間問題，本文認爲李商隱在原先命題之時，必眞有可見可詠之物，絕非突發奇想，驀然詠之。且由其一過再過、一逢再逢、一詠再詠，亦可證明當時確是有祠在焉。因此朱鶴齡、馮浩、屈復等以武都秦岡山上之聖女爲註，其說可信。至於時間順序問題，當以馮浩之謹慎爲最可靠，其他諸說不足據。

（四）從內容剖析，可看出三首前後之排列順序，「杳靄逢仙跡」一首，當居三首之先，且應在義山少不更事，是童心未泯之少作。故詩中充滿諧謔意味，是以紀曉嵐有「有傷大雅」之感，朱彝尊也有：「人雖好色，未有瀆及鬼神者」之疑。及「松篁臺殿蕙香幃」一首，商隱閱世漸多，目睹女冠與當時士大夫交往，每有「敗道」行徑，頓感醒齪，乃借實題爲虛喻，對女冠加以冷嘲熱諷。一般人不了解李商隱式之幽默──如「從臣皆半醉，天子正伐愁」、「晉陽已陷休回顧，更請君王獵一回」等之冷諷方式，反而誤會李商隱與女冠有不清不白之關係，而編造出一派緋聞錄，筆者實不能無言也矣，其詳可再參看第六章。

　　（五）到了晚年，李商隱從四川歸來，此時詩人已歷盡滄桑，往事多有不堪回首者，因此當其重過聖女祠，不禁百感交集，而又有「同是天涯淪落人」之感。感慨既深，技巧又已純熟老練，詩意更加頓挫委婉，畫面淒美如訴，使人見景如情，於是呂本中以爲「有不盡之意」者，其感情之藝術渲染力可謂達於極至。同時也可由三首〈聖女祠〉藝術成就之高低；看出李商隱詩學成長之進程。一題三詠，一首比一首好，一首比一首高，至晚年而達於極至。

　　（六）三首〈聖女祠〉中之萼綠華，只是配角，其與月姊、星娥、杜蘭香無異。在章法上是要讓他們來去自如以對比聖女之不自由、不逍遙。而與〈無題〉中之萼綠華與紫玉小姐同正比王小姐者異。所以有人以爲義山用典，都是一個蘿蔔一個坑，是全不了解義山用典之多樣性，各位若再看下章筆者談「神女」，就更能知義山用典變化多端之妙矣。